LA MOISSON DES INNOCENTS

Du même auteur, dans la même collection :

Code 1879, 2011 (Prix Cézam des lecteurs 2012)
Depuis le temps de vos pères, 2012

Ouvrage publié sous la direction de Jean-René Dastugue

Graphisme de couverture : Odile Chambaut

Image de couverture : © Plainpicture/Gallery Stock/Michael Prince

www.lerouergue.com

Dan Waddell

LA MOISSON DES INNOCENTS

Traduit de l'anglais par Jean-René Dastugue

ROUERGUE
noir

Meurtre de Kenny : deux suspects

22 juillet 1992

Deux écoliers sont actuellement entendus par les policiers chargés de l'enquête sur le meurtre ignoble dont a été victime Kenny Chester, mineur à la retraite.

Les deux enfants, âgés selon nos informations de seulement neuf et dix ans, ont été arrêtés hier soir à leur domicile respectif, quelques jours après la découverte à Dean Bank, un site isolé et pittoresque de Mackington dans le Northumberland, du corps battu et sommairement enseveli de monsieur Chester, soixante-treize ans.

The Herald connaît les noms des deux garçons mais ne les révélera pas pour préserver la sécurité de leurs familles. Ils seraient élèves d'une école primaire proche du domicile de monsieur Chester et du lieu du crime.

La nouvelle a laissé les habitants de Mackington complètement abasourdis. « Nous n'arrivons pas à croire que des membres de notre communauté aient commis une telle atrocité », nous a déclaré madame Gladys Wrenshaw, commerçante. « Tout le monde est sous le choc. Kenny était quelqu'un de bien, connu et respecté. Avoir été abattu ainsi, comme un animal, c'est ignoble. Ceux qui ont fait cela devraient craindre pour leur vie. Il y a ici des gens qui pourraient les mettre en pièces. »

Avant d'ajouter : « Et ce ne serait que justice. »

Il y a maintenant trois jours que la Grande-Bretagne a été saisie d'horreur suite à la découverte du corps de monsieur Chester, veuf, quelques heures après que sa famille a signalé sa disparition.

Le cadavre présentait de multiples blessures. L'un des inspecteurs a confié au *Herald* qu'il avait été victime d'une agression d'une « violence inouïe ». Selon toute vraisemblance, ses meurtriers ont ensuite essayé de dissimuler le corps en l'enterrant.

D'après une source policière, il est possible que monsieur Chester, qui a travaillé pendant quarante-huit ans aux Houillères Mackington, jusqu'à sa retraite il y a huit ans, ait été encore vivant quand on a commencé à l'ensevelir.

Un porte-parole de la police a officiellement annoncé : « Deux garçons de Mackington sont entendus dans le cadre de l'enquête. »

1

Son empressement à extirper ce fichu truc en liège était tel que le bouchon finit par se rompre dans le goulot. Il lâcha un juron puis fouilla le tiroir à la recherche d'un couteau qu'il finit par dénicher au milieu d'un fatras de couverts, d'instruments de cuisine et de toutes sortes de détritus. De la pointe de la lame, il fit tomber ce qui restait du bouchon dans le vin rouge. Du même tiroir, il sortit une passoire en métal piquée de rouille à force de ne pas servir et l'utilisa pour filtrer le contenu de deux grands verres. Il se félicita de sa capacité à récupérer la situation et prit une profonde inspiration.

Cela n'allait pas être simple. Une odeur d'humidité flottait dans l'air. Il ne se rappelait pas à quand remontait la dernière fois qu'il avait ouvert une fenêtre, encore moins pulvérisé du désodorisant. Qu'est-ce qui lui avait pris de l'amener ici ?

Ne perds pas le contrôle, se dit-il. Reste dans l'instant. Il s'imaginait ne jamais connaître un moment comme celui-là. Elle ne s'était pas enfuie en courant. Pas encore. Sa maladresse risquait de tout gâcher et il s'en voudrait à jamais. Il passa sa main moite dans ses cheveux, se frotta le visage avec la paume, inspira profondément pour la deuxième fois, ramassa les verres et retourna dans le salon.

Elle était debout devant la table et sortait du sac les plats à emporter qu'elle disposait avec soin sur les serviettes en papier fournies par le restaurant. Son parfum était puissant mais agréable. Mêlé aux senteurs de la nourriture, il masquait l'odeur d'humidité. Il ressentit un autre pincement d'anxiété. S'il avait su qu'ils viendraient ici pour leur premier rendez-vous, il aurait pris la peine de faire un ménage plus approfondi. Dans le séjour, cela allait à peu près, mais il ne fallait pas qu'il la laisse s'approcher de la cuisine. L'évier débordait de vaisselle sale et il imaginait aisément que des formes de vie douteuses avaient dû commencer à se développer dans les strates les plus anciennes.

Il lui tendit un verre, miraculeusement propre. Elle lui adressa un sourire plein de chaleur. Elle ne semblait pas gênée. Ils burent une gorgée de vin. Les effluves de curry lui chatouillèrent les narines et son estomac gargouilla. Il avait l'impression d'être une boule de nerfs. Cela faisait si longtemps. Ça n'était pas tant qu'il manquait de pratique mais plutôt qu'il n'était jamais en condition. Quand elle avait proposé de quitter le bar où ils s'étaient retrouvés, il avait immédiatement accepté, sans vraiment croire à sa chance. Il avait suggéré un curry et elle avait dit oui, s'ils commandaient des plats à emporter. « On va chez moi ? », avait-il demandé, certain qu'elle refuserait. Elle avait répondu « d'accord » et avait souri. Depuis cet instant, sa respiration s'était accélérée et ses mains étaient moites. Il essayait tant bien que mal de dissimuler sa gêne et de paraître normal. Ou quelque chose de ressemblant.

Dix ans auparavant, il avait payé une prostituée pour coucher. Une expérience pitoyable et humiliante. Toutefois, il préférait cela à la fréquentation d'une femme qui aurait cherché à en savoir plus sur lui. Avec le temps, la compagnie des prostituées était devenue moins humiliante mais de plus en plus déshumanisante. Il s'était décidé à rencontrer quelqu'un, par le biais d'une agence matrimoniale. Par trois fois, il avait annulé des rendez-vous à la dernière minute. Et puis, il y avait de cela à peine trois semaines, en se rendant au travail sous une pluie battante, il l'avait rencontrée à l'arrêt de bus. Elle était belle, grande, blonde, une certaine classe même, elle s'exprimait bien. Le jour suivant, elle était de nouveau là. Le troisième jour, il avait engagé la conversation. Elle était passionnée, à l'écoute. Elle avait ri à l'une de ses mauvaises blagues. Le quatrième jour, il l'avait invitée à sortir. Elle avait dit oui. Il s'était demandé si elle ne se moquait pas de lui. Elle devait s'absenter pendant une semaine dans le nord pour raisons professionnelles, mais ils se verraient à son retour. Il lui avait demandé ce qu'elle faisait. « Recouvrement de dettes », avait-elle répondu. Depuis, il n'avait quasiment pas dormi. Il avait même failli lui poser un lapin mais, à présent, il était content d'avoir fait l'effort. Elle lissa l'avant de sa robe noire et s'assit.

Il alla jusqu'au lecteur de CD posé sur une étagère. Depuis sa sortie de prison, il avait cessé de lire. La télévision et sa console de jeux étaient ses seules distractions. Il ne possédait pas beaucoup de CD, mais il avait un album de Frank Sinatra. Il le glissa dans le lecteur et baissa le volume au cas où elle n'apprécierait pas Sinatra, mais il savait aussi qu'un murmure en bruit de fond serait une bonne chose. Il n'y avait rien de pire que le silence. Il l'avait enduré pendant des années.

Il s'approcha de la table et examina les paquets. « Qu'avonsnous là ? », s'interrogea-t-il à voix haute. Au restaurant indien, il était à ce point désorienté qu'il avait passé la commande dans une espèce de brouillard. « Poulet *dhansak*. Agneau *bhuna*. Lequel préfères-tu ?

– L'agneau », répondit-elle sans hésiter. « Il y a des lentilles dans le *dhansak*. » Elle frissonna. « Je déteste les lentilles. »

Aïe, pensa-t-il. Un mauvais point. Pourquoi ne lui avait-il pas demandé ? « Heureusement, j'adore ça », dit-il. Il lui tendit le plat de *bhuna* et lui proposa de lui servir de l'*aloo gobi* et du riz. Quand il prit la cuillère, il s'aperçut que sa main tremblait. Elle lui adressa un sourire compatissant, comme si elle comprenait son malaise. Il ne dit rien, s'assit et commença à se servir.

Elle prit une bouchée de curry et se mit à hocher la tête. « Mmm », apprécia-t-elle. « Bon choix. »

Le sang lui battait les tempes et sa bouche était sèche. Il but une gorgée de vin ce qui n'arrangea ni l'un ni l'autre. Il sentait la panique monter. Mange, s'ordonna-t-il. Cela devrait t'aider à garder le contrôle. Il engloutit quelques morceaux de chou-fleur. C'était bon. Il se sentit mieux. Il la regarda et sourit. « Content que tu aimes ça.

– J'adore le curry », répondit-elle. « Si on me disait que je n'ai plus le droit de manger qu'un seul type de cuisine jusqu'à la fin de mes jours, je choisirais la cuisine indienne.

– Moi aussi », approuva-t-il. Il commençait à se détendre. À se sentir capable de tenir jusqu'au bout.

« Même si la pizza risque de me manquer énormément », ajouta-t-elle.

La manière dont elle avait prononcé ce « énormément » lui accrocha l'oreille, la dernière syllabe plus traînante. Jusque-là, sa voix avait été dénuée d'accent – et là, bizarrement, il avait reconnu quelque chose, sans vraiment savoir quoi.

« Qu'est-ce qu'on écoute ? », demanda-t-elle.

« Frank Sinatra. Tu apprécies ? »

Elle hocha vivement la tête. « Je l'adore. J'aime bien la musique douce. »

À nouveau ce léger accent qu'elle avait dissimulé auparavant. Il ne voulait pas la questionner, être indiscret, et ruiner ce moment. Mais sa curiosité, et la nécessité de faire la conversation, furent les plus fortes.

« Tu viens de quel coin ? », l'interrogea-t-il en enfournant une pleine fourchette de *dhansak*. Puis une autre. Il avait faim.

« Je me suis installée à Leicester il y a deux ans.

– Et avant ?

– J'ai beaucoup déménagé après avoir quitté l'école.

– Je veux dire, au départ. Tu as un accent que je n'arrive pas à situer. »

Son propre accent, l'accent geordie du Nord-Est de l'Angleterre, s'était estompé. Cela faisait vingt ans qu'il n'avait pas mis les pieds chez lui. D'ailleurs, il n'avait plus de « chez-lui ». Il avala un peu plus de curry.

« Newcastle », répondit-elle.

Merde, pensa-t-il. La panique revint et son cœur se mit à battre plus fort. Il ressentit une brûlure à l'estomac. « Oh », se contenta-t-il de répondre.

Elle reposa son couteau et croisa les bras. « Près de Mackington. » L'accent était soudain plus épais.

Il s'arrêta net de manger. L'inconfort dans son estomac empira. Il posa les yeux sur elle. Son visage avait changé. Plus dur, le regard moins tendre. Elle commença à hocher lentement la tête. Il reconnut quelque chose dans ses yeux. Oh, Seigneur tout-puissant, non.

« Eh oui », lança-t-elle.

Il se leva. Comment ?

« Qui es-tu ?

– Cela n'a pas d'importance, Craig. »

Craig ? Cela faisait vingt ans qu'il avait cessé d'être Craig. La douleur qui lui tordait les tripes augmenta. « Qu'est-ce que tu veux ? », dit-il en grimaçant. Il avait l'impression qu'on lui enfonçait un couteau brûlant dans l'abdomen, de plus en plus profondément.

Elle haussa les épaules. « Que tu meures. »

La douleur le plia en deux. De la sueur commençait à lui couler des sourcils. Il vomit copieusement et tomba à genoux. Il releva la tête. Elle s'était levée et avait repris son sac à main suspendu au dossier de la chaise. Un autre éclair de douleur le fit suffoquer. Il essaya de parler mais il avait trop mal. Il s'écroula sur le flanc, recroquevillé. Ses intestins se détruisaient, se liquéfiaient.

Elle s'accroupit à côté de lui. Il ne l'avait pas encore remarqué, mais elle avait sorti un poignard de son sac. La souffrance s'intensifia, le fit se tordre, se convulser. Il hurla. Elle demeura immobile et sourit quand son cri ne fut plus qu'un faible gémissement.

« Cela va prendre un certain temps avant que le poison ne te tue, Craig », expliqua-t-elle d'une voix douce. « Et chaque seconde va être une véritable torture... »

Il n'entendit pas la suite. Il se tortilla, sentant le feu qui lui consumait le ventre lui envahir tout le corps. Il essaya de s'asseoir, mais la douleur était trop forte. Il cria une fois encore, pitoyable.

Elle posa la pointe du couteau contre son cœur. « Je pourrais abréger tes souffrances. »

Il acquiesça. Cela empirait. Sa salive formait des bulles à l'orée de ses lèvres. Pitié, pensa-t-il, ne plus avoir mal. Tue-moi. « Oui », hoqueta-t-il.

« Va te faire foutre », cracha-t-elle, venimeuse. « Tu n'as montré aucune pitié. Tu ne mérites aucune pitié. »

Elle remit le couteau dans son sac qu'elle glissa sur son épaule. Elle s'avança vers le mur, attrapa une chaise, la traîna contre le sol et s'assit, penchée au-dessus de lui. « Je vais m'installer là et te regarder crever, juste pour être sûre. »

Son agonie était telle qu'il parvenait à peine à respirer. Il resta allongé, suspendu dans une bulle de douleur.

2

L'inspecteur principal Grant Foster n'arrivait pas à imaginer pire manière de passer les premières heures du dimanche matin que de se retrouver sur une scène de crime avec un cadavre dans une voiture incendiée. Rien, pas même se prendre un coup de pied au cul.

Il détestait être d'astreinte de nuit les samedis. Ils étaient toujours noyés par l'alcool et les dégâts qu'il provoquait. L'alcool était à l'origine de plus de la moitié des décès sur lesquels il avait enquêté depuis vingt ans à la Criminelle. Si ce n'était pas une bagarre à la sortie d'un bar qui avait mal tourné, c'était un conducteur ivre, ou un petit ami bourré qui avait perdu les pédales et employé quelque chose de plus mortel que ses poings. Les drogues arrivaient loin derrière. Si l'on décidait, demain, de fermer les pubs et les boutiques d'alcool en Angleterre, le taux de criminalité chuterait plus vite que le bonus d'un banquier en période de crise.

Personnellement, cela ne changerait pas sa vie. Il continuerait à vider méthodiquement la cave de son père et il lui restait assez de grands crus pour tenir un an ou deux. Cette pensée lui remonta à peine le moral. Il aurait dû être chez lui, endormi, après avoir sifflé un château Lafite Rothschild de 1970. Au lieu de ça, il se retrouvait garé dans une rue cossue de Chiswick, dans l'ouest de Londres, douillettement installé dans sa voiture, bercé par le murmure de la radio et le ronron de la clim qui soufflait un air chaud sentant le renfermé.

Les habitants du quartier avaient signalé une voiture en flammes. Les policiers arrivés sur les lieux n'avaient pas pu s'en approcher tout de suite, mais une fois que les pompiers eurent éteint l'incendie, ils avaient trouvé les restes d'un corps dans l'habitacle. Ils n'avaient pas pu faire grand-chose. La voiture devait être chargée à l'arrière d'une dépanneuse, avec le cadavre, pour que la police scientifique examine le tout. Pendant ce temps-là, le job de Foster consistait à organiser le porte-à-porte en espérant que des voisins-espions planqués derrière leurs rideaux les aident à reconstituer les événements.

Les renseignements qu'il attendait sur le propriétaire de la voiture finirent par arriver. David Stephen Lowell, trente-deux ans, domicilié à Acton, Londres ouest. Il n'était pas très loin de chez lui. Le véhicule – une Golf – lui appartenait depuis trois ans. Foster consulta sa montre. Presque deux heures du matin. Un peu tard pour appeler les Lowell et vérifier si leur voiture avait été volée ou si les restes carbonisés étaient ceux du propriétaire. Le corps était dans un tel état qu'il ne serait pas évident de le séparer de la carcasse incendiée et encore moins de déterminer s'il s'agissait d'un homme ou d'une femme.

Quelqu'un toqua à son pare-brise. L'inspectrice Heather Jenkins, le regard fatigué et l'air frigorifié en dépit de la douceur inhabituelle de ce mois de novembre. Il actionna le bouton de sa vitre électrique.

« Alors, bien au chaud ? », ironisa-t-elle.

« Pas autant que notre client », répondit-il en faisant un geste en direction du tas de ferraille noircie. « Mais ça va. J'ai les infos sur le propriétaire – un homme, trente-deux ans, il habite à moins de deux kilomètres d'ici.

– Ça semble coller », dit-elle. « On a touché le gros lot au numéro 16. Un type avec une tête de nain de jardin, vivant seul, et qui semble être du genre à savoir ce que fait chaque habitant de sa rue. Il est président du comité de vigilance du quartier. Il a presque fallu que je le dissuade d'installer un centre opérationnel dans son salon.

– Il a vu quelque chose ?

– Il a remarqué la voiture dehors, vers 22h30. Une heure plus tard, elle n'avait pas bougé. Il a vu quelqu'un côté conducteur et il a décidé de sortir se balader, l'air de rien. Il est passé à côté de la voiture, une Golf noire, dans laquelle se trouvait un homme jeune, la trentaine, les cheveux châtain clair. Il parlait sur son portable et, d'après notre espion, semblait "agité".

– Qu'entend-il par là ?

– Il a dit qu'il pleurait et qu'il criait aussi. Il pense l'avoir entendu répéter "Vous ne pouvez pas me faire ça !", avec quelques jurons par-ci par-là. »

Quand ils connaîtraient son identité, ils seraient en mesure de tracer l'appel.

« En dehors de cela, il n'a vu personne s'approcher de la voiture », poursuivit Heather. « Il s'apprêtait à se mettre au lit, vers minuit et demi, quand la voiture a pris feu. Il a regardé dehors, mais il n'a vu personne s'enfuir. Ensuite, il nous a appelés.

– Le moteur était en marche ?

– Apparemment pas. En tout cas, pas quand il a fait sa balade. »

Le portable de Foster sonna. C'était le centre opérationnel. Il dit oui deux fois de suite avant de raccrocher.

« Montez », dit-il à Jenkins en démarrant. « Madame Lowell a appelé il y a quelques minutes, morte d'inquiétude parce que son mari n'est pas rentré. »

La maison, modeste, se trouvait dans une de ces rues calmes, à l'écart, où les portes d'entrée donnent directement sur la rue. Madame Lowell vint leur ouvrir. Une femme timide, proche de la trentaine, les yeux cernés et gonflés. Elle les fit entrer en leur chuchotant que sa fille était au lit.

« Quel âge a-t-elle ? », demanda Heather.

« Quatre ans », répondit-elle, toujours à voix basse.

Mon Dieu, pensa Foster, cette matinée ne fait qu'empirer.

Elle les conduisit dans un petit salon où une télévision, posée dans un coin, diffusait une lumière pâle et des sons assourdis.

« Quand votre mari est-il sorti, madame Lowell ?

– Vers 17 ou 18 heures, hier après-midi.

– Vous a-t-il dit où il allait ?

– Il avait quelques courses à faire. Je ne m'en suis pas préoccupée, jusqu'à ce qu'il commence à être tard. Il aime faire un tour en voiture, de temps à autre. Il dit que ça l'aide à se détendre, à réfléchir. Ça ne se passe pas très bien au travail ces derniers temps. Mais il ne part jamais aussi longtemps.

– L'avez-vous appelé ?

– Plusieurs fois, après une heure du matin. Je suis tombée directement sur sa messagerie. Comme je vous l'ai dit, il aime être tranquille certaines fois. »

Heather s'éclaircit la gorge. « Vous dites qu'il avait des difficultés au travail. De quel ordre ?

– Il est dans l'informatique. Ils vont licencier du monde. Il pense faire partie du lot.

– Y a-t-il autre chose qui semble le préoccuper ? »

Elle réfléchit en silence.

« Rien que je sache. Il a souvent des passages à vide depuis que je l'ai rencontré. Il finit toujours par s'en sortir. Et cette fois-ci, ce sera pareil. Je veux juste qu'il rentre. Pouvez-vous m'aider à le retrouver ? »

Foster prit une longue inspiration. Cela ne servait à rien de lui cacher la vérité plus longtemps. « Madame Lowell, la voiture de votre époux a été retrouvée dans une rue du quartier de Chiswick. Elle a été incendiée. » Il marqua une pause. « Il y avait une personne à l'intérieur.

– Est-elle blessée ?

– Elle est morte, madame Lowell.

– S'agit-il de David ?

– Nous ne savons pas encore », répondit-il, même si, au fond de lui-même, il pensait le contraire. Les seules autres explications possibles étaient que la voiture avait été volée et que le voleur se trouvait à l'intérieur quand elle avait pris feu. Ou bien Lowell avait mis en scène sa propre mort et le cadavre était un clochard ou autre. La première hypothèse était hautement improbable car les voleurs de voitures évitent de se garer dans les rues résidentielles. La seconde était, à la base, peu plausible, mais le témoignage du voisin fouineur la rendait carrément fantaisiste. « Nous devons encore faire quelques analyses. »

La femme se mit à pleurer. Heather s'assit à côté d'elle et passa un bras compatissant autour de ses épaules. « Y a-t-il quelqu'un que nous pourrions appeler ? », demanda-t-elle.

Foster inspira profondément et se leva. Soudain, l'air de la pièce lui semblait trop chaud. Si Lowell n'était pas en ligne avec sa femme avant que la voiture ne prenne feu, alors de qui s'agissait-il ? Il patienta pendant qu'elle appelait sa mère.

« Y a-t-il eu des problèmes avec la voiture, des soucis mécaniques, des pannes, ce genre de choses ? », lui demanda-t-il quand elle eut raccroché.

Elle secoua la tête. « Non, David en prend grand soin. Il la lave toutes les semaines, intérieur et extérieur. Il aime réparer les choses. »

Foster se tourna vers le manteau de la cheminée. Il y avait quelques photographies de leur enfant, une petite fille souriante avec un visage d'ange surmonté de boucles brunes.

« Avez-vous des photographies de votre mari ?

– Oui », répondit-elle, presque hésitante. « Assez peu, cependant. Il n'aime pas qu'on le prenne en photo. »

Elle traversa la pièce et ouvrit un placard logé sous une bibliothèque aux rayonnages peu garnis. Elle revint avec un petit dossier rempli de clichés. Elle en sortit quelques-uns et commença à les trier. « Il ne me laisse même pas sortir tout ça », expliqua-t-elle. Elle trouva la photo qu'elle cherchait. « Voilà. C'était il y a presque quatre ans. Devant l'état civil de Fulham. Mes parents nous accompagnaient. David n'a pas de famille. »

Elle tendit la photo à Heather qui la regarda et sourit. « Vous êtes très belle », dit-elle. Madame Lowell sourit à son tour, les yeux pleins de larmes. Heather passa le cliché à Foster.

Un jour ensoleillé. Un couple heureux. Et une paire d'yeux bleus qu'il n'avait pas vue depuis plus de vingt ans.

La photo lui échappa des mains et tomba sur le sol.

Foster s'installa dans sa voiture, incapable de détourner les yeux de la photographie. Il avait laissé Jenkins réconforter l'épouse de Lowell jusqu'à ce que sa mère ou un officier de police féminin arrive sur place. Il avait prétexté un coup de fil. Il n'avait pas menti, mais il lui fallait aussi rester seul quelques instants, pour reprendre ses esprits.

Était-ce bien la personne à laquelle il pensait ? Il n'en était pas certain. Il avait demandé à madame Lowell de lui raconter tout ce qu'elle savait au sujet de son mari, sous le prétexte de retrouver un proche afin d'obtenir de l'ADN. Il était orphelin, avait-elle expliqué, fils unique. Il avait grandi dans le Nord-Est. Venu à Londres à l'âge de seize ans, il avait fait seul son chemin. Pas de famille, un passé presque inexistant et qu'il n'évoquait jamais. Elle savait que c'était douloureux pour David et évitait d'en parler.

Cette fois-ci, il n'aurait pas besoin de Nigel Barnes pour résoudre les énigmes du passé. Et s'il avait vu juste, Foster connaissait l'histoire de ce type aussi bien que la sienne, voire mieux. Il abaissa sa vitre, aspira à pleins poumons l'air frais de la nuit, expira lentement et fixa son téléphone en le conjurant de sonner. À peine installé dans sa voiture, il avait réveillé un contact au Home Office, se rendant immensément impopulaire par la même occasion, pour qu'il entre le nom de Lowell dans le système et lui rapporte ce qu'il trouverait. Son portable sonna enfin.

Rien. Pas de signaux d'alerte, d'alarmes ou de sirènes.

Il se sentit vide. Peut-être s'était-il trompé. Heather apparut côté passager et grimpa dans la voiture.

« Sa mère est avec elle. L'officier de police est en route. Nous sommes sûrs que le corps dans la voiture est bien celui de son mari ? »

Foster hocha la tête mécaniquement.

« Qu'est-ce qui ne va pas ? », l'interrogea-t-elle, l'air sincèrement inquiète, tout en se tournant vers lui. « C'est la première fois que je vous vois aussi troublé pendant une visite.

Quand vous avez regardé cette photo, on aurait dit que vous veniez de voir un fantôme.

– Peut-être bien. C'est possible. »

Elle haussa les sourcils. « Ça ne vous va pas de jouer les mystérieux, Grant. Votre côté bourru vous va mieux. Vous avez déjà croisé la route de David Lowell, n'est-ce pas ?

– Je crois bien.

– Quand ?

– Il y a bien longtemps. Dans une autre vie. »

3

Quand Foster arriva à la morgue en fin d'après-midi, la situation n'avait guère avancé. Lowell était toujours porté disparu. Son portable n'était plus qu'une masse de plastique fondu, mais la liste de ses appels avait révélé qu'il avait reçu une série de coups de fil d'un numéro masqué le soir de sa mort présumée, dont un qui avait duré plus d'une demi-heure, peu avant minuit. Le même soir, Lowell avait utilisé sa carte de paiement dans une station-service.

Foster avait laissé un message à un « vieil ami » qui pourrait peut-être l'aider à comprendre pourquoi le visage de Lowell lui semblait si familier. Il ne l'avait pas encore rappelé.

Gareth Carlisle l'attendait. Foster ne cessait d'être émerveillé par l'appétence dont le légiste faisait preuve pour son travail. Toujours disponible, il semblait ne jamais prendre de vacances. Foster s'imaginait que sa vie privée devait être si misérable qu'il préférait ouvrir et découper des morts au lieu de rester chez lui à se chauffer les pieds devant la cheminée.

Le corps, noirci et méconnaissable, était allongé devant eux, si tant est que l'on puisse réellement allonger un cadavre raidi et contracté. Des odeurs oppressantes de fumée et de chair brûlée emplissaient encore la pièce en dépit du parfum puissant du désinfectant.

« Gareth », dit Foster, en regardant brièvement le corps.

« Grant », répondit Carlisle de son ton sec et hautain. Beaucoup de flics le trouvaient cassant, mais Foster appréciait la manière terre à terre dont il accomplissait son travail et son humour aride que ne goûtaient pas les plus délicats d'entre eux.

« Alors, qu'est-ce que tu en dis ?

– Des individus ont-ils été aperçus à proximité de la voiture, ou dedans ?

– Non, seulement un homme au volant jusqu'au moment de l'incendie. Et on tient cette info du genre de fouineur qui garde toujours un œil sur ce qui se passe à l'extérieur. Il n'a pas vu la voiture prendre feu, mais il était à sa fenêtre l'instant d'après et il n'a vu personne s'enfuir. »

Carlisle hocha la tête. « Intéressant. J'ai examiné les poumons et ils contiennent de la suie. Il était vivant quand le feu s'est déclenché.

– Peut-être a-t-il été pris au dépourvu par l'incendie ? Je suppose que c'est un homme.

– En effet. Trente à trente-cinq ans. J'y reviendrai. Quant au fait que la voiture se soit enflammée soudainement, peut-être, mais c'est peu probable. Les brûlures sont bien plus importantes sur la tête et le haut du torse que sur la partie inférieure du corps. Quatre-vingt-dix pour cent contre cinquante à soixante pour cent sur les jambes. Si le feu avait pris dans le moteur, ça aurait été l'inverse. On ne peut écarter la possibilité d'une bombe, mais étant donné l'odeur d'essence qu'il dégage, je pense que la cause du décès est à chercher de ce côté-là.

– Il s'est immolé ?

– C'est mon pressentiment. » Carlisle plissa le nez avec dégoût comme si cette manière de mettre fin à ses jours était éminemment non-britannique. La chose était rare, mais Foster y avait déjà été confronté. Certaines âmes torturées trouvaient le tuyau d'arrosage branché sur l'échappement trop prosaïque. Plutôt que de s'en aller en douceur, ils s'aspergeaient d'essence et quittaient cette vie dans d'atroces souffrances.

« Identifier ce pauvre bougre va être une autre paire de manches. Ou tout au moins confirmer son identité. Le nom que tu m'as donné, c'est bien Lowell ?

– C'est ça.

– Eh bien, je n'ai pas trouvé de dossier dentaire. L'état des dents est moyen, ce qui laisse à penser qu'il a négligé d'aller chez le dentiste ces dernières années. Mais il a quelques plombages. Ce qui pourrait signifier que cet homme n'est pas David Lowell. »

Ou qu'il ne s'agit pas de sa véritable identité, songea Foster.

Il quitta la salle d'autopsie, se lava les mains et le visage pour essayer d'enlever cette odeur de mort puis quitta la morgue, perdu dans ses pensées. Tant que Lowell ne serait pas formellement identifié, il ne pouvait être sûr de rien, et vu l'état du corps, cela risquait de prendre du temps.

Il médita sur la suite. Il savait qu'à présent, il ne pouvait plus passer la main et faire comme si de rien n'était, même si l'idée d'à nouveau remuer tout cela était loin de l'enchanter. Il ne connaissait que deux personnes capables de lui donner la réponse qu'il cherchait tout en restant discrètes. La première était un vieillard qu'il préférait oublier. Il ne le solliciterait qu'en dernier recours. La seconde était un meilleur choix, même si l'idée de la contacter lui retournait les tripes. Il entra dans une cabine téléphonique. Il ne voulait pas laisser de traces de cet appel.

J'ai intérêt à sortir ma cuillère à long manche, songea-t-il. Je m'apprête à dîner avec le diable.

L'âge n'avait pas été tendre avec Harry Stokes depuis que Foster l'avait vu pour la dernière fois, plus de vingt ans auparavant, devant le tribunal de Newcastle. Sa tignasse de cheveux noirs et bouclés avait viré au blanc et s'était clairsemée. Ses joues étaient rougeaudes, parcourues de veines éclatées par la boisson, et ses yeux, plus enfoncés dans leurs orbites, avaient jauni. Mais la même lueur de malice y brillait encore ; en fait, bien qu'il dût approcher les cinquante-cinq ans, son langage corporel laissait toujours transparaître les attitudes du boxeur amateur, petit et sec, qu'il avait été durant sa jeunesse. Son regard, tandis que Foster poussait la porte du pub miteux du sud-est de Londres où ils s'étaient donné rendez-vous, exprimait un certain amusement. Si Foster reprenait contact après tout ce temps pour organiser une rencontre, alors qu'il haïssait Harry de tout son être, cela ne pouvait signifier qu'une chose. Foster vit que la pinte de Stokes était pleine. Il s'en commanda une et se hissa sur un tabouret, face à lui. Le pub était désert, à l'exception de quelques piliers de comptoir qui dégustaient leur déjeuner liquide du dimanche. C'était exactement le genre de pub, songea-t-il, que Stokes devait fréquenter : une moquette élimée et partant en lambeaux, des tabourets branlants, des plafonds jaune pisseux pas repeints depuis l'époque où l'on pouvait encore y fumer.

« Grant Foster », dit Stokes avec l'accent rocailleux de Glasgow. « Inspecteur principal, c'est ça ?

– C'est bien ça, Harry. » Il examina son allure une seconde fois. Un costume gris lustré trop petit de deux tailles, une chemise bordeaux et une cravate rayée noir et jaune qui juraient violemment. « Tu sors d'une séance photo pour *GQ* ?

– Très drôle.

– Tu travailles pour quel torchon en ce moment ?

– *The Mail,* comme toujours. Évidemment, les choses ont bien changé maintenant. Les ordinateurs et tout le merdier, des jeunes diplômés d'Oxbridge dans tous les coins, ce foutu Internet. » Il prononça ce dernier mot sur un ton qui aurait pu laisser penser qu'il parlait d'une maladie mortelle. « Je ne quitte presque plus mon bureau. Je suis comme la torche olympique. Jamais éteint.

– Ça paye les traites.

– Ouais, et la pension alimentaire.

– Vous n'êtes plus ensemble avec Carol ? » Carol était un autre gratte-papier de tabloïd ; ils avaient été à une époque les Bonnie et Clyde de la presse à scandale.

Il ricana. « Cette vieille salope à moitié folle ? Elle a eu la bonté de se tuer avec la boisson après notre séparation, paix à son âme. Non, je parle de mes femmes numéro deux et trois.

– Tu n'as pas chômé.

– Eh, tout homme doit avoir un passe-temps. Même si je me dis que le macramé m'aurait coûté moins cher. Trêve de bavardage, Grant, tout ceci est très mignon et chaleureux, se retrouver, papoter. Mais je sais que tu me considères comme une sous-merde, alors arrêtons là les "comment vas-tu ?" hypocrites à la con. Je n'ai pas à être sympa avec toi parce que, à l'évidence, tu as l'intention de me demander quelque chose. Qu'est-ce que c'est ? »

Stokes était un être amoral, indécent, sans empathie pour les êtres vivants ou les morts, mais il avait une qualité inestimable : la volonté, comme Foster, d'en venir au fait le plus vite possible. Il but une gorgée de bière.

« J'en rêve encore. Pas toi ? »

Stokes resta silencieux et plissa les yeux avant de renifler et de secouer légèrement la tête, l'air incrédule. « Qu'est-ce que c'est que ces conneries ? Tu cherches un psy ?

– Ça ne t'a pas affecté ?

– Bien sûr que si. Dix semaines dans ce tribunal, à entendre des horreurs, à dévisager ces deux petits bâtards diaboliques. Essayer chaque nuit de se sortir tout ça de la tête pour dormir quelques heures. Dix semaines. J'ai failli en crever. C'est à cause de ça que Carol et moi nous nous sommes séparés. On ne vivait plus que pour ça. Mais qu'est-ce que ça pouvait foutre ? Des histoires comme ça, il en arrive une fois tous les trente-six du mois. Ce n'est pas pour ça que tu es là, si ? Toi et moi, nous avons vu et entendu toutes sortes d'horreurs au fil du temps, et toi certainement plus que moi. On les digère. Ça fait partie du jeu, non ?

– Je crois que c'est justement ce qui me distingue de toi, Harry. Je n'ai jamais considéré cela comme un jeu.

– Tu as toujours été un sale con moralisateur, Grant », répliqua Stokes, les joues encore plus rouges. « Il y a des choses qui ne changent pas. » Il avala une gorgée de bière et s'essuya la bouche du revers de la main. « Cependant, vois-tu, je pense que nous avons plus en commun que tu ne l'imagines. Nous devenons tous les deux obsolètes dans ce monde. Et ne viens pas me dire que tu ne le sais pas. »

Il n'avait pas tort. Flic et journaliste de la vieille école, ils étaient tous deux des espèces en voie de disparition. Foster savait que personne ne les regretterait.

« Allez », ajouta Stokes, impatient. « Qu'est-ce que tu veux savoir ?

– Sais-tu où ils se trouvent ?

– Qui ?

– Laurel et Hardy. À ton avis ?

– Dibb et Schofield ? » La perplexité se lisait sur le visage creusé de rides de Stokes.

« Oui, Dibb et Schofield. »

Stokes devint méfiant. « Tu dois le savoir. Ou tu as certainement les moyens de le savoir.

– En effet », répondit Foster. Stokes plissa un peu plus le front. « Mais je ne le souhaite pas.

– Pourquoi ?

– Ce sont mes affaires.

– Et vu d'ici, j'ai l'impression que tu me fourres le nez dedans.

– Sais-tu où ils sont ?

– Oui.

– Et leurs nouvelles identités ?

– Oui. »

Foster prit une autre gorgée de bière et resta silencieux. Il dévisagea Stokes dont les yeux humides pétillaient de joie. Le plus désagréable restait à faire. Il se mit en garde, mentalement. « Je sais que tu ne donnes pas d'information si tu n'obtiens rien en retour, Harry. S'il s'avère que j'ai raison, tu auras l'exclusivité.

– Raison à propos de quoi ? » Stokes se pencha en avant, reniflant le scoop.

« Quelle est la nouvelle identité de Dibb ? »

Stokes frappa la table du plat de la main. Les quelques buveurs solitaires qui hantaient le pub levèrent un œil dans leur direction avant de se replonger dans leur journal ou la contemplation morose de leur pinte de bière. « Alors, c'est Dibb », siffla Stokes. « Qu'est-ce qu'il a fait ? Il a tué quelqu'un ? »

Foster secoua la tête. « C'est donnant donnant. Tu me révèles d'abord son nom.

– De toute façon, même si tu m'embrouilles, maintenant que je sais que c'est lui, j'arriverai à me démerder. Il s'appelle David Lowell. Il vit dans une petite maison à Acton... »

Foster vida sa pinte. « Vivait.

– Il a été tué ?

– Ou il s'est tué. On a trouvé son cadavre dans une épave incendiée à Chiswick. C'était sa voiture.

– Il était seul ?

– Oui. Je te conseille d'y aller doucement avec cette histoire. Quelques "On pense que" ou "Une source a déclaré". Nous ne sommes pas encore sûrs à cent pour cent que c'est lui.

– Mais toi, tu penses que c'est lui. »

Foster opina du chef.

« Seigneur. » Les joues de Stokes s'empourprèrent à nouveau, l'alcool cédant la place à l'excitation. Foster savait que cette histoire ferait de lui une star de la presse : Harry Stokes, le journaliste grisonnant, le dernier de sa race, celui qui ne se laisse pas museler. C'était toujours mieux que la relique imbibée, rescapée d'un autre âge.

« Et Schofield ?

– Quoi, Schofield ?

– Où est-il ? Comment s'appelle-t-il ?

– Qu'est-ce que j'y gagne ?

– Bon sang, Harry, je viens de te donner ton meilleur scoop depuis des années. »

Il hésita. « Tu me promets de me tenir au courant quand vous aurez la confirmation pour Dibb ? » Foster hocha la tête. Stokes sortit un calepin de sa poche, griffonna quelques mots sur une page puis la détacha et la lui tendit. « Son nouveau nom et son adresse. Tu m'appelleras quand tu en sauras plus sur le sujet, si c'est un suicide ou pas ? », lui demanda-t-il en enfilant sa veste.

« Non », répondit Foster. « Entre nous, l'échange d'informations commence et cesse quand je te transmets la confirmation pour Dibb. »

Stokes haussa les épaules. « Non, tu as tort.

– Ce qui veut dire ?

– Eh bien, pour commencer, que nous en savons probablement plus que vous sur Dibb et sa nouvelle vie. On a un dossier épais comme ça. » Joignant le geste à la parole, il leva la main, le pouce et l'index écartés d'une bonne dizaine de centimètres. « Toutes les fois où il a toussé, craché ou pété depuis qu'il a emménagé. Nous l'avons suivi pas à pas. Relevés de sa carte de crédit, boulots, historique Internet, contacts et messages sur son portable, emails, tout un tas de trucs. Peut-être même que vous pourriez en utiliser certains s'il a été tué.

– On ne pourrait rien en faire parce que tout a été obtenu illégalement.

– Peut-être. La moitié vient de chez vous d'ailleurs. » Stokes sourit, découvrant ses dents jaunies par la nicotine. « On fait juste notre boulot, protéger la population et son droit à savoir. Une responsabilité dont s'est déchargé le système judiciaire quand cet animal a été relâché dans la nature.

– C'était une décision politique, Harry. Tu le sais pertinemment. » Il ne souhaitait pas entamer de débat moral avec Harry Stokes.

« Peut-être. » Stokes extirpa une cigarette de sa poche en vue de l'allumer dès qu'il poserait un pied sur le trottoir. « En plus, je sais que tu étais persuadé que toute l'histoire n'avait pas été déballée pendant le procès. »

Ce fut au tour de Foster de plisser les yeux, l'air incrédule. « Qui t'a dit ça ?

– Ça n'a pas d'importance. Jackie Corrigan a bien ficelé le truc. Jackie Corrigan aimait les fins propres et nettes. Mais nous savons, toi et moi, qu'elles le sont rarement. » Il avança la mâchoire. « Il est à la retraite à présent.

– Je sais.

– Vous êtes en contact ?

– Ce ne sont pas tes oignons. » Ils ne s'étaient pas parlé depuis qu'il avait quitté Newcastle pour revenir à Londres.

« C'est bien ce que je pensais. Tu devrais l'appeler. Jackie avait une haute estime de toi. Une très haute estime à ce que l'on m'a dit. Ça lui a filé un coup quand tu t'es sauvé comme ça. » Il fit une grimace ressemblant vaguement à un sourire. « Bon, maintenant, je vais aller me griller ça », ajouta-t-il en désignant sa cigarette. « Tu en veux une ?

– Non, j'ai arrêté. »

Le rictus réapparut sur les lèvres de Stokes. « Ah, oui, cette histoire avec le barjot qui butait les descendants des types qui avaient piégé son ancêtre[1]. » Il secoua vivement la tête. « Putain de sacrée histoire. Un truc comme ça, ça n'arrive qu'une fois dans une vie. Écoute, si jamais t'as envie d'en parler, ce que tu as ressenti, comment tu t'en es sorti...

– Économise ta salive, Harry. »

Stokes acquiesça. « Bon. Merci pour le scoop. On se reverra, Grant. Pour discuter. J'en suis sûr. » Il cala la cigarette entre ses lèvres. « Appelle ça... une intuition de vieux scribouillard », poursuivit-il du coin de la bouche.

Grands Dieux, j'espère que non, pensa Foster en le regardant filer dehors s'administrer sa dose de nicotine.

---

1. Voir *Code 1879*.

4

Foster roula jusqu'à Leicester où se trouvait la résidence de Craig Schofield, ou plutôt John Samuel, le nom qu'il portait à présent. Pourquoi se rendait-il là-bas ? Il n'en était pas vraiment sûr. Il avait dans l'idée que la personne qui s'était entretenue au téléphone avec Dibb, avant qu'il ne se transforme en boule de feu, devait être Schofield. Cela devait avoir un lien avec l'été 1992. Sinon, pourquoi Dibb se serait-il aspergé d'essence pour s'immoler ? La culpabilité ? Plus de vingt ans après ? Il n'y croyait pas une seconde.

Si cela avait été le contraire, Schofield réduit en cendres, cela aurait eu plus de sens. Dibb avait toujours été le plus fort, le plus sûr de lui, le plus manipulateur. Schofield était faible, naïf, en admiration devant l'impétuosité et l'intelligence de son ami. Il imaginait aisément Dibb convaincre Schofield de se suicider. Schofield était torturé par le remords. Lors d'un interrogatoire, il avait confié à Foster qu'il priait Dieu toutes les nuits pour s'excuser et lui demander de le transporter, comme dans une machine à remonter le temps, avant ce jour fatidique de juillet. Il avait même demandé à Foster, avec un regard mi-sérieux mi-halluciné, s'il était possible de fabriquer une telle machine. « Je crains que non », avait répondu Foster et le gamin avait eu l'air déçu.

Oui, il imaginait bien Dibb se faufiler dans la tête de Schofield, même après toutes ces années, pour lui embrouiller l'esprit. L'inverse lui paraissait peu probable. À moins que...

Non, il mit l'idée de côté. Pour une autre fois.

Pendant tout le trajet sur la M1 en direction de Leicester, tandis que le crépuscule laissait place à la nuit, les essuie-glaces balayaient en rythme le pare-brise battu par une pluie intense. Des souvenirs de cet été interminable s'entrecroisaient dans son esprit, flous et embrouillés, comme une fréquence lointaine à la radio. Foster vivait presque exclusivement dans le présent. Le passé était un livre clos. Mais, en cet instant, alors qu'il s'efforçait de le maintenir fermé, des images ne cessaient de surgir.

Il avait vingt-quatre ans et essayait de fuir l'ombre écrasante de son père. Il avait examiné une carte du Royaume-Uni à la recherche d'un coin où le fait d'être le fils du commissaire divisionnaire Roger Foster de Scotland Yard ne compterait pas. Une tâche plus ardue qu'il n'y paraissait étant donné la réputation paternelle. Newcastle semblait assez loin. Il postula et fut engagé comme inspecteur débutant après avoir achevé sa formation. Le parcours fut aisé. Les gens étaient facilement enclins à plaider en sa faveur. S'il souhaitait se libérer de son père et de son aura, il n'hésita toutefois pas à user de son nom pour ouvrir certaines portes. Son plan consistait tout d'abord à quitter Londres pour se faire un nom ailleurs, puis à émigrer – les États-Unis, l'Australie, quelque part où une expérience dans la police britannique pourrait aider.

Au début, entre son accent londonien et le fait de savoir qui était son père, les flics du coin ne furent pas tendres avec lui. En fait, à aucun moment les Geordies ne lui firent la vie facile, même s'ils le considéraient comme un bon flic. Il était

« Couilles en or », « Grosse tête », une « petite merde du Sud juste bonne à boire du panaché » et tout un tas d'autres amabilités. Il fit profil bas, laissa glisser les piques avec le sourire, travailla dur, paya sa tournée et finit par gagner progressivement le respect de ses collègues et un peu de leur affection. Toutefois, leur résistance bon enfant n'était rien en comparaison de l'accueil que lui réservèrent les gens du coin. Il arrivait après la grève des mineurs, dans la région où la lutte avait été la plus acharnée ; la police était à leurs yeux le visage de la Grande-Bretagne haïe de Margaret Thatcher. Plus d'une fois, sur le pas d'une porte ou au téléphone, les gens s'étaient fermés comme des huîtres en entendant son accent. On lui claquait la porte au nez, le téléphone restait silencieux, ou bien on lui disait de « dégager et d'aller se faire foutre ».

En dépit de cette hostilité, il appréciait le boulot et la ville, sinistre, délabrée, lépreuse, crasseuse mais avec un caractère affirmé et un humour noir qui lui plaisaient. Il avait appris à l'aimer. Jackie Corrigan, un commissaire de la vieille école approchant la soixantaine mais aussi costaud qu'un rail de chemin de fer, un peu paternaliste, avec un accent geordie léger et chantant, le prit en affection et, après l'avoir coopté comme partenaire, lui apprit tout ce qu'il savait du travail d'inspecteur sur le terrain. Il commença à enquêter sur les cas les plus importants et les plus intéressants de la région. Il fit la connaissance d'une fille du coin et ils envisagèrent même de s'installer ensemble. La vie était agréable. Et puis, juillet 1992 était arrivé et tout avait changé.

Les détails de l'affaire étaient gravés dans le folklore criminel de la Grande-Bretagne. Dans un ancien village minier transformé en ville fantôme par la fermeture de la mine locale, deux garçons, Glen Dibb et Craig Schofield, l'un âgé de dix ans et l'autre de neuf, avec des têtes de sales gosses, séchaient l'école et jouaient dans un petit bois avoisinant appelé « The Dean » par les gens du coin. Leurs jeux avaient été interrompus par Kenneth Chester, un retraité ayant passé quarante-huit ans à la mine. Une dispute s'en était suivie, dont la cause restait inconnue à ce jour, mais Chester s'était senti suffisamment menacé pour en arriver à lever sa canne sur l'un des deux garçons. Ils l'avaient alors fait tomber avant de l'attaquer, pris d'une rage soudaine. D'abord à coups de pied et de poing, puis avec des bâtons et des pierres. Ils avaient ensuite creusé une tombe sommaire et y avaient jeté le corps du vieillard, battu, meurtri, presque méconnaissable. Les deux garçons avaient ensuite regagné leur école comme si de rien n'était. Ils s'étaient débarbouillés dans les toilettes avant de retourner en classe pour les cours de l'après-midi. Personne n'avait remarqué ou signalé leur absence.

Ce crime répugnant et barbare déclencha dans la population une indignation viscérale et violente d'une nature rare, attisée par l'amertume de la famille du vieil homme et fomentée par les journaux à scandale qui s'abattirent sur le village comme des charognards et y campèrent pendant des semaines. Kenny Chester était littéralement vénéré, un héros. Plus jeune, il avait déterré à mains nues un groupe de ses compagnons de travail, prisonniers d'une galerie qui venait de s'effondrer. Cela rendait l'horreur et la sauvagerie de sa mort encore plus insupportables pour les habitants du village et le fait qu'il ait été enterré vivant d'autant plus effroyable. Dans les jours qui avaient suivi sa mort, la presse avait rappelé ses exploits et en avait fait un saint. Dibb et Schofield n'avaient pas seulement tué un vieillard, mais un modèle, un demi-dieu, le symbole de tout ce qu'il y avait de bon dans ce pays, alors qu'ils représentaient tout ce qui clochait – familles séparées, pères absents.

Chaque fois que les garçons étaient transportés du centre de détention jusqu'au tribunal, une foule importante se rassemblait, proférant injures et menaces. La soif de vengeance était palpable. Moins de vingt-quatre heures après leur arrestation, un des oncles de Dibb, un bon à rien avec un casier judiciaire, avait été tué, battu à mort tandis qu'il rentrait chez lui après une soirée au pub. Le coupable ne fut jamais découvert et, même s'il y avait de nombreux suspects potentiels étant donné son passé criminel, sa mort était sans aucun doute la conséquence de la colère qui animait les villageois. Foster était convaincu que si les enfants avaient été laissés libres, ils se seraient fait tailler en pièces, comme des renards à la fin d'une battue. L'oncle ne fut pas le seul membre de la famille victime du drame. Deux ans après le meurtre de Chester, Foster se souvenait avoir lu que l'oncle de Schofield, qui traînait lui aussi un passé douteux, était décédé de mort violente, renversé par un chauffard qui avait pris la fuite. Là aussi, le coupable restait introuvable et les journaux s'étaient interrogés sur les liens possibles avec le ressentiment causé par le décès de Chester.

Après un long procès, Schofield et Dibb furent condamnés respectivement à huit et dix ans d'emprisonnement, ce qui ne fit qu'accroître la colère provoquée par l'affaire. Malgré la vive opposition du public et les supplications de la famille Chester, le ministre de l'Intérieur resta ferme et, en dépit de l'indignation générale, ils furent relâchés après avoir purgé leur peine. On leur donna de nouvelles identités et ils furent relogés afin de mener une existence à peu près normale. Jusqu'à la veille.

Il faisait déjà nuit quand Foster gara sa voiture sur un parking privé jouxtant un complexe d'appartements dans un quartier sans charme, en périphérie d'une ville terne. Le genre de coin anonyme et morne où quelqu'un peut se fondre sans attirer l'attention. Il sortit de sa voiture. La pluie avait cessé et la nuit était suffisamment claire pour qu'il puisse apercevoir les silhouettes décharnées et squelettiques des quelques arbres qui se dressaient à l'horizon. Au fin fond de la nuit dominicale, un chien aboyait en continu, ajoutant à la morosité ambiante. Une télévision hurlait et une odeur de légumes bouillis et de viande en train de cuire flottait dans l'air.

Foster essaya à nouveau la ligne fixe. Pas de réponse. Il avait réussi à obtenir un numéro de portable par des biais qui auraient fait la fierté de Harry Stokes. Il appela. Les sonneries s'enchaînèrent un long moment avant que l'annonce anonyme de la boîte vocale ne se déclenche. Il laissa tomber. S'il ne parvenait pas à le voir, il lui laisserait un mot.

Il trouva l'interphone de l'appartement et sonna. Là encore, pas de réponse. Apparemment, ce voyage était une perte de temps. Il se demanda quoi faire. Rester là et attendre ? Il pouvait essayer de savoir si Schofield était en déplacement. Un officier de probation devait encore le suivre. Une fois qu'il aurait obtenu les autorisations, il aurait l'information. Mais pour l'instant, il ne voulait mettre personne au courant. Après toutes ces années, c'était encore son affaire, et il ne voulait pas que ce qui s'était passé pendant l'enquête de 1992 se reproduise.

Il sonna à un autre appartement. Une voix masculine, âgée, répondit. Foster ne put s'empêcher de sourire intérieurement en pensant à ce vieil homme vivant à quelques mètres de l'assassin de Kenny Chester. « Oui ?

– Bonsoir. Je cherche, euh, John Samuel », hésita Foster. Pendant une seconde, la nouvelle identité de Schofield lui avait échappé.

« Il vit au numéro quatre.

– Je sais, mais il n'est pas là. Je me demandais si, par hasard, vous sauriez où il se trouve. » Foster était obligé de crier. Quelqu'un avait baissé le volume de la télévision, mais le chien aboyait toujours.

« Aucune idée. Il ne sort pas beaucoup.

– Vous l'avez vu aujourd'hui ? »

Il y eut un blanc. « Non, je ne l'ai pas vu.

– Quand l'avez-vous aperçu pour la dernière fois ?

– Il y a quelques jours. C'est un ami à vous ?

– Je suis inspecteur de police.

– Il a des ennuis ?

– Non. J'ai seulement besoin de lui parler. Vous dites ne pas l'avoir vu depuis plusieurs jours ?

– Oui. Mais ça n'a rien de bizarre. C'est un type discret.

– La dernière fois que vous l'avez vu, vous vous rappelez quand c'était ? »

Un autre silence. « Vendredi. Il était habillé élégamment.

– Il partait travailler ?

– Non. Il est mécanicien. C'était le soir. »

Foster était à court de questions. Il avait le choix entre rentrer à Londres ou attendre quelques heures dans sa voiture au cas où Schofield regagnerait son domicile. Une troisième idée lui vint à l'esprit.

« J'aimerais pouvoir lui laisser un mot.

– Vous pouvez me le confier si vous voulez.

– Je préférerais le glisser sous sa porte pour être sûr qu'il l'ait dès son retour. Ça vous évitera de l'attendre. Vous accepteriez de me laisser entrer ? »

Le vieux monsieur hésita mais finit par déverrouiller la porte. Foster pénétra dans le hall nu et froid et trouva l'interrupteur de la minuterie sur sa droite. Sur le même mur trônaient plusieurs rangées de boîtes aux lettres. Il gravit les escaliers jusqu'au premier étage, là où se trouvait l'appartement de Schofield. En arrivant sur le palier, il vit la tête du vieillard se glisser dans l'entrebâillement de sa porte. Ils s'adressèrent un signe de tête et Foster murmura un merci avant qu'il ne disparaisse dans son appartement. Foster sortit son calepin de sa poche, en détacha une page et commença à écrire en prenant appui sur le mur.

Jusqu'à ce qu'il se retrouve dans le noir.

À tâtons, il partit à la recherche de l'interrupteur, se maudissant de ne pas l'avoir repéré avant. Il tourna la tête vers la gauche, puis vers la droite, attendant que ses yeux s'accoutument à l'obscurité et que l'interrupteur fasse son apparition.

C'est alors qu'il vit le rai de lumière sous la porte de Schofield. Étrange, songea-t-il. Il se désintéressa de l'interrupteur, s'avança vers la porte et tendit l'oreille. Rien. Il frappa. Pas de réponse ni de bruit. Il frappa à nouveau, plus fort. Toujours rien.

Foster se caressa le menton. Quelque chose clochait. Il attrapa son téléphone et appela le portable de Schofield. Il y eut un silence de quelques secondes.

Une sonnerie retentit dans l'appartement. Foster raccrocha, de plus en plus inquiet.

Prudemment, il poussa la porte qui bougea de quelques millimètres. La serrure de sécurité était enclenchée mais elle n'était pas verrouillée. Il y a des assureurs qui ne vont pas être contents, pensa Foster. En tout cas, cela allait grandement lui faciliter la tâche. Il sortit une carte en plastique de son portefeuille et en replia l'un des coins. Il la glissa entre le chambranle et la porte et la fit remonter vers la serrure. Après plusieurs essais, le pêne finit par céder.

Lentement, il ouvrit la porte. « Il y a quelqu'un ? », dit-il à voix basse, sur ses gardes.

Rien.

À l'exception du cadavre de Craig Schofield, allongé sur le sol de son studio.

5

Foster s'accroupit à côté du corps. À en juger par l'odeur de décomposition et les marbrures bleu sombre qui lui couraient sur le visage, il était mort depuis un ou deux jours. Schofield, tel que le représentait une photographie qui avait été largement utilisée à l'époque du meurtre et du procès et qui, Foster n'en doutait pas, allait servir à nouveau, était un gosse à tête d'ange avec les dents du bonheur, un gentil sourire et des yeux qui clignaient sans cesse, surmontés par une tignasse bouclée. Ce qui rendait la sauvagerie de son crime encore plus choquante. Les années ne l'avaient pas épargné. Il devait avoir dix ou vingt kilos de trop et s'était considérablement dégarni. La mort n'est flatteuse pour personne, mais même sans cela, Schofield paraissait bien plus âgé que ses trente et un ans.

Foster soupira. Quel gâchis. Il avait toujours été convaincu qu'un jour comme celui-ci finirait par arriver. Qu'un acte de violence aussi révoltant engendrerait une réaction tout aussi violente.

Il examina le corps. Aucun signe de blessure, pas de trace de sang. On ne pouvait évidemment pas écarter une cause naturelle, ou une overdose de drogue. Mais la mort de Dibb contredisait ces hypothèses. Empoisonné ou étranglé, supposa-t-il. Il reconnut l'odeur aigre du vomi, ainsi que d'autres effluves, et il y avait sur la moquette une tache sèche de liquide à côté de sa bouche.

Il se releva et balaya du regard le salon minuscule. Une autre odeur, mêlée à celles qui accompagnent la mort, flottait dans l'air. L'humidité. Vu l'état des lieux, il était évident que Schofield n'était pas une fée du logis. L'endroit était presque vide, une épaisse couche de poussière recouvrait les rares objets qui meublaient la pièce et la moquette était tachée et usée. D'un côté se trouvaient un canapé, un fauteuil fatigué et un poste de télévision. De l'autre, il y avait une petite table de salle à manger, deux chaises et une bibliothèque chargée de livres. Il avait entendu dire que Schofield s'était préoccupé de son éducation pendant son séjour en prison. Cela avait servi d'argument à ceux qui soutenaient que ces deux-là avaient purgé leur peine, qu'on ne devait pas continuer à les punir pour un crime qu'ils avaient commis alors qu'ils étaient si jeunes et qu'ils étaient désormais aptes à prendre leur place d'hommes au sein de la société. Foster secoua la tête. Comme si lire un livre ou deux était une preuve de quoi que ce soit. Son opinion sur les deux garçons n'avait pas évolué. Deux petits sauvages. Leur crime les plaçait en dehors de l'humanité. Il ne s'agissait pas, comme avaient pu le suggérer certaines bonnes âmes, d'un jeu qui avait mal tourné.

De son point de vue, la bestialité de leur crime les rangeait dans la catégorie des chiens enragés dont la population devait être protégée. Il y avait aussi le fait que la majorité du public voulait les voir derrière des barreaux – les autres auraient préféré qu'ils soient pendus – et qu'ils y restent à jamais. Enfin, il y avait le problème de leur propre sécurité, bien que pour lui cela soit loin d'être une priorité. Dès leur libération, Foster avait toujours su que leurs vies se finiraient prématurément. Et c'est ce qui était advenu.

Il passa les livres en revue. Quelques classiques et des best-sellers. Peu de romans, surtout des livres d'histoire, ancienne et récente. L'un d'eux traitait de la vie et des crimes de l'éventreur du Yorkshire. Quelles réponses Schofield espérait-il dénicher dans ces pages ? songea Foster, un sourire ironique aux lèvres.

Ne trouvant pas ce qu'il cherchait, il s'éloigna de la bibliothèque vers un couloir sombre sur lequel donnaient trois portes. Utilisant le mouchoir avec lequel il s'était couvert la bouche pour éviter de laisser des empreintes, il ouvrit celle située à sa droite. Une chambre, assez grande pour y caser un lit mais pas grand-chose d'autre. Il y flottait une odeur de renfermé passablement désagréable. Le genre que l'on s'attend à trouver chez un type vivant seul. Le lit était défait. Sur le sol, un vieux radio-réveil affichait l'heure par intermittence, en chiffres rouges. 21:45.

Il essaya la porte suivante. Une salle de bains. C'était de là que venait l'odeur d'humidité. Le robinet du lavabo gouttait. Tous les éléments étaient écaillés et tachés, une ligne de crasse faisait le tour de l'intérieur de la baignoire. Il referma la porte sans s'attarder.

La dernière porte ouvrait sur une petite cuisine. Il entra, laissant l'odeur d'humidité derrière lui. Il observa attentivement les lieux. La pièce la plus propre de tout l'appartement. Les égouttoirs étaient nets et sans taches. L'évier était vide et l'Inox rutilant. Il ouvrit le placard placé au-dessus. La propreté n'était qu'apparente. Les verres étaient marbrés de crasse, posés sur une étagère douteuse. Il examina la cuisine une seconde fois. Il y avait un lave-vaisselle encastré. Il l'ouvrit. L'appareil était plein et la vaisselle propre. Le placard de la poubelle se trouvait juste à côté.

Il l'ouvrit et la fit glisser hors de son logement. Elle était vide. Pas de détritus ni de sac. Il examina la pièce encore une fois. Pourquoi la cuisine était-elle immaculée alors que le reste de l'appartement était envahi de crasse ? Le tueur avait certainement pris grand soin d'effacer toutes ses traces.

Foster n'avait cependant toujours pas trouvé ce qu'il cherchait. Il détailla la pièce une dernière fois. Enfin, il le vit. Derrière le grille-pain. La main toujours protégée par son mouchoir, il déplaça l'appareil, faisant apparaître un bouton vert installé dans le mur. Un bouton d'alerte pour prévenir le poste de police local. Il avait dû être installé quand Schofield avait emménagé, au cas où son identité soit découverte et que des justiciers équipés de torches et armés de fourches débarquent devant sa porte. Dans le cas présent, cela ne l'avait pas aidé. Soit il n'était plus en état d'atteindre la cuisine et d'actionner le bouton, ou bien il n'en avait pas ressenti la nécessité.

Schofield et Dibb étaient morts. Cela ne pouvait pas être une coïncidence. Foster était certain que leur mort était directement liée à leur crime. Qui était le responsable ? Dibb était mort après Schofield. Avait-il tué son ami avant de se supprimer ? C'était une possibilité. Cela pouvait expliquer la manière spectaculaire avec laquelle il avait mis fin à ses jours. D'un autre côté, il y avait tellement de gens qui souhaitaient leur mort que la police n'allait pas manquer de suspects.

Il regagna le salon. Le corps de Schofield y était toujours étendu, intact. Un parfait contraste avec les restes carbonisés de l'homme auquel il resterait lié à jamais. Foster soupira. Nigel Barnes avait raison. On ne pouvait échapper à son passé.

6

Le type qui ouvrit les portes du garage était si gros que Foster ne l'imaginait pas capable de monter dans une voiture et encore moins de se glisser dessous pour y travailler. La respiration sifflante, il longea la façade en se dandinant, les jambes écartées pour éviter que ses cuisses ne s'entrechoquent et, à l'aide d'un trousseau de clés qui semblait minuscule entre ses doigts gros comme des saucisses, il déverrouilla les serrures une à une, jusqu'à ce que toutes les portes soient ouvertes. Quand le cérémonial fut achevé, Foster sortit de sa voiture et déplia sa carcasse fatiguée. Il n'avait pas dormi. Le corps de Schofield était encore dans l'appartement. Il voulait mener sa propre enquête avant de donner l'alerte.

Il faisait à peine jour. Le ciel était d'un gris déprimant et il flottait dans l'air un parfum d'humidité qui se mêlait aux odeurs de moteur et d'huile de vidange. Le gros type était entré dans une petite cahute et avait allumé un plafonnier qui projetait un large rai de lumière sur l'esplanade située devant le garage. Foster frappa à la porte ouverte avant d'entrer. L'endroit sentait le renfermé et la cendre froide. Bientôt, il serait à nouveau empli de fumée. Le gros type avait allumé une cigarette. Dans une pièce située à l'arrière, il entendit le bruit d'une bouilloire que l'on remplissait.

« Nous ne sommes pas encore ouverts », lui lança une voix monotone et rauque à l'accent des Midlands. « Laissez-moi une demi-heure. »

Foster ne répondit pas, enfonça ses mains dans ses poches et parcourut les murs du regard. Un calendrier mural, inutilisé, à l'encre délavée. Deux calendriers avec des filles seins nus, ouverts au mois en cours. La tête du gros type émergea d'un coin.

« Vous avez pas entendu ? J'ai pas encore bu mon thé. C'est fermé.

– Je ne suis pas ici pour déposer ou reprendre une voiture. »

Le visage du gros, un amas de chair couleur bacon, plissé et ridé comme de la cire fondue, s'assombrit. « Eh ben, raison de plus pour que vous dégagiez et que vous me foutiez la paix. »

Foster haussa les épaules. « Désolé, je reste. »

Les yeux porcins se plissèrent un peu plus. « Z'êtes flic ?

– C'est possible. »

À présent le gros semblait inquiet. Il a probablement plus d'arriérés d'impôts qu'un lord anglais, s'amusa Foster. Il le laissa mariner quelques secondes avant de mettre fin à son malaise. « En fait, je viens voir John Samuel. »

Sous l'effet du soulagement, les bourrelets semblèrent s'affaisser un peu plus. « John ? Pas encore arrivé. » Il jeta un coup d'œil sur l'horloge accrochée au mur qui indiquait sept heures passées de quelques minutes. « En général, il arrive vers la demie. Une tasse de thé ?

– Oui, merci.

– Comment vous l'aimez ? »

Eh bien, une vraie petite hôtesse maintenant, pensa Foster. Il se demanda combien de tas de boue sortaient de cet endroit. « Laissez le sachet pendant au moins cinq minutes. Un nuage de lait. Deux sucres. »

Le type partit en se dandinant et revint quelques instants après, une cigarette calée au coin de la bouche. « Et voilà », dit-il en posant le thé qui semblait suffisamment fort. « Qu'est-ce qu'il a fait, John ? Entre nous, j'ai toujours trouvé qu'il était bizarre. »

Quelle loyauté, pensa Foster. « Je ne peux pas vous le dire. Je veux juste lui parler d'un truc sans importance. » Il avala une gorgée de thé brûlant. « Qu'est-ce que vous entendez par bizarre ? Monsieur ?

« Todd », répondit le type en lui tendant sa grosse patte. « Jim Todd. » Foster la serra et nota mentalement de ne pas oublier de laver la sienne. « C'est un garçon tranquille. Il parle à peine. Un bon mécano en revanche. J'ai du mal à l'imaginer avoir des problèmes avec la police.

– Cela fait longtemps qu'il travaille pour vous ?

– Trois ans. Non, attendez. Plus que ça, quatre peut-être ? C'est certainement le meilleur que j'ai eu. Appliqué, il fait son boulot, pas le genre à faire chier comme d'autres.

– A-t-il des amis ?

– Pas ici. Enfin, les autres gars et moi, on l'aime bien. Mais il n'est pas comme nous. Quand on va au pub, il nous accompagne pour boire un coup, mais après une tournée il rentre chez lui. On dirait qu'il aime pas être dehors. S'il a des amis, il est discret sur le sujet.

– De la famille ? »

Il réfléchit en tirant sur sa cigarette. « Je l'ai jamais entendu en parler non plus. C'est un solitaire, un vrai. Mais c'est un brave garçon. Les autres le chambrent un peu, vous voyez. Des farces, des trucs de ce genre. » Il se mit à rire, ou plutôt son visage sembla l'indiquer, car Foster n'entendit qu'un sifflement rauque suivi de quelques croassements. « À son premier jour, ils l'ont envoyé chez le boucher chercher un sac de lèvres de poulet. » Il avait viré au violet tellement le souvenir était hilarant. « Et il l'a fait. » Il se remit à siffler et croasser. Foster craignait de le voir défaillir avant de mourir.

« Et vendredi dernier, aussi », ajouta-t-il en s'essuyant un œil.

« Pourquoi ? », demanda Foster, craignant de récolter une anecdote sur l'achat d'une bulle pour un niveau.

« Je ne sais pas trop. Il avait un rendez-vous ou quelque chose. » Le rire repartit de plus belle. « Ils n'ont pas arrêté. "Et tu sauras où la mettre ?" "Et elle vient avec son chien d'aveugle ?" "Et elle a une copine ? On pourrait se faire une soirée couples au chenil". »

À ce stade, il ne parvint plus à parler. Il agita sa main dans les airs en signe d'excuse tandis qu'il reprenait sa respiration. « Oh, on s'est bien marrés.

– Ouais. Ça m'en a tout l'air », ironisa Foster. Il attendit que le gros se calme. « Vous savez avec qui il avait rendez-vous ? Une cliente, peut-être ? »

Il secoua la tête et s'essuya les yeux une fois de plus. « Aucune idée. On l'aurait su si c'était quelqu'un qui était déjà venu ici. Ça m'étonnerait. John a plutôt tendance à se cacher quand il y a du monde. Je le laisse jamais parler aux clients.

– Et où sont-ils allés ? »

La méfiance réapparue dans ses petits yeux plissés. « Qu'est-ce que ça peut faire ? Il lui est arrivé quelque chose ? Ou à elle ? Mon Dieu, il a pas fait un truc stupide au moins ? »

Foster comprit qu'il ne pourrait pas aller plus loin s'il ne lâchait rien. « Non. Pas que je sache. Mais ça pourrait m'être utile pour ce à quoi je m'intéresse. »

Todd acquiesça. « Je sais où c'était. The Dove sur Argyle Street. Je le sais parce que les gars voulaient y aller pour jeter un œil. » Pendant un instant, Foster crut qu'il allait encore s'étouffer de rire, mais il se refréna. « Peut-être qu'il y en a qui y sont allés en fait. » Il leva les yeux vers l'horloge. « Ils seront bientôt là. Et lui aussi. Pourquoi vous ne lui demandez pas quand il arrive ?

– Je reviendrai», dit Foster en avalant le reste de thé au fond de sa tasse. « Je dois d'abord passer ailleurs. Merci pour le thé. »

The Dove était un pub gris et anonyme, coincé entre deux maisons, dans une petite rue sinueuse aux abords du centre-ville. Ce sera ma dernière tentative avant de donner l'alerte, pensa Foster. Il avait déjà largement dépassé les bornes ; il y aurait des conséquences quand on apprendrait qu'il avait sillonné la ville en posant des questions, laissant une scène de crime se dégrader à chaque minute qui passait. S'il réussissait à rassembler un maximum d'informations, il pourrait rapidement essayer de faire coller les meurtres entre eux. Dès que la police locale aurait pris l'enquête en main, il serait obligé d'en passer par toute une gymnastique administrative.

De la lumière filtrait par la vitrine. Il y avait donc quelqu'un à l'intérieur. Foster frappa à la porte. Après quelques secondes, un grand type barbu, l'air fatigué et blasé, vint déverrouiller et ouvrir la porte.

« Ouais », lâcha-t-il d'un ton bourru.

Foster exhiba son insigne. L'homme l'invita à entrer d'un geste las. Le pub sentait l'alcool éventé et la cire. Étonnamment, c'était une combinaison agréable. Les chaises étaient posées sur les tables et quelqu'un était en train de faire le ménage. L'ambiance était chaleureuse, presque accueillante. Foster fut tenté de s'installer au bar et de commander une pinte.

« En quoi puis-je vous être utile ? », demanda l'homme à la barbe.

« C'est votre affaire ?

– Je la gère, oui. C'est la brasserie qui en est propriétaire. »

Foster jeta un coup d'œil circulaire. Une taverne paisible. Pas le genre d'endroit où l'on trouve des caméras de surveillance. « Vous étiez là vendredi soir ?

– Oui, c'est notre plus grosse soirée.

– C'était plein ?

– À divers moments.

– J'essaie d'en apprendre le plus possible sur un gars qui est venu ici. Il avait un rencard, je crois. »

Le patron roula des yeux. « Il y avait pas mal de couples ici vendredi. Vous avez une photo ?

– Non.

– Dans ce cas, je ne suis pas sûr de pouvoir vous aider. C'était très animé. » Il fit un signe de tête en direction du long bar en bois. « Là-bas derrière, on se contente de servir. À moins que ce soit un habitué, ou qu'un client fasse quelque chose de stupide ou cherche la bagarre, tout le monde se ressemble. Il avait une dégaine spéciale ? »

Foster réfléchit : presque la trentaine, légèrement dégarni, passablement en surpoids, pas de signes distinctifs, un enfant meurtrier qui avait fait la une de tous les journaux vingt ans plus tôt. « Non », répondit-il.

« Désolé », ajouta le patron en haussant les épaules. Il se retourna pour s'éloigner.

Foster savait que c'était loin d'être gagné. « Il devait avoir l'air terriblement nerveux. Très mal à l'aise. Je ne crois pas qu'il avait l'habitude d'être en compagnie d'une femme. »

Le patron pivota vers lui, l'air perplexe. « Vous avez un nom ?

– Oui. John Samuel. »

Il leva l'index. « Donnez-moi une minute. » Il passa derrière le bar et alla jusqu'à la caisse. Il ouvrit une petite boîte, fouilla à l'intérieur et en sortit une carte bancaire.

« Il a laissé sa carte ? Sur une table ?

– Non. Au bar. Il a ouvert une ardoise. Et puis, il est parti sans régler. Ça arrive. En général quand les gens sont trop bourrés. Ils viennent le lendemain pour récupérer leur carte et payer. Il n'est pas repassé.

– Par curiosité, à combien s'élève l'addition ? »

Le patron consulta un ticket de caisse. « Cinq livres et dix pence.

– C'est tout ? Pas franchement une nuit de folie.

– On dirait. Une pinte et un gin tonic. » Son regard alla jusqu'à une table dans le coin opposé. « Je me souviens d'eux. » Un sourire en coin apparut sur ses lèvres.

Foster se pencha au-dessus du bar. « Vraiment ? »

Le patron se mit à sourire franchement. « Certainement. Vous avez raison, il était très nerveux. Mais ça ne m'étonne pas.

– Pourquoi donc ?

– Eh bien, c'était une fille superbe. Il jouait en dehors de sa catégorie. Johnny bossait avec moi et on en a blagué. Vous voyez, comme quoi il devait avoir un portefeuille ou une bite énorme, parce que même avec la meilleure volonté du monde, c'était pas franchement George Clooney. »

Foster sortit son calepin. « Décrivez-moi la fille.

– Oh, elle ne ressemblait pas non plus à une star de cinéma. Disons qu'elle était un cran au-dessus des femmes que l'on voit ici habituellement. Pas trop grande, mince, cheveux blonds, yeux bleus, des traits fins. Elle avait l'air bien mordue. Elle riait de ses blagues, se passait la main dans les cheveux, le bras posé sur son épaule, tous ces trucs-là. Un sacré veinard. Pas étonnant qu'il ait filé en oubliant sa carte. On aurait tous fait pareil à sa place. » Soudainement, il redevint sérieux. « Qu'est-ce qu'il a fait ? »

Foster nota le tout. « Qu'est-ce qui vous conduit à penser qu'il a fait quelque chose ? »

Le patron du pub haussa les épaules. « Je les verrai un jour mes cinq livres dix ? »

Foster referma son calepin et le glissa dans la poche de sa veste. « À votre place, je ne compterais pas dessus. »

Une fois dehors, il rejoignit sa voiture et passa deux appels. Le premier au poste de police local pour signaler la mort de Samuel.

Le second à Harry Stokes.

7

La nouvelle de la mort de Dibb et de Schofield était suspendue dans les airs, comme une vague gigantesque prête à s'abattre sur un rivage paisible. Quelques moments de calme pendant que l'on rassemblait et digérait les renseignements, juste avant l'immense rugissement, quand elle déferlerait sur toutes les chaînes d'information, les sites et les journaux, et que lui succéderait le brouhaha des discussions dans les foyers, les bars et les bureaux à travers tout le pays. Les ministères en profiteraient pour publier discrètement quelques statistiques accablantes et des informations embarrassantes, tandis que les organismes de relations publiques cesseraient leur incessante promotion, tous conscients qu'il n'y avait pas de place libre dans les journaux ou de temps d'antenne disponible pour autre chose.

Indifférent au tapage qui s'annonçait, Grant Foster s'installa derrière son bureau avec une tasse de thé fumant. À l'extérieur, la pluie s'était transformée en crachin. Autour de son box, une boîte à l'intérieur d'une autre boîte, les membres de la brigade criminelle se rassemblaient. Quelques-uns avaient travaillé sur la mort de Dibb quand il était encore David Lowell. Maintenant qu'il s'agissait de l'un des criminels les plus connus de Grande-Bretagne, ils avaient battu le rappel et tous les agents disponibles avaient été convoqués.

Devant Foster étaient disposés quatre dossiers. Deux d'entre eux étaient des comptes rendus officiels rédigés par les agents de probation de Dibb et Schofield. Après leur libération, ces derniers les avaient contactés de plus en plus épisodiquement au fur et à mesure des années. Les deux autres, arrivés par coursier quelques minutes auparavant, étaient constitués de documents photocopiés.

Heather passa la tête dans l'entrebâillement de la porte. Elle avait l'air aussi épuisée que lui. Dans les jours à venir, ni lui ni elle n'auraient l'occasion de rattraper les heures de sommeil perdues.

« Ils sont tous là, sir », l'informa-t-elle.

Il hocha la tête. Ils étaient chargés d'enquêter sur la mort de Dibb. La police d'East Midlands s'occuperait de celle de Schofield. S'il s'avérait que les deux enquêtes se télescopaient ou empruntaient les mêmes chemins, ils collaboreraient, mais pour l'instant le plan était de traiter chaque cas séparément puis de se réunir pour partager les résultats.

Foster ramassa le dossier de probation de Dibb, laissant les autres sur son bureau, et rejoignit son équipe dans le centre opérationnel, propre, moderne, sans âme. En dehors des bureaux, des ordinateurs, des téléphones, des chaises et des lampes, seuls quelques tableaux blancs meublaient la pièce. Sur l'un d'eux, quelqu'un avait scotché une photographie du mariage de David Lowell. Juste à côté se trouvait le cliché de l'écolier publié en une de tous les journaux vingt ans auparavant.

Foster observa les inspecteurs rassemblés. Habituellement, à cette étape, il y avait de l'électricité dans l'air, un crépitement d'énergie, des pros pressés d'être lâchés sur le terrain pour faire leur boulot : arrêter des criminels. Là, ce n'était pas le cas. Ils étaient appuyés nonchalamment contre les bureaux, les bras croisés, en train de bâiller, l'air démotivé. Tel qu'il le voyait, beaucoup d'entre eux estimaient que le méchant était déjà mort. Tous étaient suffisamment âgés pour se souvenir du meurtre de Kenny Chester. Foster savait que cela n'allait pas lui faciliter la tâche. Il les passa en revue les uns après les autres et ils commencèrent à lui prêter attention. Quelques-uns sortirent même les mains de leurs poches.

« Avant que nous entrions dans le vif du sujet, je souhaiterais préciser quelques points. Pour ceux d'entre vous qui ne le savent pas encore, j'ai travaillé sur le meurtre de Kenny Chester. »

Il y eut un murmure de surprise dans la pièce. À présent, il avait toute leur attention.

« J'ai vu le corps. J'ai interrogé les suspects. J'ai été en liaison avec la famille. Croyez-moi, j'ai vécu chaque putain de minute de cette fichue affaire. Et ça a failli me tuer. »

Le silence régnait dans la salle. Il n'entendait que le bourdonnement des néons qui, bien que ce soit le milieu de l'après-midi, étaient tous allumés pour chasser l'obscurité.

« Donc, quand j'affirme que Dibb et Schofield étaient deux jeunes animaux qui méritaient de moisir en prison pour le reste de leur vie, je le pense vraiment. La décision qui a conduit à leur libération était politique. J'étais contre. En fait, je savais que ce genre de choses allait arriver. Est-ce qu'ils l'ont vu venir ? Je n'en sais rien. Je ne crois pas au karma ni au fait que l'on récolte ce que l'on sème. Je crois au travail de police bien fait. »

Il s'éclaircit la gorge.

« Cela signifie que nous devons faire tout notre possible pour découvrir ce qui est réellement arrivé à Dibb et qui l'a tué.

Peut-être que le public danse dans les rues pour fêter sa mort, mais il s'attend aussi à ce que nous enquêtions sur chaque meurtre avec le même professionnalisme et la même efficacité. Ce n'est pas parce que certains d'entre nous pensent que Dibb n'aurait pas dû être en liberté que nous ne devons pas agir avec méthode et rigueur. En vérité, si nous croyons sincèrement à notre travail, nous devrions même faire un effort supplémentaire pour trouver le coupable. Notre boulot, c'est d'apporter la justice, nous ne sommes pas des miliciens haineux. Si nous laissons les auteurs de ce genre d'horreurs s'en tirer, notre travail deviendra infiniment plus difficile. Dans ce pays, et dans une grande partie du monde, tous les regards vont être braqués sur cette enquête, alors faisons de notre mieux. »

Il balaya l'assistance du regard. Ils ne levaient pas les bras en l'acclamant, mais il constata que son discours avait porté.

« Ce n'est pas simplement un suicide, sir ? », demanda un jeune inspecteur. « On va sûrement découvrir qu'il a buté Schofield avant de se supprimer, non ? Si quelqu'un avait une bonne raison de se foutre en l'air, et il faut une bonne raison, c'était bien Dibb. Il a tué Schofield et ne voulait pas retourner en prison. Il a sans doute préféré partir en faisant des étincelles. »

Quelques ricanements discrets se firent entendre.

« Il téléphonait probablement à sa femme ou à sa maîtresse. Pas étonnant qu'il ait été agité. Il s'apprêtait à s'immoler par le feu et il venait de tuer quelqu'un », ajouta un autre inspecteur.

« En effet », répondit Foster. « L'hypothèse du suicide est séduisante. Mais je n'y adhère pas.

– Pourquoi donc ? » La question venait du jeune policier qui était intervenu en premier.

« Mon instinct, surtout. Mais essayons de regarder la situation froidement. Quel aurait pu être son mobile pour tuer Schofield ? Il avait refait sa vie. Il était passé à autre chose.

– Schofield l'a peut-être contacté. Peut-être essayait-il de le faire chanter ou un truc dans le genre. »

Foster secoua la tête. « J'ai vu le corps de Schofield. Ce n'est pas notre enquête, mais il a été empoisonné. Si Dibb avait voulu le tuer, il n'aurait pas choisi cette méthode. »

L'inspecteur Drinkwater, un flic intelligent au visage taillé à la serpe, intervint. « Il s'est peut-être suicidé parce qu'il savait que Schofield était mort et qu'il était le suivant.

– C'est possible. Si la véritable identité de l'un d'eux a été découverte, on peut penser que la couverture de l'autre est tombée elle aussi. Mais dans ce cas, pourquoi se suicider de cette manière ? Pourquoi ne pas aller voir la police et leur dire qu'il y avait eu une fuite ? Il a dû penser qu'un sort horrible l'attendait pour faire un choix aussi extrême. »

Foster fit une pause. « Toutes ces théories sont recevables, mais commençons par nous intéresser à ce que nous savons. » Il passa en revue la chronologie des événements depuis la découverte du cadavre de Dibb dans sa voiture le samedi soir puis il distribua les tâches. Il chargea le lieutenant Khan, un flic blagueur mais doué, à l'aise avec la technologie, d'essayer de déterminer avec qui Dibb s'était entretenu au téléphone.

« Il devait se commander un burger bien grillé », plaisanta-t-il déclenchant quelques rires. Foster les ignora.

« Lewis et Taylor, vous allez m'examiner les enregistrements des caméras de surveillance et voir si vous pouvez nous dire où Dibb est allé entre le moment où il a quitté son domicile en fin d'après-midi et celui où il s'est garé à Chiswick. Je veux aussi savoir où il a trouvé l'essence avec laquelle il s'est aspergé. Il n'avait pas de garage et sa femme dit qu'il n'en stockait pas chez eux. Il a donc dû l'acheter dans la journée ou le soir. Jimmy et Clive, je veux que vous visitiez tous les garages de l'est de Londres pour savoir si l'un d'eux en a vendu à quelqu'un correspondant à sa description. »

Foster attrapa le dossier de probation de Dibb et le tendit à Heather qui était assise à côté d'un jeune inspecteur dont le crâne rasé et les lunettes étaient l'objet de beaucoup de moqueries. « Jenkins et Kojak, vous allez passer sa vie en revue. Voilà le dossier de probation détaillant celle qu'il avait construite en tant que David Lowell. Apparemment, il s'était bien mieux intégré que Schofield. Il travaillait dans l'informatique et avait été promu à plusieurs reprises. Je sais qu'il était très fier de sa nouvelle vie. Il chérissait son indépendance et avait l'intention de renoncer à sa protection. Il n'avait même pas de bouton d'alerte chez lui. Je veux que vous interrogiez ses collègues de bureau, ses amis. Épluchez ses comptes, il avait peut-être des problèmes d'argent, ou une liaison. Quand la réunion sera finie, passez dans mon bureau, j'aurai peut-être d'autres choses pour vous. »

Il se tourna vers les autres inspecteurs. « Vous, vous allez frapper à toutes les portes de la rue où la voiture a été trouvée. Au cas où quelqu'un aurait vu ou entendu quelque chose. »

Pensant qu'il avait terminé, ils commencèrent à se lever pour partir. Certains discutaient déjà entre eux.

« Un dernier point », ajouta Foster. « Je vais avoir pas mal de boulot de mon côté sur cette affaire étant donné que j'ai été impliqué dans la première enquête. » Il fit un geste en direction de Drinkwater. « Andy va coordonner les investigations à partir de maintenant. Il mènera les briefings quotidiens si je suis absent et s'assurera de la bonne marche de l'ensemble. »

Foster appréciait Drinkwater, un inspecteur dévoué qui, il l'espérait, irait loin sans avoir à vendre son âme. Il avait pour lui de ne jamais boire d'alcool ce qui lui éviterait de sombrer dans la boisson comme quelques-uns des flics que Foster avait croisés au cours de sa carrière.

Une fois le groupe dispersé, il retourna dans son bureau, suivi de Heather et Kojak.

Il s'assit et poussa vers eux les énormes tas de photocopies.

« Si on vous le demande, vous n'avez jamais vu ces documents », dit-il.

« De quoi s'agit-il ? », demanda Heather en soulevant les premières pages avec curiosité.

« Ceci, ma chère, est le dossier constitué par l'un de nos journaux à gros tirage sur Glen Dibb. »

« Beurk », lança-t-elle en faisant la grimace.

« C'est énorme », souffla Kojak. « Deux fois plus gros que ça », ajouta-t-il en brandissant le maigre dossier de probation.

« Disons que le *Mail* a consacré plus de temps et de ressources à fouiner dans la vie de Glen Dibb que le service de probation. »

Heather continuait à feuilleter le dossier, impassible. « Rien de tout cela n'est recevable. La moitié a été obtenue illégalement. Et quand je dis la moitié, je suis optimiste.

– En effet. En revanche, cela va nous être très utile. J'y ai jeté un bref coup d'œil et j'en ai appris plus en cinq secondes qu'en cinq longues minutes à lire l'autre dossier. Les journalistes sont peut-être des ordures, mais ils sont extrêmement efficaces. Il est clair que chaque recoin de la vie de ces hommes a été scruté, surveillé, inspecté, en prévision du jour où l'on pourrait révéler leur véritable identité, pour que le monde sache comment ils avaient vécu.

– Ces hommes ? », s'étonna Heather.

« Oh, oui, j'ai aussi le dossier de Schofield. »

Elle haussa les sourcils. « Ne vous posez pas trop de questions, c'est préférable », s'empressa-t-il de dire. « Il menait une vie misérable, minable. D'après ses comptes, il consultait régulièrement des sites pornos sur Internet. Il était inscrit à plusieurs agences de rencontres. Il avait même acheté un produit contre la chute des cheveux. Je devrais essayer – je vous dirai ce que ça donne, Kojak. Schofield fumait comme un pompier, buvait modérément, pariait de temps à autre, aux courses la plupart du temps. En dehors de ça, il n'y a pas grand-chose à dire. Il n'avait pas d'amis et très peu de relations.

« Le dossier de Dibb est bien plus fourni. On devine aisément lequel des deux était considéré par le *Mail* comme étant celui qui, le premier, se retrouverait à la une. Dibb s'est jeté dans la gueule du loup. Il y a des allégations d'usage de drogue. Une arnaque classique des tabloïds. On lui a proposé de la cocaïne, il l'a achetée et le journaliste portait un micro. Ce n'est pas allé plus loin. Pas suffisamment juteux, probablement, pour prendre le risque de s'attirer les foudres du Home Office. Il y a d'autres allégations sur sa vie dissolue, d'autres histoires de drogue, même des relations homosexuelles.

– D'où sortent ces accusations ? », demanda Kojak.

« C'est bien le problème. La plupart sont anonymes. Le plus intéressant est qu'il a dû déménager d'une ville dans le Surrey où quelqu'un avait pigé qui il était et lui avait envoyé des lettres d'insultes. J'ai croisé l'info avec le dossier officiel et ce dernier n'en fait pas mention. Pas de changement d'identité. Juste une demande pour s'installer à Londres.

– Si Dibb s'est senti suffisamment menacé pour partir à Londres, pourquoi n'a-t-il pas parlé de ces menaces à ceux qui le protégeaient ? », fit Heather.

Foster haussa les épaules. « Il a bien dû le dire à quelqu'un puisque le *Mail* le sait. Mais le..., heu, contact qui m'a procuré le dossier a veillé à en effacer les noms qui pourraient révéler ses sources. Toutefois, il a raté quelque chose. Une référence à un rapport rédigé par un dénommé Lowrie.

– Qu'est-ce que vous voulez qu'on en fasse ? », interrogea Kojak en soupesant le tas de photocopies que Heather venait de lui donner.

« Décortiquez-le, sortez-en ce qui est digne d'intérêt et reposez-le sur mon bureau. Il n'en sera plus jamais question. »

Heather se tenait droite, les mains posées sur les hanches, les lèvres pincées. Foster voyait bien que l'idée d'utiliser les informations obtenues illégalement par le *Mail* la chagrinait. « Il doit bien y avoir un organisme de contrôle de la presse à qui on pourrait passer tout ça. Cela pourrait les intéresser de savoir ce qu'ils ont manigancé.

– Ne comptez pas là-dessus, Heather. »

Elle haussa les épaules. « Que fait-on au sujet de ce Lowrie ? »

Foster avait sa petite idée. « Je m'en occupe. »

8

La femme aux formes généreuses qui ouvrit la porte à Foster était la même que celle qu'il avait rencontrée à une ou deux réceptions organisées par la police plus d'une dizaine d'années auparavant. Son visage était empourpré. Elle semblait nerveuse et irritée.

« Shirley ? », fit-il.

Ses yeux se plissèrent avant de se mettre à pétiller. Elle l'avait reconnu. « Roger », appela-t-elle en renversant la tête pour s'adresser à quelqu'un qu'il ne pouvait pas voir. Elle tourna la tête vers lui. « Grant Foster ! Entre, entre.

– Je suis garé dans la rue, c'est... ?

– C'est bon, c'est bon », répondit-elle en l'attrapant par l'épaule et en le traînant presque dans l'entrée immaculée. « Nous avons des voisins compréhensifs. »

Par le passé, Foster s'était rendu coupable de stationnement à la londonienne, laissant sa voiture sur la première place disponible en oubliant que les us et coutumes étaient souvent différents en banlieue. Les gens n'appréciaient pas que des étrangers stationnent juste devant chez eux. Il n'avait pas pu se garer dans l'allée devant la maison car celle-ci était déjà occupée par trois voitures. Une petite citadine, une Jaguar neuve élancée et un 4x4 gourmand en carburant. Foster se demanda où l'on pouvait bien pratiquer le tout-terrain à Thames Ditton, une enclave aride du Surrey où les cadres de la presse et les flics à la retraite venaient finir leurs jours.

L'écho des sonneries de plusieurs téléphones emplissait la maison. Un visage bronzé au nez crochu et surmonté d'une chevelure grise apparut derrière une porte. Il semblait en colère.

« Quoi ? », lança-t-il à sa femme.

Elle désigna Foster. L'homme suivit son geste du regard et sa colère s'évanouit. « Putain ! Regarde un peu qui débarque ! Cet enfoiré de Grant Foster !

– Roger ! », gronda sa femme.

« Alors, Roger, toujours aussi charmant à ce que je vois », plaisanta Foster. Lowrie les rejoignit et lui serra la main d'une poigne ferme. Il devait avoir près de soixante ans mais il était encore imposant et large d'épaules. Derrière eux, le concert de sonneries n'avait pas cessé.

« On dirait que tu es très occupé », ajouta-t-il.

Lowrie roula des yeux. « Tu n'imagines pas, mon pote. Depuis le milieu de l'après-midi, c'est la folie. » Il fit une pause et se gratta le menton. « Mais tu sais probablement pourquoi, n'est-ce pas ? En fait, j'imagine que c'est pour ça que tu es là. Schofield et Dibb.

– Toujours l'esprit vif, hein ?

– Je dois dire que le fait que ces deux raclures aient eu ce qu'elles méritent ne va pas m'empêcher de dormir. » Il se frotta les mains. « En fait, cela me convient parfaitement. Je me fais des couilles en or. » Il se tourna vers sa femme qui se tenait debout dans le hall. « Chérie, va donner un coup de main aux filles avec les téléphones. Dis-leur que je suis en rendez-vous et que je reviens. Suis-moi, Grant.

– Des filles ? Tu as du personnel, Roger ? », questionna Foster tandis qu'ils remontaient un couloir à la moquette épaisse. Sur les murs étaient accrochées des photographies de Lowrie à diverses étapes de sa carrière : jeune flic en uniforme ; inspecteur en costume avec des rouflaquettes ; une autre avec un groupe de vieux de la vieille grisonnants lors d'un pot de départ, probablement le sien. Foster reconnut plusieurs visages familiers.

« Pas vraiment », expliqua Lowrie en poussant la porte d'une petite pièce aménagée en bureau. « Ce sont mes filles. Je les embauche quand les téléphones s'emballent. Je préfère faire ça en famille. » Il ouvrit un petit bar rempli d'alcools. « Scotch ?

– Léger. Je suis en voiture. »

Lowrie ignora sa requête et leur servit deux énormes mesures. Foster ne protesta pas et prit le verre. Ils trinquèrent.

« Ça fait une paye. »

Foster hocha la tête. Ils avaient travaillé ensemble à la Criminelle pendant quelques années. Lui, était une jeune recrue et Lowrie un vieux briscard. « Dix ans ?

– Six mois et vingt-sept jours. Et chacun d'eux a été une joie. Toi aussi, Grant, tu devrais te barrer. » Il avala une gorgée de whisky. « C'est la meilleure chose que j'ai faite, décider de partir. Avec un sacré dédommagement en plus. Je ne pense pas qu'ils te donnent encore de telles sommes quand tu t'en iras.

– Tu es parti pour raisons de santé, non ? »

Lowrie lui adressa un clin d'œil. « C'est sûr qu'à la fin, ça laisse des traces. En tout cas, c'est ce que j'ai raconté aux deux jeunes abrutis qu'ils avaient embauchés pour m'en parler. »

Le "ça" en question était une affaire plutôt sordide. La mort d'un dealer. Les détails étaient devenus flous avec le temps, mais Foster se souvenait qu'à l'époque, tout n'était déjà pas très clair. Il y avait eu des discussions sur le fait que la police n'était pas en état de légitime défense quand elle avait logé quatre balles dans le corps du dealer. Personne n'avait été inculpé et les principaux protagonistes s'étaient vus offrir une retraite anticipée avant que l'histoire ne s'envenime. Lowrie était parmi eux.

Foster but une petite gorgée. C'était un single malt de qualité, doux et tourbeux. Très cher. « En tout cas, d'après les véhicules garés devant chez toi et le contenu de ce verre, tu t'en sors bien.

– Très, très bien, Grant », approuva Lowrie en hochant vigoureusement la tête. « Vraiment, tu devrais essayer. Je vais probablement tout plier bientôt et partir en Espagne. On a un truc là-bas. À Murcie. Charmant. Pas ce temps hivernal de merde. Et plein de bons terrains de golf. »

Foster détestait le golf. Trop de marche et des pullovers atroces.

« Bref, une fois que je serai parti là-bas, il y aura une place à prendre », poursuivit Lowrie. « Même si ce n'est pas aussi marrant qu'avant. De nos jours, les gens réfléchissent à deux fois avant de nous employer. Mais ça ne veut pas dire qu'il n'y a plus d'argent à se faire. »

Pitié, pensa Foster. Détective privé ? Fouiner dans les poubelles des riches et des célébrités, faire le sale boulot pour ces serpents de la presse, essayer de piéger les tire-au-flanc et les profiteurs. Non merci.

« Tu me connais, Roger. Je suis un fidèle de la boîte, jusqu'au bout des ongles. »

Lowrie secoua la tête. « J'admire ta loyauté, mon pote. Je n'y arriverais pas. Toute la paperasserie, les gratte-papier, le politiquement correct, les réglementations, tous ces bâtards mielleux qui ne veulent atteindre le sommet que pour avoir leur part du gâteau et montrer leur gueule à la télévision. Il n'est même plus question de boucler les malfrats maintenant, n'est-ce pas ? Il ne s'agit plus que d'objectifs à atteindre et ce genre de conneries. » Il prit une autre lampée de whisky. « Je te le laisse bien volontiers. »

Foster haussa les épaules. « Il faut bien que quelqu'un le fasse. »

Ils restèrent silencieux quelques instants. L'écho des sonneries de téléphone qui leur parvenait depuis le hall faisait sursauter Lowrie d'impatience. Foster avait le souvenir qu'il était le genre de type qui agissait comme s'il était votre meilleur ami, à vous donner des claques dans le dos, riant de vos blagues, mais seulement si vous lui étiez d'une quelconque utilité. Si ce n'était pas le cas, il se lassait vite. La douce chaleur de la nostalgie s'était évanouie et Lowrie voulait retourner à ce qu'il aimait par-dessus tout – faire du fric. Il consulta sa montre.

« C'est la presse qui te fournit l'essentiel de ton boulot ?

– L'essentiel ? La quasi-totalité. Pour combien de temps encore, Dieu seul le sait. Encore une industrie qui est en train de crever. Avec des feignasses pareilles, ce n'est pas étonnant. Honnêtement, je me demande ce que foutent réellement ces journalistes, à part décrocher le téléphone pour me demander de bosser à leur place. Enfin, je ne me plains pas. » De nouveau, il consulta sa montre. « Bon, j'imagine que tu veux quelques tuyaux à propos de Dibb ?

– À propos des deux, si possible. »

Lowrie secoua la tête. « Ils ont embauché un autre privé pour éplucher le cas Schofield. Un type des Midlands. » Il sourit. « C'est moi qui ai fait la meilleure affaire. Dibb était un sacré numéro quand il est sorti. Boisson, drogue, baise, grande gueule, un vrai hit-parade.

– Tu ne vendais ces infos qu'aux journalistes ?

– Oui, autant que je le sache.

– Personne de suspect ne te les a demandées ? »

Lowrie se mit sur la défensive. « Non. Ce n'est pas le genre d'infos que je balancerais à n'importe qui. Tu le sais bien. C'était pour les bons clients.

– Eh bien, Roger, il va me falloir une liste de ces clients. Je me fiche de savoir s'ils sont honnêtes. Il faut que je leur parle. L'identité de Lowell a fuité d'une manière ou d'une autre, et toi et moi nous savons à quel point les journaleux peuvent être indiscrets. » Comme la plupart des flics, pensa-t-il sans le dire.

Lowrie se braqua. « Ça me desservirait gravement, Grant. On est tenus à une certaine discrétion dans ce business.

– Je m'en fous, Roger. La discrétion était plus que de mise pour la nouvelle identité de Dibb. Mais maintenant, il est mort. Rien ne va plus. J'ai besoin de cette info et tu vas me la donner. »

Pendant quelques secondes, les deux hommes se fixèrent avec hostilité. Leur relation avait toujours été délicate et le temps n'avait rien arrangé. Lowrie quitta soudainement la pièce. Il revint une ou deux minutes après. « Shirl est en train de préparer ce que tu veux », siffla-t-il.

« Merci. J'apprécie.

– Pourquoi en faire tout un plat de toute façon ? Il s'est suicidé, non ? Il s'est fait cramer. Probablement après avoir tué son vieux copain. C'est un peu théâtral comme manière de se supprimer, mais rien ne laisse penser que c'est un assassinat, n'est-ce pas ? »

Foster écarta les bras. « Qui sait ? Et même si c'est lui, la question est pourquoi ? »

Une grimace de mépris se dessina sur le visage de Lowrie. « Je dirais plutôt "Qui en a quelque chose à foutre ?"

– Peut-être », répondit Foster, soucieux de ne pas se laisser embarquer dans un débat. « Tu le suis depuis qu'il est sorti ? »

Il soupira. « À peu de chose près, ouais. Il ne vivait pas très loin d'ici au début.

– Et puis il a reçu des menaces de mort.

– Oui. Tu es au parfum, on dirait.

– Surtout quand on sait qu'il n'a pas jugé utile d'en parler aux flics ou à l'officier de probation. Qui les lui a envoyées ? »

Lowrie resta silencieux pendant quelques secondes, réticent à répondre. « Je n'en ai pas la moindre idée. Je n'ai jamais trouvé qui. À la vérité, je n'ai jamais vu aucune menace. J'ai juste eu la preuve que Dibb en avait parlé. Entre toi et moi, il aurait tout aussi bien pu mentir. Il déconnait, tu sais. Un vrai cador. Toujours en train de faire le beau, de l'ouvrir. Il fallait bien que ça lui tombe dessus un jour.

– Il y a une chose qui me déroute, Roger. »

Lowrie vida son verre, le posa et cala ses poings sur ses hanches, les yeux plissés. « Et qu'est-ce que c'est ?

– Qui l'a amadoué ? Il a raconté à cette personne des trucs qu'il n'a pas dits à son officier de probation. Il fout sa couverture en l'air pour lui parler des menaces de mort, bon sang ! Il devait vraiment lui faire confiance.

– On a nos techniques, Grant. Tu le sais bien. »

Foster balaya l'argument de la main. « Pas ce genre de choses. Je te parle de transcriptions de conversations. Face à face. Remontant sur des années. Des détails que tu ne peux obtenir qu'avec un proche. Et à ce point proche qu'il acceptera de ruiner sa propre couverture. Je n'ai donc pas besoin de t'expliquer qu'il s'agit de quelqu'un à qui je dois parler. Qui était-ce ?

– Tu sais que je ne peux pas te le dire, Grant », répondit Lowrie d'un ton las.

« Oh, je pense que tu peux. Et tu le sais. Sinon, la prochaine fois que je te poserai la question ce sera dans une salle d'interrogatoire. Et tout ce que j'ai vu dans le dossier de Dibb – les transcriptions de sa messagerie vocale, les emails que vous avez piratés, le courrier intercepté, les relevés de carte de crédit, etc. – sera sur la table. » Il fit une pause pour accentuer son effet. « Ça sera très pénible. »

Le regard de Lowrie luisait de rage. Foster remarqua qu'il avait serré les poings. Il avait été témoin de ses sautes d'humeur par le passé. Quelques suspects en avaient souffert dans leur chair. « Tu as toujours été un petit enfoiré, Grant », lui cracha-t-il. « Si tu es là où tu es aujourd'hui, c'est uniquement grâce à ton vieux. »

La journée avait été longue et Foster n'était pas d'humeur à se faire sermonner par un vieux flic mis sur la touche et qui avait vendu son âme depuis fort longtemps. De son point de vue, enfreindre la loi comme le faisait à présent Lowrie, pour le compte d'on ne sait quel tabloïd sordide, le plaçait au niveau des flics véreux qu'il avait croisés.

« Épargne-moi ta colère, Roger. Je m'en tape. Qui t'a filé toutes ces infos ? Dis-le-moi maintenant. Sans quoi, l'Espagne, Murcie, le golf, la sympathique petite affaire familiale que tu as là, fondée sur la lie de la presse, tout ça s'écroulera. »

Pendant un instant, Lowrie ne fit rien d'autre que le fusiller du regard, le menton pointé en avant, poignardant Foster de sa haine. Il ne le lâcha pas des yeux. « Dis-moi, Roger. »

Il continuait à le fixer. Les téléphones sonnaient sans cesse, comme pris de folie. Les journalistes de la presse entière, des torchons aux quotidiens prestigieux, étaient tous prêts à payer pour mettre la main sur les informations que Lowrie avait passé des années à rassembler, espérant un jour comme celui-ci pour les vendre dix fois de suite. Et le jour du jackpot, Foster débarquait pour gâcher la fête. Il comprenait son ressentiment.

« Dis-moi. »

Lowrie détourna les yeux et secoua la tête. Foster sut qu'il le tenait. Lowrie n'avait pas suffisamment de principes pour se sacrifier au lieu de balancer sa source. Dans deux semaines, une fois l'argent récolté, il serait dans son petit pull-over de golf, en train de boire un gin au club-house, quelque part au centre de l'Espagne, tout en geignant avec une pointe d'ironie ou de condescendance sur les fichus immigrants qui envahissent son île regrettée.

« Qui est-ce, Roger ? »

Lowrie posa un regard malveillant sur Foster. Enfin, il parla.

« Sa femme. »

9

En l'espace d'une nuit, les médias avaient établi leur campement devant la maison d'Acton, avides de prendre en photo et d'interviewer la femme qui, croyaient-ils, avait été totalement inconsciente du fait qu'elle avait épousé l'un des meurtriers les plus tristement célèbres de Grande-Bretagne. La police avait anticipé le siège dès que la véritable identité de Lowell avait été confirmée en escamotant Jenny Lowell pour l'installer chez sa sœur à Teddington. Toutefois, le répit ne serait que temporaire ; la presse ne tarderait pas à se rendre compte qu'on l'avait mise sur une fausse piste et se lancerait à sa recherche.

Quand Foster et Heather arrivèrent devant la maison, une construction mitoyenne bien entretenue dans une rue discrète et sans prétention, il n'y avait pas un reporter en vue. Jenny Lowell était installée dans la cuisine et buvait un thé avec sa sœur. Quand ils entrèrent, l'atmosphère était feutrée, tendue, le silence oppressant. Madame Lowell avait certes pu se détendre, sourire, entourée par sa famille, mais leur présence fut un rappel soudain et sinistre de la mort violente de son mari.

Ils demandèrent à lui parler en privé. Elle acquiesça et sa sœur se glissa hors de la pièce, prétextant une course à faire.

Foster s'assit face à elle, de l'autre côté de la petite table en pin et Heather s'installa à côté d'elle. Elle lui demanda des nouvelles de sa fille.

« Elle ne comprend pas ce qui se passe », dit Jenny dans un soupir. « J'ai essayé de lui expliquer que son papa est parti, mais je crois qu'elle pense qu'il est simplement parti dans un endroit qui s'appelle le paradis et qu'il reviendra. Le plus triste, c'est que je pense la même chose. »

Foster songea aux unes des tabloïds, aux intellectuels et aux politiques pontifiant à propos de l'endroit où Dibb pouvait se trouver à présent. Et ce n'était certainement pas au paradis. Il se demanda ensuite comment cette femme s'y prendrait avec sa petite fille pour aborder le sujet du crime commis par son père. Il serait peut-être nécessaire de leur donner une nouvelle identité, un nouveau départ, vierge de tout stigmate.

« Elle est ici ?

– Non, elle est avec ma mère pour quelques jours. On m'a dit qu'il y aurait quelques journalistes et j'ai pensé que ce serait mieux. Elle aime être là-bas. »

Quelques journalistes ? C'est toute la planète qui serait bientôt à sa porte avec une longue-vue.

« Ils étaient proches, elle et... son père ?

– David, je l'appelle David », dit-elle en sentant l'hésitation de Heather. « Oui, ils l'étaient. Il était fou d'elle. Très protecteur. Trop parfois. C'est une petite fille têtue et très indépendante, et je crois que ça lui faisait peur. Il voyait le mal et le danger partout. » Elle laissa échapper un petit rire. « L'autre jour, elle est rentrée à pied de l'école. Il était terrifié.

– Toute seule ?

– Oui. Je suis allée la chercher, mais j'étais en retard de quelques minutes. C'est au coin de la rue, alors on traîne un peu. Bref, lorsque je suis arrivée, on m'a dit qu'elle était partie. J'ai failli mourir sur place. J'avais la nausée. J'ai voulu appeler David pour savoir s'il l'avait prise avec lui pour une raison ou une autre, mais mon téléphone était à la maison. Je suis rentrée et elle était là, sur le pas de la porte, elle attendait.

– Cela a dû être une expérience horrible.

– Oui. Je l'ai raconté à David. Il est devenu blanc comme un linge. Les jours suivants, jeudi et vendredi de la semaine dernière, il a quitté son travail plus tôt pour être là dès la sortie. C'était un bon père. » Elle baissa les yeux sur ses mains qu'elle tordait l'une contre l'autre, preuve du tourment qui l'agitait.

Foster expliqua qu'ils devaient revoir certains détails avec elle. « Comment avez-vous rencontré votre mari, madame Lowell ?

« Dans un bar. J'étais avec une amie...

– Où était-ce ?

– Dans le centre. Un pub appelé The Polar Bear, près de Leicester Square.

– Quand ? »

Alors qu'elle venait de perdre son mari dans d'atroces circonstances, elle était remarquablement calme. Elle souffla en gonflant les joues. « 2002 ? C'était la période avant Noël. Nous nous sommes mariés en 2005.

– Et vous ne le connaissiez qu'en tant que David Lowell ?

– Oui. La première fois que j'ai entendu parler de toute... cette affaire, c'est hier, quand l'un de vos collègues est venu me prévenir et m'emmener hors de chez moi parce que c'était une histoire qui allait faire du bruit. »

Heather l'interrompit. « Vous ont-ils proposé un soutien psychologique ?

– Oui. J'ai refusé.

– Pourquoi ?

– Je n'ai pas encore réalisé. C'est trop irréel. Je m'attends à le voir passer la porte. Maintenant, on me raconte qu'il était quelqu'un d'autre. Et pas n'importe qui, quelqu'un qui a commis un acte terrible. J'ai l'impression d'être spectatrice, de ne pas le vivre. » Elle soupira. « C'est difficile à expliquer. Je veux juste un peu de temps pour saisir tout cela avant d'en parler à quelqu'un, vous comprenez ?

– Il ne vous en a jamais parlé ? », s'étonna Foster.

« Du meurtre ? Non, jamais. Il était toujours très discret sur son passé. Il n'en parlait pas et il m'avait clairement fait comprendre que c'était définitif. J'ai donc considéré qu'il s'agissait d'un sujet tabou et je n'ai jamais insisté. »

Foster perdit patience. « Pourquoi nous mentez-vous, Jenny ? », lâcha-t-il d'un ton sec.

Elle ouvrit des yeux ronds, comme choquée, presque sidérée. « Mentir à propos de quoi ? », marmonna-t-elle. « Je ne vois pas ce que vous voulez dire. » Elle continuait à le fixer, comme un cerf blessé. Cette femme est une actrice accomplie, pensa Foster. Cela faisait plusieurs nuits qu'il n'avait pas dormi correctement, il était impatient et irritable, mais il fit l'effort de se souvenir que, même si elle mentait effrontément, et quoi que Dibb ait pu faire, Jenny Lowell n'en avait pas moins perdu son mari et le père de sa fille.

« Jenny, je suis au courant. Arrêtez votre cinéma. » Elle gardait les yeux fixés sur lui, l'air de ne pas comprendre. « Plus de mensonges, fini les histoires. On va reprendre depuis le début et cette fois-ci, je veux la vérité. D'accord ?

Elle regarda ses mains crispées autour de sa tasse de thé vide. Du coin de l'œil, Heather lança à Foster un regard inquiet. Sans doute craignait-elle que Jenny Lowell ait construit tout un édifice de mensonges et d'illusions pour supporter son terrible secret et que tout s'effondrerait si elle admettait qu'il ne s'agissait que d'une façade. Foster avait l'intuition qu'elle était bien plus calculatrice que cela : il avait lu ce qu'elle avait raconté à Lowrie. Cette femme n'avait pas inventé cette histoire pour se protéger. Seulement pour donner le change et conserver la possibilité d'interagir avec le monde extérieur sans être jugée.

Un spasme lui souleva les épaules et elle commença à pleurer. Instinctivement, Heather passa son bras autour de ses épaules. Foster l'avait prévu. Son côté cynique, que la vie et le travail avaient considérablement accru, lui faisait penser que ce n'était qu'une diversion. C'est pour cette raison que Heather lui était si utile. Elle dispensait l'empathie et la sympathie que, souvent, il ne parvenait pas à manifester. Il attendit que madame Lowell ait fini de sangloter. Une fois qu'elle fut remise, elle s'essuya les yeux et regarda Foster.

« Pardonnez-moi », dit-elle. « J'ai tellement l'habitude de vivre ainsi. En parler à quelqu'un me semble étrange. »

Foster patienta, décidant de laisser passer l'envie urgente qu'il avait de lui demander comment ce sentiment étrange cohabitait avec son rôle de quasi-indic pour Kenny Lowrie. Il laissa s'écouler quelques secondes et quand Heather, sa bonne conscience, lui donna le feu vert d'un signe de tête, il parla.

« Bon, alors, comment vous êtes-vous rencontrés ? »

Elle s'essuya les yeux du revers de la main. « Ça dépend de ce que vous entendez par "rencontrés".

– Je n'ai pas vraiment envie de jouer à ça, Jenny.

– Désolée. On peut dire que nous nous sommes connus avant de nous rencontrer physiquement. Nous avons correspondu pendant quelques années. » Elle marqua une pause. « Quand il était Glen.

– En détention ? Vous lui avez écrit pendant qu'il était en prison ? »

Ils furent interrompus par la sonnerie du téléphone qui retentit dans le couloir. À présent, la presse devait avoir récolté tous les détails concernant sa famille. Cela devait être les journalistes. Bientôt, la sonnette de l'entrée se mettrait à sonner. Ils attendirent que la sonnerie cesse.

« Oui.

– Pendant combien de temps ?

– Sept ans.

– Vous aviez quoi, douze ans ?

– J'en avais treize. Écoutez, je sais que ça a l'air bizarre. C'est bizarre. Mais je me souviens avoir lu quelque chose sur le meurtre environ un an après les faits. » Elle se tourna vers Heather. « Vous avez été une adolescente, vous aussi. Vous savez ce que c'est que de craquer sur quelqu'un. C'était une période très difficile. J'ai vu sa photo et je suis devenue un peu… obsédée. J'avais une vie rangée, recluse. Un jour, je lui ai écrit et tout est sorti. Tout ce que j'avais sur le cœur. J'ai envoyé la lettre à la prison. Je n'attendais pas de réponse. Mais il a répondu. Et, à partir de là, ça a continué. Nous nous écrivions tout le temps. Je ne pensais pas qu'il soit possible de tomber amoureux de quelqu'un par le biais d'une correspondance, mais c'est ce qui s'est passé. Nous sommes tombés amoureux. C'était un garçon très sensible, intelligent. Certes, il avait été impliqué dans quelque chose d'ignoble, mais pas un jour ne passait sans qu'il le regrette. Je lui ai donné mon pardon. Peu l'ont fait. Pas même sa propre famille. Ils ne lui rendaient jamais visite. Ni le lendemain de son arrestation, ni après la nuit où son oncle a été assassiné en rentrant du pub. Même s'il ne manquait pas d'ennemis, toute la famille a pensé que c'était à cause de ce que David avait fait. Sa mère ne lui a jamais vraiment pardonné. Il était aussi seul que peut l'être un enfant. C'était comme une double condamnation. Puni en perdant sa liberté et puni à nouveau en perdant tous les êtres qu'il aimait.

– Et après ? », demanda Foster.

« Il a été libéré. Curieusement, nous n'avions jamais discuté de ce qui se passerait ensuite. Je crois qu'il appréhendait ce moment et je ne voyais pas comment aborder le sujet. Je savais que c'était imminent – on ne pouvait pas ouvrir un journal sans qu'il en soit question, mais je ne me figurais pas ce que cela signifiait pour nous. Ça a duré quelques mois. Et puis, un jour, le téléphone a sonné et c'était lui. »

Heather prit la parole. « Et quand vous l'avez rencontré en chair et en os, vous avez ressenti la même chose qu'en lisant ses lettres ? »

Elle acquiesça et le souvenir de ce moment la fit sourire. « C'était encore plus fort. Nous n'avions pas échangé que deux ou trois lettres ; il devait y en avoir eu une centaine. Nous n'ignorions que très peu de chose l'un de l'autre. Bien sûr, j'étais un peu hésitante au moment de le rencontrer. Mais, en quelque sorte, je savais au-devant de quoi j'allais.

– Vous avez commencé à sortir ensemble ? », demanda Foster.

« Oui. Personne ne le savait. Pour ceux qui me connaissaient, il était mon petit ami et il venait d'arriver dans le coin. Nous n'avions pas besoin de parler du passé, c'était déjà fait. Tout était tourné vers l'avenir. C'était acquis que nous allions le partager. Je l'aimais, totalement, absolument. » Elle baissa la tête et recommença à pleurer. « Il a fait partie de ma vie pendant vingt ans, et maintenant il est parti. » Elle sanglota.

Ils la laissèrent respirer quelques minutes et Heather, une fois de plus, la réconforta. À l'arrière-plan, le téléphone continuait de sonner sans répit. Foster se leva, alla dans le couloir jusqu'à la petite table où il était posé et débrancha la prise. Il se rendit ensuite dans un petit salon et regarda par la fenêtre. Pas de journaliste dehors. Pas encore.

Quand il revint dans la cuisine, Heather préparait du thé et madame Lowell se tamponnait les yeux avec un mouchoir. « Désolée », dit-elle en le voyant entrer.

D'un geste de la main, il lui signifia que ce n'était rien. Le soleil matinal, pâle et froid, avait fait son apparition. Foster observa les particules de poussière danser dans le rai de lumière qui passait entre les stores. Heather posa sur la table trois tasses de thé fumant.

« Sa couverture a-t-elle été grillée auparavant ? », l'interrogea Foster avant de souffler sur sa tasse de thé.

Elle réfléchit longuement avant de répondre. « Une fois.

– Quand ? Récemment ? »

Elle fit non de la tête. « Peu de temps après sa libération.

– Que s'est-il passé ?

– Il a été reconnu. Une amie de sa sœur, m'a-t-il dit. Nous n'en avons jamais eu la certitude, mais il a toujours soupçonné que sa famille l'espionnait. Ils avaient tellement honte de lui qu'ils souhaitaient probablement le voir retourner en prison, ou se faire tuer. Il a croisé cette fille. Et ensuite il a reçu une lettre dans laquelle on le menaçait. Il a immédiatement décidé de quitter la petite ville où nous vivions pour se perdre dans une grande métropole comme Londres. Nous sommes donc venus ici, ensemble.

– Il n'a rien dit de tout cela à son officier de probation ou à la police locale ?

– Non. Il attachait de l'importance à son indépendance. Sa chance de refaire sa vie sous un autre nom. Il m'a dit qu'il ne voulait pas fuir sans cesse, changer de nom, encore et encore. "Je préférerais mourir que de vivre en cavale." Cela m'aurait obligé à changer de nom, à laisser derrière moi famille et amis, et il ne voulait pas que je vive ça. Alors il n'a rien dit. Il a considéré qu'à Londres, on ne le retrouverait pas. Il avait raison. Ça a été la seule fois où il s'est senti réellement en danger.

– Il n'a pas reçu de menaces dans les semaines ou les jours qui ont précédé sa mort ?

– Pas à ma connaissance », dit-elle en avançant la mâchoire avec un air de défi, les bras croisés sur la poitrine. « Si cela avait été le cas, il me l'aurait dit. J'en suis certaine. »

Foster contempla le mur en se massant le menton.

« Et vraisemblablement, vous en auriez parlé à Kenny Lowrie, n'est-ce pas ? »

Il sentit Heather se braquer, certainement choquée par la manière dont il venait d'aborder le sujet. Jenny, en revanche, ne sembla ni troublée ni inquiète. Elle détacha sa main de sa tasse de thé, observa ses doigts pendant quelques secondes puis fixa Foster. Ses yeux, bien que rougis et fatigués, exprimaient une conviction sans faille.

« Il était au courant.

– Glen ? »

– Vous ne vous imaginez tout de même pas que j'aurais fait ça dans son dos ? », lança-t-elle, les narines dilatées par la colère.

« Je n'imagine rien, Jenny. Je suis là pour comprendre.

– David savait que la presse lui tournerait autour. Il savait que, où qu'il aille, elle le trouverait parce que quelqu'un, quelque part – probablement un policier – leur balancerait l'info. Il savait aussi que l'on raconterait n'importe quoi à son sujet. Si, un jour, les journaux décidaient d'ignorer l'obligation de réserve imposée par la justice et publiaient son histoire, il voulait être sûr qu'ils ne racontent pas n'importe quoi, ou en tout cas qu'il y ait une part de vérité. Il estimait aussi que, si ces torchons étaient prêts à payer pour ces informations, ce n'était que justice si une partie de cet argent lui revenait. Il savait que ces gens ne reculeraient devant rien, qu'ils finiraient par trouver l'info même s'il ne leur donnait rien. Quelques jours après sa libération, la maison où il était supposé être en sécurité a été cambriolée. Il savait qu'il s'agissait d'un détective privé qui était venu fouiner pour ensuite balancer à la presse. Ils étaient prêts à tout. En agissant ainsi, c'est nous qui contrôlions la situation.

– Vous étiez payés ?

– Grassement. »

Foster ne put s'empêcher d'afficher un petit sourire. Voilà que ces journaux à scandale, champions de la loi et de l'ordre, donnaient leur argent, indirectement et sans même le savoir, à l'épouse d'un meurtrier condamné.

« Le type dont vous avez cité le nom, Lowrie, je l'ai rencontré dans un bar. Ou il est venu à ma rencontre, je ne sais plus. Un sale type. David n'était pas là. Il m'a donné sa carte en me disant qu'il faudrait que nous parlions. Il était de nouveau là la semaine suivante. C'est là qu'il m'a fait une offre. Je lui ai d'abord dit d'aller se faire foutre. Mais c'était avant que j'en discute avec David. Alors, je l'ai rappelé et nous avons parlé. Nous nous sommes recontactés épisodiquement depuis. Je m'arrangeais toujours pour lui téléphoner depuis une cabine, comme s'il s'agissait d'un terrible secret. Il a tout gobé. » Elle frissonna. « Ce type me dégoûte. La seule chose qui me réjouisse dans cette histoire sordide, c'est que je n'aurai plus jamais affaire à lui. »

Il était rare que Foster reste sans voix, mais ce fut le cas pendant une poignée de secondes. Ils avaient mené Lowrie et la presse en bateau comme des pros. Il en éprouva presque de l'admiration pour Dibb.

Jenny Lowell était lancée. « David avait raison. Nous y sommes. Maintenant qu'il est mort, les journaux vont étaler sa vie de long en large. Toutefois, grâce à ce que nous avons dit à Lowrie, il y aura au moins sa version de l'histoire, ce qu'il a réellement vécu. Je sais bien qu'on lira toutes sortes de choses, des mensonges et des sous-entendus. Mais la vérité – comment il a trouvé un travail, été promu, son mariage, sa fille – est sortie. » Elle s'apaisa soudain et ses joues retrouvèrent leur pâleur naturelle. Elle cligna des yeux, abattue. Elle secoua la tête. « On dirait que David savait que ce jour arriverait et qu'il s'y préparait.

– Vous le croyez vraiment ? », lui demanda Heather.

« Oui », souffla-t-elle d'une voix rauque. « Oui. Je crois qu'il a toujours été convaincu que cela le rattraperait un jour.

– C'est ce qu'il disait ? », intervint Foster.

« Pas de manière explicite. Je l'ai ressenti comme ça, à la manière dont il parlait certaines fois, sa vision des choses, ce qu'il faisait. » Elle leva les bras en signe de frustration. « C'est trop, euh, c'est trop compliqué à expliquer. » À nouveau, les larmes lui montèrent aux yeux.

« Vous n'avez pas idée de qui a pu le retrouver ? Sa famille, peut-être ? », questionna Heather.

Elle secoua la tête.

« La famille de Chester ? », insista Foster.

« Peut-être. Je... Je ne sais pas. C'était juste une impression. » Elle se tut.

Foster sentait qu'il était temps d'en finir. « Lui est-il arrivé de parler de Schofield ?

– Rarement. Jamais, en fait. Je me souviens d'une occasion. Il était fier de la manière dont il s'en était sorti, dont il avait réussi à se construire une nouvelle vie. Cela demandait de la force, disait-il, et mon soutien. "Je n'y serais pas parvenu sans toi", me disait-il. Il me disait ça souvent. Un jour, il a ajouté, "Craig devra toujours lutter". Il m'a fallu un moment pour savoir de qui il parlait. À l'époque, il était passé à autre chose. Autant que je me souvienne, c'est la seule fois où il a mentionné son nom.

– Est-ce qu'il vous a déjà parlé de ce jour-là, Jenny ?

– Quel jour ?

– Le jour du meurtre. »

Le dernier mot la fit grimacer. Foster supposa qu'elle avait fait tout son possible pour évacuer de son esprit le fait que l'homme qu'elle aimait avait été capable de tuer un retraité sans défense. Elle commença à secouer la tête.

« Non. Jamais. C'était un sujet qu'il n'abordait jamais. Je me suis bien gardée de l'y inciter. Il disait qu'il me raconterait un jour. Il avait mis ça de côté, avec sa peur.

– Sa peur d'être rattrapé par quelqu'un ou quelque chose ? »

Elle acquiesça. « Dans mon souvenir, il n'en a parlé qu'une seule fois. Il y a eu un programme à la télévision dans lequel il en a été soudainement question, en passant. En général, nous évitions les émissions où cette histoire risquait d'être mentionnée ou évoquée. Mais là, c'est tombé sans prévenir. Il est devenu silencieux. Je ne me rappelle plus quel était le commentaire, mais c'était toujours la même rengaine, la brutalité, l'inhumanité, le choc que cela avait provoqué, incroyable que des enfants aient pu commettre un acte aussi horrible et toutes ces conneries. Je ne savais pas quoi dire. Il a dit : "Si seulement ils savaient". Je lui ai demandé ce qu'il entendait par là. Il a ajouté : "Si seulement ils connaissaient la vérité". J'ai insisté, mais il a secoué la tête. "Je ne peux pas t'en parler". Je l'ai pressé mais il a refusé. "Un jour. Un jour." Ça a dû m'énerver parce que je lui ai répondu : "Ouais, quand il gèlera en enfer." C'était un peu vache de ma part. Il a souri et il m'a dit : "À ce moment-là, je le ferai. Parce que quand il gèlera en enfer, cela voudra dire que le diable est mort." Et il a ajouté : "Peut-être cela arrivera-t-il plus tôt que tu ne le penses." Je ne sais pas ce que ça signifiait. Nous n'en avons plus jamais reparlé. »

Le silence se fit. Le rai de lumière lui barrait à présent le visage et l'obligeait à plisser les paupières. Des larmes coulaient sur ses joues. « Et maintenant, je ne saurai jamais ce qui s'est passé. »

10

Foster avait reçu une copie du rapport d'autopsie et des analyses toxicologiques de Schofield. Ce dernier était mort depuis quarante-huit heures quand Foster l'avait découvert. Comme il s'en doutait, il avait été empoisonné. Le tueur avait employé de la nicotine pure, ajoutée au curry qu'il avait mangé, et que l'on avait retrouvée intacte au fond de son estomac. En dehors du cyanure, peu de poisons étaient aussi efficaces. En l'espace de quelques secondes, la dose avait dû provoquer une sensation de brûlure dans la bouche, la gorge et l'estomac de Schofield. Il avait dû vomir et se faire dessus avant que ses muscles ne se paralysent progressivement, diaphragme inclus. Lentement, péniblement, à l'issue d'une agonie douloureuse au-delà de toute imagination, la libération tant attendue de la mort devait avoir été provoquée par une insuffisance respiratoire. Schofield était un gros fumeur et sa tolérance au produit impliquait que pour le tuer, la dose devait être massive, prolongeant d'autant le supplice.

Le tueur devait le savoir, Foster en était convaincu. Cela ne faisait que conforter sa conviction que la même personne était impliquée dans les deux meurtres : le facteur commun qui liait les deux événements était que ces hommes avaient enduré une souffrance extrême pendant les secondes qui avaient précédé leur mort. Comme leur victime. Quelqu'un voulait qu'ils aient conscience de leur fin imminente et fassent l'expérience d'une douleur inhumaine lors de leurs derniers instants. Tout indiquait une vengeance.

Foster savait que la majorité des inspecteurs de son équipe adhéraient encore à la théorie selon laquelle Dibb avait tué Schofield avant de se supprimer et qu'il ne restait qu'à prouver qu'il s'était trouvé à Leicester. Il laissa à Drinkwater le soin de leur faire abandonner leurs préjugés et de récolter autant d'indices que possible avant de les suivre, où que cela les mène, que ce soit ou non en accord avec leurs théories. Il avait été convenu que, pendant ce temps, quelqu'un prendrait contact avec la famille du vieil homme. Sa connaissance de l'affaire et sa proximité avec elle faisaient de Foster le meilleur candidat.

Il se retrouva donc, un mercredi matin glacial, dans un train au départ de Kings Cross en direction de Newcastle, revenant pour la première fois dans cette ville qu'il avait quittée quelques semaines seulement après la condamnation de Dibb et Schofield.

Vingt-deux ans s'étaient écoulés depuis qu'il avait embarqué dans ce train qui franchissait la Tyne crasseuse, quittant la ville avec une pointe de regret en songeant à ce qu'il y laissait et à ce que le futur lui réservait. Ce matin encore, le ciel était du même gris ardoise que le pont. Il était inquiet et nerveux. Il allait devoir affronter quelques fantômes et tous n'étaient pas liés à Dibb, Schofield et au meurtre du vieil homme.

En descendant sur le quai, l'air lui était encore familier ; plus froid, plus épais. Cela faisait bien longtemps que le Clean Air Act avait été voté, mais ici, peu de personnes y avaient prêté attention et le parfum réconfortant et doucement âcre du charbon qui brûle lui rappela son enfance londonienne, un flot de souvenirs à chaque respiration. Londres était sa ville natale mais, n'ayant pu aller à l'université ou voyager, Newcastle était l'endroit où il avait vraiment vécu pour la première fois. C'était bon d'être de retour. En dépit des fantômes.

Une fois passé les tourniquets, il vit un homme mal rasé, vêtu d'un costume gris bien taillé, qui tenait un petit panneau sur lequel était inscrit son nom. Il fumait une cigarette. Par une espèce d'accord tacite, les flics se reconnaissaient sans s'adresser de signe ni de salut. L'homme – Foster lui donnait une petite trentaine – laissa tomber sa cigarette à terre, l'écrasa du talon et lui tendit la main.

« Lieutenant Derek Whelan », annonça-t-il avec une douce inflexion geordie. Un autre détail pour lequel Foster n'aurait pas pensé éprouver de la nostalgie. La musique granuleuse de l'accent du Nord-Est. « Vous avez fait bon voyage ?

– Aye », répondit Foster sans réfléchir, comme il l'avait si souvent fait lorsqu'il travaillait ici. « Agréable », ajouta-t-il rapidement en reprenant son accent londonien au cas où Whelan penserait qu'il se moquait de lui.

« Je suis garé par là », indiqua-t-il en inclinant la tête vers une zone de stationnement interdit où trônait une Ford Scorpio. Ils rejoignirent la voiture pendant que Foster ramenait sa veste contre sa poitrine pour se protéger de la brise glaciale.

« Il fait un peu frisquet », dit-il en grelottant.

« Aye. Il y a de quoi claquer des dents aujourd'hui », approuva le lieutenant.

L'habitacle était encore chaud et Foster en éprouva de la reconnaissance. La nostalgie avait ses limites. Il flottait une légère odeur de tabac. Il boucla sa ceinture. « Alors, quel est le programme ? », demanda-t-il.

« À vous de décider », répondit Whelan. « On m'a donné pour instructions de vous assister de toutes les manières possibles. »

Il prononça la dernière phrase en y mettant des guillemets et Foster comprit qu'il ne semblait pas ravi de jouer le chauffeur pour un flic de Londres parachuté pour faire un boulot qu'un flic du coin aurait pu accomplir sans difficulté. Mieux valait crever l'abcès maintenant que de laisser pourrir la situation, pensa-t-il.

« Vous savez pourquoi ils m'ont envoyé jusqu'ici, n'est-ce pas ?

– Aye. Vous avez bossé sur l'affaire à l'époque et vous connaissez la famille. » Il jeta un coup d'œil en direction de Foster. « Ça ne me pose pas de problème.

– Bien. Cela m'est arrivé que des étrangers viennent marcher sur mes plates-bandes. Je sais que ça peut être désagréable. J'espère que ce ne sera pas le cas.

– Où va-t-on ?

– Pas la peine de perdre du temps. Conduisez-moi chez Barry Chester. » Barry Chester était le fils aîné du vieil homme.

Tandis qu'ils traversaient le centre, une pluie légère se mit à tomber, nappant les immeubles et faisant luire les ardoises des toits. Beaucoup de choses avaient changé depuis son départ. À l'époque, la ville était embourbée dans la dépression, pleine de ressentiment, repliée sur elle-même, en déclin rapide. Ce n'était plus le cas. Les ensembles de bureaux, les immeubles neufs, les bars et les quartiers rénovés étaient la preuve d'une cité qui avait retrouvé confiance, tournée vers son avenir. Une autre raison d'aimer cet endroit : sa capacité de résilience.

« Quand êtes-vous parti ? », demanda Whelan, interrompant le fil de ses pensées.

« 1992. Apparemment, la ville a bien changé depuis.

– Apparemment, oui », approuva Whelan. « Mais dessous, c'est toujours la même cité sordide. Ne vous laissez pas abuser par les bars chics et les galeries d'art. Tout ça, ce n'est qu'une jolie vitrine.

– Heureux de l'apprendre. » Il était sincère. Tous les clichés qu'on lui avait rapportés à propos du Nord avant qu'il n'y aille, le froid, les hivers sombres et la pluie, mais aussi le sens de la communauté, l'amitié, la chaleur humaine, tout s'était révélé vrai. Londres ne lui avait pas manqué une seule seconde. S'il avait emprunté d'autres chemins et pris d'autres décisions, il aurait tout aussi bien pu s'y installer définitivement.

Foster avait toujours été lamentable quand il s'était agi de garder le contact avec ses relations passées. À partir du moment où les gens ne faisaient plus partie du présent, il n'en voyait plus l'intérêt. La vie avançait, les individus aussi ; les blessures et les regrets vous ralentissaient. Il s'attachait à ici et maintenant. Ceci dit, tout en suivant des yeux le trajet erratique des gouttes de pluie qui glissaient sur sa vitre, il ne put s'empêcher de penser à quelques-uns de ses anciens collègues.

« Jimmy Ashcroft fait toujours partie de la maison ? »

Whelan ne répondit pas tout de suite. « Nan », finit-il par dire. « Il est mort.

– Pardon ?

– Aye. Quarante-sept ans. Cancer du pancréas.

– Merde. Il était marié, non ?

– Trois gosses.

– Seigneur. » Une raison de plus pour laquelle ce n'était jamais une bonne idée de revenir, pensa-t-il. Bien souvent, ce que l'on retrouvait vous brisait le cœur. « Et Andy Colborne ? »

Whelan émit un rire forcé. « Mort lui aussi. Un accident de voiture, il y a quelques années.

– Merde », répéta-t-il. Les deux meilleurs types qu'il connaissait, avec qui il avait travaillé, bu des verres, ri. Deux gars du coin qui l'avaient accepté, qui l'avaient invité chez eux et présenté à leurs épouses, leurs familles, leurs amis. Tous les deux morts avant d'avoir cinquante ans.

« Je ne les connaissais pas très bien », dit Whelan. « Je suis arrivé plus tard. Mais ils étaient respectés. De bons flics.

– Des flics remarquables », corrigea Foster. Dans le train qui le transportait vers le nord, tandis qu'il contemplait les fils électriques qui ondulaient le long de la voie, il avait envisagé de les appeler en arrivant pour les retrouver devant une pinte, faire resurgir quelques bons moments, se souvenir. Plus maintenant. Il n'avait envie de voir personne d'autre. Et il y en avait même deux qu'il souhaitait éviter.

« Je parie que Sharon Carter est encore en vie », grommela-t-il.

Cette fois, Whelan rit franchement. « Vous plaisantez, n'est-ce pas ?

– Pourquoi ?

– C'est notre commissaire. Vous n'étiez pas au courant ? »

Quand on dit qu'il n'y a pas de justice, songea Foster. « Non, vous me l'apprenez. » Cela n'avait pourtant rien de surprenant. Sharon avait toujours eu la motivation, l'ambition et le sens politique nécessaires pour gravir les échelons les plus glissants et briser les plafonds de verre les plus impénétrables. Elle suscitait plus l'admiration que l'affection. Atteindre une telle position au sein d'une police vieille école comme celle de Newcastle, sexiste en diable, était une véritable prouesse.

« Elle doit bien vous casser les couilles, hein ?

– Vous n'imaginez pas à quel point », répondit Whelan avec force.

Foster avait presque fait le tour. Il n'en restait qu'un sur sa liste. « Et Jackie Corrigan ? »

Le visage de Whelan s'illumina. « Jackie est en pleine forme. »

Tu m'étonnes, pensa Foster.

« Il a eu quatre-vingts ans il n'y a pas longtemps. Ils ont organisé une petite cérémonie en son honneur. Il passe de temps à autre, pour bavarder. Un sacré mec. Je n'ai jamais travaillé sous ses ordres, mais on dit qu'il était l'un des meilleurs. »

Foster resta silencieux. Il sentait que Whelan attendait de lui quelques anecdotes sur les talents d'inspecteur de Jackie.

« On n'en fait plus des comme lui, hein ? », lança Whelan avec empressement.

« Unique en son genre », dit Foster. Et heureusement, pensa-t-il, mais il le garda pour lui.

Whelan se mit à débiter toute une série d'histoires sur Jackie Corrigan. L'un des traits de la culture du Nord auquel Foster n'avait jamais adhéré était ce désir de faire de certaines personnes des saints. Quand bien même ces hommes ou ces femmes étaient loin de le mériter. Il supposait que personne ne connaissait la vérité sur Jackie Corrigan. En tout cas, certainement pas Derek Whelan qui enchaînait encore les anecdotes alors qu'ils quittaient Newcastle en direction du nord, vers Morpeth et l'ancien petit village minier de Mackington, là où Kenneth Chester avait vécu avant de croiser la route de Dibb et Schofield.

11

La voiture remontait les rues du village. Beaucoup de choses avaient changé depuis la dernière visite de Foster. Le pub était devenu un centre d'accueil et proposait des séances d'aérobic, des consultations pour arrêter de fumer, des formations Internet et informatique. Une image lui traversa l'esprit : d'anciens mineurs ayant passé leur vie à accomplir un travail manuel ardu et dangereux, apprenant à utiliser Google et Excel. Cela lui semblait incongru. Les vitrines de la plupart des boutiques étaient condamnées par des planches. Mackington regarderait toujours le passé avec nostalgie. Une époque où les bruits de la mine formaient la bande-son d'une communauté paisible. Le silence qui l'avait remplacé sonnait comme un reproche. Foster regarda vers l'est, là où, autrefois, se dressait le chevalement de la mine – même si les veines sur lesquelles travaillaient les mineurs se trouvaient à trois kilomètres de là, sous la mer du Nord. La structure avait disparu. Le seul signe qu'il y avait eu un jour une mine prospère était les terrils, à présent couverts d'une végétation qui était l'unique manifestation visible d'un quelconque renouveau.

Ils passèrent devant une petite église puis tournèrent à gauche dans une longue avenue bordée de maisons mitoyennes. Sur la droite, se trouvait celle où avait vécu Kenny

Chester. Une angine de poitrine ayant emporté Jean, son épouse, Kenny s'était retrouvé veuf à peine plus de deux ans avant de mourir sous les coups de Dibb et Schofield. Kenny décédé, le reste de sa famille avait emménagé là, comme s'ils souhaitaient ainsi préserver sa mémoire.

Whelan gara la voiture devant le numéro 77. Foster sortit, s'étira, fit craquer ses doigts et prit une longue inspiration, sans doute pour se donner du courage, se préparer au combat. Ne jamais se retourner sur le passé, tel était son mantra. Pourtant, il se retrouvait à proximité de la scène de crime dont, parmi toutes les affaires auxquelles il avait été confronté, il gardait, et garderait, le souvenir le plus vif. Il observa la porte d'entrée qui, comme toutes celles de la rue, se trouvait au fond d'un jardin étroit, tout en longueur. Il n'y avait pas à proprement parler de jardins à l'arrière, simplement des cours où les habitants stockaient leur charbon et entreposaient leurs déchets. Dans les années 1980 et 1990, certaines habitations avaient encore les toilettes à l'extérieur. Au-delà de la maison, et de la ruelle qui courait derrière, se trouvait le Dean. C'était le nom que les gens du coin donnaient à une rive boisée le long de laquelle coulait une petite rivière. Là où Kenny Chester avait connu sa fin brutale.

Foster ouvrit le portail du jardin qui se referma en claquant derrière lui et Whelan. Il lui sembla voir bouger un rideau derrière une fenêtre. Le jardin était à l'abandon, envahi de mauvaises herbes. La dernière fois qu'il l'avait vu, il y poussait des légumes en rangs bien ordonnés et entretenus. Le vieux avait la réputation de faire pousser les meilleurs poireaux du village. À l'évidence, Barry n'avait pas la main aussi verte. Sur la gauche de la façade se trouvait une grosse bassine en plastique débordant de bouteilles vides de bière et d'alcools divers.

Une fois qu'ils furent devant l'entrée, la porte s'ouvrit, laissant apparaître la silhouette sombre et imposante de Barry Chester. L'homme était un géant, dépassant les deux mètres, quelques centimètres de plus que Foster et plus large que lui de la taille et des épaules. Ses cheveux, autrefois d'un noir de jais, avaient viré au gris. Même si son visage de buveur trahissait des années de consommation à haute dose, il paraissait en forme.

« Inspecteur Grant Foster », fit-il de sa voix caverneuse de fumeur. Il lui adressa un sourire forcé qui fit ressortir les rides de son visage.

« C'est inspecteur principal à présent, Barry », répondit Foster tout en lui tendant la main. Barry l'empoigna fermement et Foster sentit sa paume râpeuse contre ses doigts. Barry était un charpentier prospère, en tout cas il l'avait été. Kenny, qui avait passé quarante-huit ans au fond de la mine, s'était juré que pas un de ses enfants n'y descendrait.

Barry adressa un signe de tête à Whelan et les invita à le suivre. À l'entrée du salon se tenait Davey, le frère cadet de Barry. Calme, laconique, Foster ne l'avait jamais entendu marmonner autre chose qu'un vague salut. Il se contenta de hocher la tête et de lui offrir une poignée de main molle. Derrière lui, Dawn, l'épouse autrefois splendide de Barry mais qui elle aussi avait fini par subir les outrages du temps, vaquait dans la pièce, le visage tartiné de maquillage. « Salut », lâcha-t-elle quand Barry fit les présentations.

Foster parcourut les lieux du regard. Ils avaient métamorphosé l'endroit en supprimant la cloison qui séparait la cuisine du salon. Au fond de la cuisine, il vit, à travers des portes vitrées pliantes, que le petit abri qui servait à stocker le charbon avait disparu et que le sol était recouvert d'une terrasse en bois. L'ensemble était aussi moderne que pouvait l'être un ancien logement de mineur.

« Comment se fait-il que tu vives encore ici ? », lui demanda Foster. Il lui sembla voir Dawn lever les yeux au ciel.

« C'est mon foyer » répondit Barry avec l'accent très prononcé des villages miniers au nord de Newcastle. « Je possède trois autres maisons, mais nous avons choisi de vivre ici. Je m'y plais. »

Foster le comprenait. Lui-même résidait dans la maison où il avait grandi. Il s'y était réinstallé quand son père était tombé malade. Elle était peuplée de fantômes et de souvenirs, mais c'était un endroit qu'il aimait et d'où il ne souhaitait pas encore partir.

« Comment vont les affaires ?

« Oh, on ne peut mieux », éluda-t-il. « Asseyez-vous. » Du menton, il indiqua un fauteuil dans lequel Foster prit place. Tant bien que mal, Whelan se glissa sur le canapé à côté de Davey qui était en passe de devenir obèse. Barry s'assit sur une chaise. « Mets la bouilloire en route, chouchou », lança-t-il en direction de la cuisine, à l'attention de Dawn. Il regarda Foster en soupirant. « Tu n'as pas beaucoup changé.

– Merci.

– Tu avais plus de cheveux la dernière fois qu'on t'a vu.

– C'est la vie londonienne », plaisanta Foster.

Barry plissa le nez. « Je ne sais pas comment tu fais. Je ne supporte pas cette ville. Tu ne trouves pas que ça pue la pisse de rat là-bas ? »

Foster haussa les épaules. « Tu sais ce qu'on dit : à Londres, on est rarement à plus de quatre mètres d'un rat. Ou d'un Australien. Mais on est à la maison. Comment vont tes enfants ?

– Formidablement. Kenny junior est installé à Newcastle, il est architecte. Il a épousé une jolie fille, pour une fille du coin en tout cas. Il a deux gosses. Helen, eh bien, elle suit son chemin. Le petit dernier, Rob, est à l'université.

– Des petits-enfants, alors ? »

La fierté fit rayonner le visage de Barry. « Il n'y a rien de mieux au monde. Que le plaisir, aucun des désagréments. Et toi ? Tu as des enfants ?

– Non. Même pas bon à marier. » Il mentait. Il avait une fille qu'il n'avait jamais vue.

« Tu ne sais pas ce que tu perds. C'est la meilleure chose qu'un homme puisse faire, avoir une famille.

– J'en suis sûr.

– Alors, qu'est-ce qui t'amène à Mackington après tout ce temps ? » À l'étincelle qui flottait dans son regard, il était évident qu'il connaissait la réponse. C'était pour cela qu'il les attendait sur le pas de la porte.

« Dis-moi, cette bassine remplie de bouteilles dehors, vous avez fêté quelque chose ?

– Et qu'avions-nous donc à célébrer, inspecteur ? Oh, pardon, inspecteur principal. » La malice n'avait pas quitté ses yeux. Ce petit jeu l'amusait.

« Je ne sais pas, Barry. À toi de me le dire. »

Barry étendit les mains. « Je ne sais pas quoi répondre. Juste une nuit de picole normale. On aime bien s'en siffler quelques-unes, pas vrai, Davey ? » Davey acquiesça.

« Et toi, Davey ? », enchaîna Foster. « Marié, des enfants ? »

Barry ricana et renifla. « Au secours, mon gars. Quelle gonzesse va vouloir d'une lopette pareille ? Nan, il est célibataire et il mourra célibataire. Si les paroles étaient de la flotte, il remplirait même pas un dé à coudre. Cela dit, c'est un bon ouvrier. »

Davey resta silencieux et se contenta de sourire. Foster avait oublié cette habitude qu'avaient les gens de parler à sa place ou à son sujet en faisant comme s'il n'était pas là.

Dawn apporta une théière, quatre mugs et une assiette de biscuits. Foster la regarda remplir les tasses et demanda deux sucres quand elle lui posa la question. Il avait besoin d'un coup de fouet. Il accepta le mug fumant avec plaisir. Elle repartit dans la cuisine et revint avec une canette de Coca qu'elle jeta à Davey plutôt qu'elle ne la lui tendît. Foster imagina qu'elle devait estimer qu'il avait passé plus de temps avec eux qu'elle ne l'aurait souhaité. Barry et elle avaient dépassé la cinquantaine et Davey n'avait que quatre ou cinq ans de moins.

« Où en étions-nous ? », demanda Foster.

« Tu étais en train d'insinuer que nous étions une bande d'ivrognes », balança Barry, les yeux luisants.

Foster décida d'arrêter de tourner autour du pot. « Où étais-tu quand tu as appris que Dibb et Schofield étaient morts ? »

La lueur de son regard faiblit. « Ici. Ton gars nous a téléphoné lundi », ajouta-t-il en désignant Whelan de la tête. « La presse était là. On a dit quelques mots. Et, oui, on a bu un coup pour fêter ça. J'espère que ces deux putains de bâtards vont rôtir en enfer pour l'éternité. Je ne suis pas un hypocrite, tu le sais. Si on nous avait laissé faire, ce jour serait arrivé plus tôt. Je suis content qu'ils soient morts.

– Je n'ai vu aucune déclaration de toi dans la presse dans ce sens.

– Parce que tout ce que nous avons dit, c'est que nous pensions à notre père et honorions sa mémoire.

– C'est très noble de ta part, Barry. » Foster commençait à se dire qu'il avait fait une erreur en venant. Il aurait mieux valu qu'il laisse la main à la police locale et ne parle avec la famille qu'au cas où les indices pointeraient dans leur direction. Il eut soudainement l'impression d'avoir traversé la moitié du pays pour rien. Il ne parviendrait qu'à réveiller de vieilles blessures et ne croyait pas que ces gens aient pu tuer Dibb et Schofield. Ils avaient leurs défauts, mais ils étaient avant tout des travailleurs honnêtes, des gens respectables.

« Aye. Eh bien... » La voix de Barry resta suspendue. « Disons que je n'apprécie pas particulièrement la presse après certaines choses qu'ils ont faites quand mon père a été tué. Je préfère me taire que leur donner ce qu'ils veulent.

– En dehors de Derek, est-ce que quelqu'un d'autre t'a tenu au courant de ce qui s'est passé ? »

Barry avala une gorgée de thé. Il examina ensuite l'assortiment de biscuits, en choisit un et le trempa dans sa tasse. Il mordit dedans et but une autre gorgée de thé. Une fois son manège terminé, il se mit à observer Foster, comme s'il l'examinait, comme si des millions de non-dits flottaient dans l'air. Foster avait oublié l'intelligence et la vivacité d'esprit dont Barry pouvait faire preuve. Il se régalait de la gêne qu'il pouvait susciter chez les autres. Foster avait également été témoin de la puissance de sa colère. Son calme apparent masquait une rage en perpétuel bouillonnement.

« Aye », se contenta-t-il de répondre.

– Qui ? Un collègue de Derek ?

– Non. » Il marqua une longue pause, but une autre gorgée, avala une autre bouchée. « Jackie Corrigan.

– Jackie ? », s'exclama Foster, de manière presque réflexe. Barry perçut son étonnement.

« Il est resté en contact avec nous », expliqua Barry, sous-entendant que Foster ne l'avait pas fait. Pendant l'enquête,

Corrigan et lui avaient passé beaucoup de temps avec les membres de la famille. Ils avaient fait de leur mieux pour les tenir au courant et les impliquer, d'une part en raison de leur colère, toute naturelle, mais également parce qu'ils trouvaient cela normal et juste. Ils avaient subi une perte effroyable et la presse essayait d'attiser chez eux le désir de vengeance. Ils devaient être assurés que l'enquête sur le meurtre de leur père était menée avec rigueur et transparence.

Toutefois, même s'ils avaient noué un lien, cela restait une enquête. Les flics passaient tôt ou tard à une nouvelle affaire. Ils n'appartenaient pas aux services sociaux. Rester impliqué dans la vie des familles de victimes n'était pas une option. En tout cas, c'est ainsi que Foster voyait les choses. Peut-être que Corrigan n'était pas du même avis.

« Vraiment ?

– Aye. Chaque année, à la date anniversaire de la mort de mon père, il appelle, ou il passe, pour voir comment nous allons. C'est un brave type. L'un des nôtres. Son père et le mien étaient mineurs dans le même puits. Je sais que vous autres, à Londres, vous n'en avez rien à foutre de la collectivité et de la solidarité, mais ici, c'est le contraire. À chaque fois que quelque chose de nouveau s'est produit, vois-tu, comme lorsque ces deux petits bâtards ont été libérés, Jackie a été là pour nous tenir informés. Nous donner des détails.

– Quel genre de détails ?

– Pas ceux auxquels tu penses.

– Ah, et je pense à quoi, Barry ? »

Les traits de Barry, jusqu'à présent aimables, se tordirent brusquement sous l'effet de la colère. « Tu insinues que Jackie nous a donné l'identité de ces deux salauds. » Il cracha les deux derniers mots comme un serpent son venin. Les années n'avaient aucunement atténué la colère qu'il éprouvait à l'encontre des deux garçons qui avaient tué son père. Leur mort non plus, apparemment.

« Je n'insinue rien du tout », rétorqua Foster d'un ton calme. « Mais puisque tu en parles, est-ce qu'il vous a donné leurs identités ?

– Non. » Le regard de Barry restait froid et ferme.

Foster hocha la tête. « Donc, vous n'avez jamais su leurs nouveaux noms ?

– Non.

– Et je suppose que vous avez des alibis pour le week-end dernier ?

– J'ai dit à Jackie exactement où chacun de nous se trouvait. »

Foster se passa la main sur son crâne rasé. « Le problème, Barry, c'est que Jackie est à la retraite. Je sais bien que je ne peux pas l'empêcher de venir vous rendre visite, c'est son droit. Et quoi qu'il t'ait dit ou que tu lui aies dit, eh bien, c'était une conversation privée, et cela n'a rien à voir avec le travail de la police.

– Il a dit qu'il ferait suivre. Pour qu'on ne vienne pas nous enquiquiner à remuer le passé, les mauvais souvenirs et tout ça. »

Du coin de l'œil, Foster pouvait voir Derek Whelan, jambes écartées, un léger sourire sarcastique aux lèvres. Il ne dit rien. Cela pouvait attendre.

« Eh bien, je suis désolé de t'obliger à le faire, mais personne ne m'a communiqué ces alibis. Donc...

– Tu crois que nous les avons tués ?

– Est-ce que j'ai dit ça ? »

Foster était mal à l'aise. La même sensation que celle qui l'avait poussé à revenir ici.

Barry secoua la tête, visiblement exaspéré. « J'y crois pas. L'un de ces gus s'est versé du pétrole sur la tête et s'est foutu le feu. Tu crois franchement qu'on a quelque chose à voir avec ça ?

– Je n'ai jamais dit ça non plus. Écoute, tu n'es pas naïf. On retrouve Dibb et Schofield morts. Ils ont tous les deux commis un crime par le passé. C'est la seule chose qui les relie encore. Je ne t'accuse pas de quoi que ce soit. Tu m'as dit que tu ne connaissais pas leurs nouvelles identités. Maintenant, tu me donnes vos alibis, je les vérifie et on peut passer à autre chose et trouver les responsables, d'accord ?

– Pourquoi tu ne demandes pas à Jackie ?

– Pourquoi faire ? Alors que je peux te poser la question directement ? »

Un sourire fugace passa sur les lèvres de Barry. « Oh, désolé, j'oubliais que tu ne lui parles plus, n'est-ce pas ?

– Dis-moi où vous étiez le week-end dernier », insista Foster d'un ton impatient. Il ne voulait pas se laisser embarquer dans ce genre de petit jeu. « Et je te fiche la paix. Nous partons et vous pouvez reprendre le cours de vos vies.

– Nous étions ici. À la maison.

– OK. Et qui peut me le confirmer ?

– Dawn. Ou Davey.

– Personne qui ne fasse pas partie de la famille ? »

Barry haussa les épaules. « Sais pas.

– Vous êtes sortis. Vous avez croisé quelqu'un ? »

Un autre haussement d'épaules. « Le marchand de journaux, samedi matin. Au supermarché l'après-midi.

– C'est tout ?

– Le week-end a été calme. Qu'est-ce que tu veux que je te dise ? J'aime bien regarder l'herbe pousser maintenant. »

Foster soupira. Autant essayer de presser un caillou pour en extraire du sang. Il ferait mieux de partir. Ou mieux, de prendre un train et retourner dans le Sud. Il sortit son calepin de sa poche et le balança sur les cuisses de Barry. « Note-moi les contacts de tes enfants et de leurs conjoints, s'ils en ont. Leur numéro de portable suffira.

– Pourquoi veux-tu emmerder mes gosses ?

– Tant que j'y suis, je vais interroger tout le monde. » Barry fixait le calepin en silence. « Je ne comprends pas pourquoi tu réagis aussi mal, Barry. J'ai toujours été correct avec toi. Je me suis vraiment donné à fond sur la mort de ton père, j'ai même failli en crever. Pourquoi tu réagis comme cela ? Si tu n'as rien à voir avec la mort de ces deux types, alors ma venue ici ne devrait pas te poser de problème. Je me contente de faire mon boulot. »

Le regard de Barry était toujours rivé sur le calepin. Il ne répondit pas. « Chérie, passe-moi un stylo. » Dawn lui en apporta un et il commença à écrire laborieusement. Quand il eut terminé, il balança le carnet à travers la pièce et posa sur Foster un autre de ses regards sinistres.

« Tu sais très bien pourquoi je ne veux pas de toi ici », finit-il par dire d'une voix dénuée d'émotion.

« Je le sais ?

– Oui. Tu ne peux pas t'empêcher de remuer cette histoire. Maintenant tire-toi de chez moi. »

Ils partirent. Foster marchait devant à grandes enjambées le long de l'allée. Il ne se retourna pas une seule fois, mais il entendit Whelan qui essayait de ne pas se faire distancer après avoir discrètement salué la famille sur le pas de la porte. Foster tourna à gauche après le portail et remonta les vingt mètres qui le séparaient de la voiture de Whelan. Il entendit le bip émis par le déverrouillage à distance mais il ne s'arrêta pas. La luminosité baissait, laissant place à un crépuscule gris et morose qu'éclairaient quelques lampadaires. L'air était plus froid et le vent plus brutal. Si ce décor avait un jour semblé délicieusement figé dans le temps, il était aujourd'hui oppressant et délabré.

Il arriva devant l'école primaire où Dibb et Schofield avaient été scolarisés. La cour de récréation était vide et seules quelques lumières à l'intérieur du bâtiment trouaient l'obscurité. Foster tourna à gauche et s'engagea dans le passage qui courait entre l'école et la rue où vivaient les Chester. Derrière lui, il entendait Whelan qui peinait à garder le rythme. Le passage débouchait dans une ruelle étroite sur laquelle donnait, de part et d'autre, l'arrière des maisons. Une voiture aurait à peine pu y passer et peu de monde y traînait. On y trouvait souvent du linge en train de sécher, suspendu en travers de la ruelle, des femmes discutant depuis la porte de leur jardin, quelquefois la camionnette du poissonnier ou de l'épicier faisant sa tournée et des enfants jouant au football ou au loup. Ce soir, ce n'était pas le cas. L'allée mal éclairée était déserte.

Il poursuivit son chemin jusqu'à ce que la ruelle croise une rue plus éloignée. Les maisons étaient plus récentes, plus grandes, respirant l'ambition, certaines n'avaient même qu'un seul mur mitoyen. Il sentit l'odeur épaisse du charbon dont l'usage était pourtant interdit. Les coquins, pensa-t-il. Il traversa la rue, elle aussi déserte, et s'engagea dans l'ouverture d'une autre allée, cette fois-ci en terre, qui menait au-delà des maisons, en direction du Dean. Là où Kenny Chester avait trouvé la mort.

Foster avala littéralement le chemin, ignorant la boue molle qui s'accrochait à ses chaussures. Il ne devait rester qu'une vingtaine de minutes de jour et il venait à peine de dépasser le dernier lampadaire. Le chemin devint plus étroit et sinueux. En dépit de l'obscurité, il pouvait apercevoir les arbres au sommet de la berge, juste avant que le terrain ne s'arrête. À une dizaine de mètres de là se trouvait l'eau et, de l'autre côté, une autre berge qui, plus loin, devenait une forêt.

Le petit chemin bifurquait. Sans réfléchir, il partit vers la droite, ralentissant le pas pour ne pas glisser. L'herbe était haute, les buissons massifs. Il avança en direction de la rive jusqu'à une trouée entre deux grands châtaigniers. À l'automne, les enfants faisaient de belles récoltes de châtaignes sur le Dean.

L'ouverture était obscure, mais il s'y engagea. Il venait de passer ce qui avait été pendant des semaines le périmètre de la scène de crime. Il se retrouva dans une petite clairière d'une dizaine de mètres de côté, cernée d'arbres dont les silhouettes lugubres se détachaient sur les cieux qui s'assombrissaient.

Au centre, se dressait un monument en marbre gris protégé par une haute clôture en métal peint, hérissée de pointes. Très exactement là où Kenny Chester avait été balancé dans une tombe de fortune. Foster s'en approcha. Le monument portait une inscription : « En mémoire de Kenny Chester. Que son âme connaisse le repos éternel. » Court, concis, sans fioritures ni sensiblerie. Il en aurait fait de même. Le monument, digne et fier, avait la forme d'une colonne surmontée d'une croix. Il pivota sur lui-même et contempla les lieux avant que toute lumière ait définitivement disparu. Tout était redevenu normal. Comme toujours, la nature, cruelle, insouciante et aveugle aux atrocités perpétrées sur son sol, avait repris ses droits. L'endroit était paisible. Nigel Barnes avait peut-être tort : tous les lieux ne portaient pas les stigmates des horreurs qui y avaient été commises.

« Le moins qu'on puisse dire, c'est que vous avancez », lâcha Whelan, le souffle court. Foster l'ignora et continua de regarder autour de lui. La dernière fois qu'il avait mis les pieds ici, c'était l'été, il faisait un temps magnifique. Il était à peine croyable qu'un endroit aussi sauvage et resplendissant ait pu être le théâtre d'une telle cruauté.

« Bordel ! Pouvez-vous me dire pourquoi vous n'avez pas jugé utile de m'informer que Jackie Corrigan était allé les voir ?

– Oh, tout doux. Vous ne me l'avez pas demandé.

– Vous ne pensez pas que c'était important ? » Il secoua la tête, stupéfait. « Dieu sait ce qu'il a bien pu leur raconter.

– Il leur a rendu une visite de courtoisie, pour leur annoncer la nouvelle en personne et les mettre en garde. De mon point de vue, c'est du bon boulot d'inspecteur.

– Il n'est plus inspecteur. Il est à la retraite.

– Aye, mais ça ne veut pas dire pour autant qu'il est bon pour la décharge. C'est encore un homme respecté. Par certains, en tout cas... »

Foster se tourna vers le jeune lieutenant dont le reproche implicite flottait encore dans l'air. « Je ne veux pas être condescendant, mais vous n'avez jamais travaillé avec Jackie. Moi oui. Je me fiche de savoir à quel point vous le vénérez tous autant que vous êtes. Je me fous de savoir s'il a reçu les clés de la ville : il n'est plus en activité et ne devrait pas être mêlé à cette enquête. Aucun d'entre vous d'ailleurs. La police de Newcastle n'a plus rien à voir là-dedans. » Foster remarqua que ses poings étaient serrés. C'était ce genre d'esprit de clocher débile auquel il pensait le matin même dans le train. « Vous saviez qu'il avait recueilli leurs alibis ?

– Non. Je croyais qu'il était simplement passé les voir. Et, pour être honnête, je n'y ai rien vu de mal.

– Ouais. Eh bien… »

Foster ne prit pas la peine de finir sa phrase et laissa son regard se perdre dans la nuit tout en essayant d'apaiser sa colère.

« Qu'est-ce que voulait dire Barry Chester sur le fait que vous ne lui parlez plus ?

– Ça ne le regarde pas. Pas plus que vous.

– Pas de problème », répondit Whelan. « Vous êtes d'accord pour me dire où vous souhaitez vous rendre ensuite ? On retourne au commissariat ? Ou à votre hôtel ? Vous savez où ils vous ont réservé une chambre ?

– Que dalle », lança Foster en repartant en direction des châtaigniers. « Conduisez-moi chez Jackie Corrigan. »

12

Foster regardait fixement l'extérieur sans rien voir, à l'exception des halos lumineux que diffusaient les quelques réverbères qu'ils croisaient. Derrière le volant, Whelan ne cessait de geindre, insistant sur le fait que débarquer ainsi chez Jackie Corrigan sans être annoncé était à la limite du blasphème. Foster n'y prêtait pas attention. Son esprit dérivait, loin de l'instant présent, en 1988, quand il avait rencontré pour la première fois l'homme qu'il considérait comme son mentor. Toutes sortes de pensées et de souvenirs s'entrechoquaient tandis qu'ils roulaient en direction de Hetton et de la demeure immense et retirée de Corrigan, proche du cap qui surplombait les rivages sauvages de la côte du Northumberland.

La maison était distante des autres habitations de plusieurs centaines de mètres, au bout d'un chemin de gravier. Presque invisible depuis la route, on n'en distinguait que les immenses haies qui l'entouraient. Foster s'y était rendu plusieurs fois, dont une lorsqu'on lui avait demandé de passer prendre Corrigan pour se rendre à un dîner de départ. Un honneur lui avait-on expliqué. Il considérait plutôt cela comme un désagrément parce qu'il espérait que quelqu'un le ramène et la perspective d'une nuit sans boire d'alcool alors que les autres n'allaient pas se priver ne cadrait pas avec sa conception de la fête. Par la suite, comme il passait plus de temps en ville et au commissariat, Corrigan lui avait demandé de le raccompagner à plusieurs occasions et de rester pour le dîner – le « thé » comme on disait dans la région – préparé par son épouse, Pauline, une dame rougeaude et ronde, femme au foyer et cuisinière-née. Ravi d'être nourri de mets aussi succulents – son propre répertoire se résumant à ouvrir une conserve ou à balancer un plat préparé dans le micro-ondes – il accepta toutes les invitations qui suivirent. Il lui arriva même, certaines nuits, généralement après avoir éclusé trop de whisky avec Jackie jusque tard dans la nuit, de s'écrouler dans l'une des nombreuses chambres d'amis.

Depuis cette époque, un imposant portail en fer forgé avait été installé. Électronique. Il jura intérieurement. Peu de chance de le surprendre.

Whelan insista pour rester dans la voiture quand Foster sortit pour aller sonner à l'interphone. Foster s'emporta.

« Eh bien, cassez-vous !

– Mais comment allez-vous rentrer ?

– J'appellerai un taxi.

– C'est à des kilomètres...

– Je mettrai ça sur ma note de frais. Vous n'avez pas envie d'être là ; comme ça vous couvrez vos misérables miches. »

Foster voyait le dilemme qui agitait l'esprit de Whelan. Rester et risquer d'avoir à subir les retombées de la visite impromptue de Foster à l'ancien le plus respecté de toute la police de Newcastle. Partir et se faire reprocher d'avoir abandonné l'inspecteur qu'il était supposé chaperonner, au milieu de nulle part, en pleine soirée.

« Écoutez », ajouta Foster en essayant de soulager la conscience du lieutenant. « Je leur dirai que c'était mon idée.

Je vous libère. Rentrez chez vous retrouver votre femme. Merci de m'avoir déposé.

– Et s'il n'est pas là ?

– Foutez le camp, Derek. »

Whelan hésita encore une fraction de seconde avant de passer la marche arrière, de reculer sur la route principale et de repartir vers la ville en lui adressant sans grand enthousiasme un vague salut de la main. Foster lui répondit d'un signe de tête et regarda les feux arrière de la voiture disparaître dans la nuit.

Ce n'est qu'à cet instant, sur ce chemin sombre et désert, dans un endroit qu'il ne connaissait plus, malmené par un vent glacial, que la pensée qu'il avait peut-être agi sans réfléchir lui traversa l'esprit. Whelan était un emmerdeur, mais il était motorisé. Et si Jackie n'était pas là ? Il consulta son portable. Il y avait du réseau. Tout n'était pas perdu.

Dans l'obscurité, il localisa l'interphone sur le côté du portail. Cela lui fit penser à Frank Sinatra, l'un de ses héros. À côté de l'interphone de sa maison à Hollywood se trouvait une inscription disant : « Vous avez intérêt d'avoir une bonne raison de sonner ». Rien de tel ici. Il pressa le bouton et attendit pendant que le froid lui glaçait les os.

Une voix familière, bien que légèrement affaiblie par les années, se fit entendre dans le haut-parleur. « Oui, bonsoir ?

– Jackie Corrigan ?

– Aye », répondit la voix avec méfiance. « Qui est-ce ? »

Il laissa passer quelques secondes. « Grant Foster. »

Le silence qui suivit fut long et lourd de sens. Pendant un instant, Foster se dit qu'il devait peut-être appuyer sur autre chose, faire ou dire quelque chose. Puis il se rappela ces longs silences que, par erreur, on laissait parfois s'installer : aussi bien les escrocs que les flics.

« Eh bien, entre donc », proposa aimablement Corrigan, comme s'il l'invitait à prendre le thé depuis le pas de sa porte.

Les portes s'ouvrirent. Foster constata qu'il avait encore deux cent cinquante mètres à parcourir avant d'atteindre la porte d'entrée ; dans son souvenir, la distance était beaucoup plus courte. Quand il eut parcouru une centaine de mètres, la porte s'ouvrit et une grande silhouette, maigre et grise, apparut dans l'encadrement. Foster jeta un coup d'œil aux alentours. Les pelouses étaient impeccables, sans aucun doute entretenues par un jardinier. Apparemment, une ou deux ailes avaient été ajoutées à la maison. Devant la porte où se tenait Corrigan se trouvait plusieurs places de stationnement. Une énorme Bentley argent y trônait. Il se souvenait que le vieux aimait les voitures de collection. Planté au milieu d'un petit terre-plein rond, se dressait un mât au sommet duquel claquait un drapeau, agité par la brise glacée. Foster sourit. Il avait été installé par un autre inspecteur, un pauvre type qui courait après une promotion. Jackie avait toujours dit qu'il voulait faire flotter l'Union Jack. Le gars n'en avait rien retiré. Jackie acceptait bien volontiers ce genre de largesses, mais il était rarement reconnaissant.

Foster arriva à la porte. Une fois près de lui, il constata que les années avaient été clémentes avec son ancien supérieur. Il était plus âgé, les cheveux plus gris, mais il ne s'était pas empâté et on lui aurait facilement donné dix ans de moins. Son visage ridé affichait un air à demi perplexe.

« Tu n'avais jamais fait le trajet à pied, non ? »

Foster haussa les épaules. « J'avais besoin de prendre l'air. »

La figure de Corrigan se fendit d'un large sourire. Il lui tendit la main et Foster l'accepta. « Sacré bonhomme », dit

Corrigan en lui serrant chaleureusement la main. Il la lâcha et recula d'un pas. « Tu es un peu plus enrobé, dis-moi. Et tu dois être déséquilibré avec tout ce que tu as perdu en haut », ajouta-t-il en regardant le crâne rasé de Foster.

« Merci bien, Jack », répondit-il. « Je ne peux pas en dire autant de toi ; on dirait que tu n'as pas changé.

– Aye, eh bien, j'ai bénéficié de bons gènes, pas vrai ? Entre. »

Il ferma la porte derrière lui et le débarrassa de son manteau. La maison était agréablement chauffée, bien éclairée, immaculée. Peu de chose avait changé. « Pauline n'est pas là ? »

Jackie haussa les sourcils. « Elle est morte, fiston. »

Il sentit son cœur palpiter. Merde, pensa-t-il. « Je suis désolé de l'apprendre », bafouilla-t-il. « Personne ne m'a rien dit.

– Il y a cinq ans. L'angine de poitrine a fini par avoir raison d'elle. Dieu ait son âme.

– C'était une femme adorable.

– Aye, c'est vrai. »

Foster essaya de se l'imaginer, seul, s'agitant dans cette maison immense. Tous ses enfants étaient partis. Un bien triste tableau. Jackie, comme il savait si bien le faire, devina ses pensées.

« J'ai une gouvernante », expliqua-t-il. « C'est son soir de congé. Et les enfants passent souvent. J'ai onze petits-enfants et ils ne vivent pas bien loin. Je ne manque pas de compagnie.

– Bien », dit Foster avec un soupçon de culpabilité qu'il évacua rapidement. Ne te conduis pas en hypocrite, se gronda-t-il intérieurement.

« Et toi, Grant, tu as des enfants ?

– Quoi ? Des petits-enfants ? Non.

– Non, je veux dire des enfants.

– Je n'en ai pas non plus. Pas bon à marier selon toute vraisemblance. » Il se dit qu'il répétait beaucoup cette phrase ces derniers temps.

« Tu n'as pas revu cette jolie petite que tu fréquentais quand tu étais ici ? Comment s'appelait-elle... Cathy, c'est ça ?

– Caitlin », corrigea Foster. « Non, nous nous sommes perdus de vue.

– Aye », répondit Corrigan avant de laisser passer un long silence gênant. « Suis-moi. »

Il fit demi-tour et Foster le suivit jusque dans un grand salon accueillant, impeccablement tenu, comme toujours, même s'il avait été redécoré. C'était ici même qu'ils avaient parlé et bu, longtemps et beaucoup, jusque tard dans la nuit. Il remarqua que Jackie était chaussé de pantoufles. Cela lui parut incongru dans la mesure où, par ailleurs, il était vêtu d'un pantalon gris parfaitement repassé, d'un pull-over bleu col en V avec une cravate dessous. Mais il était d'une génération qui n'aurait jamais songé une seconde à s'habiller décontracté, même dans sa propre maison.

« Tu bois quelque chose ?

– Volontiers.

– Scotch ?

– Tu aurais plus léger ? Une bière par exemple ?

– Une *broon*[1], ça te va ? »

Foster opina du chef. Corrigan partit quelques instants et revint avec une grande bouteille de Newcastle Brown Ale et un verre. Cela faisait bien longtemps que Foster n'en avait bu.

---

1. Une brune, en dialecte geordie.

« Elle n'est pas fraîche. Je ne la mets jamais au réfrigérateur. J'étais aux États-Unis il y a quelques années et il y avait un bar où ils la gardaient au frigo. Pourquoi ? Je leur ai dit qu'il fallait la servir chambrée. Ils m'ont regardé comme si j'étais fou. » Il secoua la tête. « Franchement, la première puissance du monde, toute cette technologie et ce pouvoir économique, et ils ne réalisent même pas que cette bière doit être servie chambrée.

– Quel sacrilège ! », s'exclama Foster en décapsulant la bouteille et en versant le liquide brun et mousseux dans le verre. Pendant ce temps, Corrigan alla jusqu'à son bar à alcools dans un coin de la pièce et revint avec un verre de whisky généreusement rempli.

« Santé », dit-il en levant son verre en cristal. À son tour, Foster leva sa pinte.

« Comme au bon vieux temps », ajouta Jackie avant de boire une gorgée et de laisser échapper un grognement de satisfaction. « Alors, comment va la vie, fiston ?

– Je n'ai pas à me plaindre. Et toi ?

– Aye, paradisiaque. La retraite a ses avantages, j'imagine. » Il soupira doucement. Foster supposa qu'il en ressentait les inconvénients bien davantage.

« Vraiment, et quels sont-ils ?

– Eh bien, au golf, mon handicap diminue en flèche. » Il s'arrêta, un sourire triste aux lèvres. « Laisse-moi un peu de temps. Je vais en trouver d'autres. »

Malgré les chaussons, l'attitude calme et vénérable des personnes âgées, Foster l'imaginait difficilement passant ses journées sur un terrain de golf au lieu d'inspecter une scène de crime, les mains jointes dans le dos, droit comme un I, ou de présider une réunion, avare de paroles mais inspirant le respect absolu, ou d'engueuler froidement un enquêteur malchanceux qui n'avait pas suivi le code de conduite Corrigan.

« Tu es toujours dans le coup ?

– Que veux-tu dire ?

– Les enquêtes. Ils continuent à te solliciter, te demander des conseils ?

– Aye. Quelquefois. Ils ont été sympas. J'y passe souvent, pour bavarder. Filer un coup de main. Enfin, s'ils me le demandent.

– Tant mieux », dit Foster. « Tant mieux. J'ai entendu dire que Sharon Carter dirigeait la boutique à présent. »

Les yeux bleu pâle cernés de rides pétillèrent de malice. « C'est bien cela, Sharon. Elle est sacrément bonne, elle aussi. Elle n'est pas appréciée de tout le monde, mais elle sait que pour que la machine tourne, il ne faut pas chercher à être aimé, il faut être respecté. On discute beaucoup. » Il but une autre gorgée de whisky. « Ça me surprend que tu n'aies pas gravi plus d'échelons, Grant. »

Foster haussa les épaules. « Pas du genre à faire de la politique », expliqua-t-il.

« Aye, on dirait que tu insistes beaucoup sur ce que tu n'es pas. En tout cas, laisse-moi te dire un truc : tu étais un putain de bon inspecteur. Le meilleur avec lequel j'ai bossé. »

Foster agita la main avec nonchalance, comme pour écarter le compliment. Les louanges le mettaient mal à l'aise. Corrigan lui en avait toujours adressé et il ne savait jamais comment les prendre. Jusqu'à ce qu'il soit sur son lit de mort, son père, un autre policier de haut rang, n'avait jamais fait un seul commentaire positif à son sujet, tout du moins à propos de ses aptitudes d'inspecteur.

« Tu ne m'as pas interrogé sur la raison de ma présence.

– Je sais pertinemment pourquoi tu es là, fiston.

– Vraiment ?

– Aye. On t'a envoyé pour enquêter sur la mort de ces deux gars et parler à la famille. Tu y étais aujourd'hui. Tu as appris que je les avais vus avant toi. Alors tu es venu directement ici.

– Barry Chester t'a appelé ?

– Peut-être bien. Mais il ne m'a pas dit que tu allais débarquer. Je le savais, c'est tout.

– Je suis à ce point prévisible ?

– Non. Je sais juste comment tu fonctionnes. Nous avons travaillé très étroitement ensemble, mais peut-être l'as-tu oublié. »

Foster fixa son verre du regard. Il s'attendait à ce que Corrigan essaie de le faire culpabiliser. « Non, Jackie, je n'ai pas oublié. Je ne suis juste pas du genre à me complaire dans le passé. La vie avance et j'avance avec elle. Cela ne signifie pas que je ne te suis pas éternellement reconnaissant de tout ce que tu as fait pour moi. »

Jackie hocha la tête et but une nouvelle gorgée. Son aura d'autorité, de sûreté de soi et de maîtrise se teinta de mélancolie. « C'est gentil de ta part, fiston. Tu es parti comme ça. Certains d'entre nous ont eu du mal à l'encaisser. On a cru qu'on avait fait quelque chose de travers.

– Ouais, eh bien, il était temps pour moi d'avancer, comme je t'ai expliqué.

– Si tu le dis. Un au revoir n'aurait pas été de trop. Pas seulement vis-à-vis de moi d'ailleurs. Il y a cette fille, Caitlin, qui nous a appelés, elle te cherchait. Elle non plus, tu ne lui as jamais dit que tu étais parti, n'est-ce pas ? »

Foster avait hâte de faire dévier la conversation sur le présent au lieu du passé. « C'était une décision soudaine. Il fallait que je parte.

– Aye, en tout cas, tu nous as bien laissés dans la merde. Mais je suppose que tu devais avoir de bonnes raisons. »

Oh oui, pensa Foster. J'avais découvert que toi et plusieurs autres collègues, des gens que je respectais, étaient en fait des lâches, esclaves de l'argent et du pouvoir, et je n'avais plus le courage de vous regarder en face. « J'imagine », admit-il. Le moment et le lieu n'étaient pas propices pour provoquer Jackie et déterrer la dernière enquête sur laquelle ils avaient travaillé. Cela pouvait attendre. Il y avait d'autres sujets plus pressants. « Alors, comme ça, tu savais que je viendrais ici ? », ajouta-t-il en essayant de changer de sujet.

Jackie prit une langoureuse gorgée de son whisky. « Tu penses donc que j'ai communiqué les nouvelles identités de Dibb et Schofield aux Chester. » Il resta silencieux un instant. « Ils n'ont rien à voir avec ces morts, Grant.

– Qu'est-ce que tu en sais ?

– Ils ont des alibis qui se tiennent.

– Il paraît. Écoute, j'ai compris que tu étais devenu proche d'eux...

– Je les tiens au courant. C'est la moindre des choses. » Son vieux tempérament colérique reprenait le dessus.

« Au courant de quoi ?

– À ton avis ? De ce qui arrivait à Dibb et Schofield. Mais je ne leur ai jamais, au grand jamais, donné leurs nouvelles identités, pas plus qu'une quelconque information qui leur aurait permis de les retrouver. Et, honnêtement, prétendre que j'aurais pu le faire est carrément insultant.

– Mais cette histoire d'alibis. Tu es à la retraite, Jack. Tu n'as tout simplement pas à fourrer ton nez là-dedans.

– Je me doutais que quelqu'un irait les voir. Et je savais qu'ils n'étaient pas impliqués. Pour m'en assurer, je leur ai demandé leurs alibis, parce qu'on allait leur poser la question. Et ils me les ont donnés. » Il leva l'index. « C'était mon enquête. Ça l'a toujours été et ça le sera toujours.

– Ils te les ont donnés ou tu les as aidés ?

– Qu'est-ce que tu insinues, bordel ?

– Arrête, Jackie. Toi, allant là-bas, leur parlant d'alibis. Tu m'excuseras, mais je trouve ça un peu suspect. Je ne l'affirme pas, mais à ma place, tu penserais la même chose.

– Va te faire foutre avec tes sermons, Grant », répliqua-t-il avec violence. Penché en avant dans sa chaise, le visage empourpré, il s'échauffait. « La famille n'a pas été consultée avant que la décision de libérer ces deux salauds soit prise. Ils ont été complètement ignorés. Plutôt qu'ils apprennent la nouvelle dans la presse, j'ai pris sur moi de leur rendre visite, de répondre de mon mieux à leurs questions et de les réconforter comme je pouvais. Ce qui était assez peu. N'oublie pas que ce sont eux les victimes dans cette histoire. Pas ces deux petits enfoirés. » Il se laissa aller contre le dossier de sa chaise. Il respirait difficilement, visiblement secoué.

Foster lui laissa le temps de retrouver son calme. En dépit de tout, il ne souhaitait pas que Jackie lui claque entre les mains. En grande partie parce qu'il risquerait de se faire lyncher par ceux qui le vénéraient.

« Ils n'ont rien à voir avec les décès de Dibb et Schofield, Grant », répéta-t-il.

– Peut-être. Mais quelqu'un est responsable.

– Aye. Et il y a un paquet de gens qui se seraient fait un plaisir de les buter s'ils en avaient eu l'occasion. » Il renifla. « Tu sais qu'en ce qui me concerne, je ne le leur reprocherais pas. Toi non plus d'ailleurs, pas vrai ? Nous avons vu le corps de ce pauvre vieux bougre. Nous avons vu ce qu'ils lui ont fait.

Il avait à peu près l'âge que j'ai aujourd'hui. Frêle, fatigué, une mauvaise vue et tous les autres outrages de la vieillesse. Et ces deux petits enculés d'animaux sauvages l'ont battu comme une poupée de chiffon avant de l'enterrer vivant. Tu l'as vu toi aussi et je sais que tu penses la même chose. Des animaux enragés, et ils devaient être traités comme tels. »

Le temps passé avait un peu modifié sa vision des événements, mais Foster était d'accord. Sa visite rapide sur les lieux du crime avait fait resurgir les images atroces du vieillard battu et ensanglanté. « Oui, Jackie. Mais ce que l'on ressent est une chose. C'en est une autre de passer à l'acte. Toi et moi, nous travaillions pour faire respecter la loi. On ne peut pas laisser les gens se faire justice eux-mêmes.

– Aye, mais ne me demande pas de pleurer ces garçons. Ils ont volé ce vieillard à ses petits-enfants. Ils lui ont ôté sa chance de profiter de ses dernières années en paix, entouré de sa famille. Sa chance de mourir dans la dignité. Je ne sais quel enfer les attend, mais j'espère qu'ils y pourriront éternellement. » Il vida son verre, se cala dans sa chaise et avança la mâchoire comme pour défier Foster d'oser suggérer qu'ils étaient peut-être destinés à finir ailleurs.

« Qui d'autre a bien pu faire ça, alors ? Je ne sais pas à quel point tu es au courant et si tu as lu les rapports sur la manière dont ils sont morts, mais ils ont énormément souffert avant de mourir. Schofield a été empoisonné à la nicotine et Dibb s'est immolé.

– Tu me demandes conseil, Grant ?

– On dirait bien.

– Désolé, je suis à la retraite. » Il lui adressa un clin d'œil. « Mais, en souvenir du bon vieux temps, je vais examiner leurs parcours. À mon avis, quelqu'un a découvert la vérité. Ils allaient certainement démasquer Dibb et c'est pour cela qu'il s'est immolé.

– Sa femme savait.

– Elle savait quoi ?

– Qui il était. Ce qu'il avait fait.

– Eh bien, voilà qui est intéressant. Elle savait ? Dans ce cas, ça vaut la peine de creuser dans cette direction. Tu sais autant que moi que la plupart des meurtres sont commis par des proches des victimes. »

Foster secoua négativement la tête. « Ce n'est pas elle. J'en suis persuadé, comme tu es persuadé que Barry Chester n'y est pour rien. Et le reste de la famille ? Les enfants. Je me rappelle qu'ils avaient été sérieusement secoués. »

Jackie toussa et s'éclaircit la gorge. « Ils ont tous été sérieusement secoués.

– Ils ont des alibis ?

– Les enfants ? Sais pas. Je suis sûr qu'ils ne sont pas impliqués, Grant.

– Il faut que je le vérifie, ou que je trouve quelqu'un pour le faire. Le plus jeune est à la fac à Birmingham, c'est ça ?

– Je crois. C'est un gars intelligent à ce que je sais. Vas-y doucement avec lui, hein ?

– Il n'y a vraiment aucune possibilité que les Chester aient pu découvrir où résidaient Dibb et Schofield ?

– Je ne te dirais pas que j'en suis sûr à cent pour cent. Ce que je peux te confirmer c'est que je ne le leur ai jamais dit. Et pour tout t'avouer, je ne le savais pas moi-même. Je n'ai jamais cherché à le savoir. Je pense que je n'aurais pas été capable de me taire s'ils m'avaient questionné. J'ai donc estimé qu'il était préférable que je ne le sache pas. »

La mousse de sa bière avait disparu. Foster ne savait pas s'il pouvait encore faire confiance à Jackie Corrigan. S'il pouvait croire un seul mot de ce qu'il disait. Il était temps de partir.

Il n'avait rien avalé depuis le matin et son estomac vide commençait à lui faire payer la bière qu'il venait de boire. Soudain, un souvenir lui traversa l'esprit.

« Tu te souviens de la lettre ? », demanda-t-il.

« Quelle lettre ? », répondit Corrigan en bâillant. La pièce était surchauffée. Foster sentait ses paupières s'alourdir.

« Celle que nous avons reçue avant le procès. Les parents de ce gamin de Mackington, disant qu'il se comportait bizarrement depuis le crime.

– Il n'était pas le seul. Toute la communauté a été chamboulée, toute la région. Si je me souviens bien, nous avons reçu toutes sortes de lettres.

– C'est vrai. Mais celle-ci avait quelque chose de spécial. Tu m'as dit de laisser tomber à l'époque.

– Vraiment ? Eh bien, on était en train de conclure l'enquête. C'était un truc sans importance.

– Peut-être », marmonna Foster. « J'ai toujours pensé que cette affaire allait plus loin que ce que nous avions trouvé. » Il avait voulu creuser la piste de cette lettre. Elle résonnait avec un sentiment qu'il avait éprouvé, fondé sur ce qu'avait dit l'un des deux garçons, qu'il y avait peut-être eu un témoin du crime. Mais il ne restait qu'une semaine avant le début du procès et personne ne souhaitait rater cette date, Jackie moins que quiconque. Les médias du monde entier s'apprêtaient à débarquer sur place pour couvrir le verdict et la condamnation.

« Ouais, tu pensais ça de chaque enquête si je me souviens bien », rétorqua Corrigan, moqueur, presque condescendant.

Foster ressentit une nouvelle pointe de colère. Il était vraiment temps de partir. Il se leva. « Bon, j'y vais. Merci pour la bière, Jackie. »

Le vieil homme se leva à son tour et le suivit hors de la pièce. « Merci d'être passé », dit-il quand ils arrivèrent devant la porte d'entrée. « J'espère que ça t'a été utile. » Foster acquiesça. Un silence gêné s'installa. « Tu comptes rentrer comment ?

– Bien vu. » Dans sa hâte, il avait oublié qu'il n'avait plus de moyen de transport.

« Si tu veux, je peux appeler un taxi. Je te conduirais bien, mais c'était mon deuxième whisky...

– C'est un pub que j'ai aperçu plus haut sur la route ?

– The Mill ? Aye. Mais il est à près de deux kilomètres.

– La promenade me fera du bien.

– Ne sois pas bête, mon gars... Laisse-moi faire venir un taxi.

– Non, Jackie. C'est bon. Je vais marcher.

– Comme tu veux, fiston. » Il regarda Foster enfiler son manteau.

« Tu es parti parce que nous ne nous en sommes pas pris à Lord Patrick, c'est ça ? »

Foster boutonnait son manteau en silence.

« Je sais que c'est à cause de cela, Grant. Tu as cru qu'on s'était dégonflés. Que nous avions la trouille. » Il laissa échapper un long soupir. « Les flics doivent faire des compromis, Grant. J'espère que tu le sais à présent.

– Des compromis ? », éructa Foster, incapable de contenir sa colère. « Vous avez battu en retraite. J'avais monté un dossier solide. Mais vous vous êtes sauvés dès qu'il a montré les dents.

– Ce n'était pas aussi simple que ça », plaida-t-il en secouant la tête, les yeux clos. « Tu as certainement compris cela avec l'expérience.

– L'expérience m'a appris à ne pas baisser mon froc face au pouvoir. » Des années de frustration et de trahison remontaient à la surface. « Tu t'es avéré être tout ce que je pensais que tu n'étais pas. »

Il ouvrit la porte.

« Grant... »

Mais Foster remontait déjà l'allée à grands pas et les paroles de l'ancien commissaire se perdirent dans le vent.

13

Il fallut à Foster presque une demi-heure de marche et de lutte tête baissée contre les bourrasques du vent du nord, à vous glacer la moelle, pour arriver jusqu'au pub. Il ressentit un tel choc quand la chaleur du pub l'enveloppa que ses yeux se mirent à larmoyer. L'endroit était à demi vide. La plupart des clients étaient en train de manger. Deux buveurs solitaires étaient vissés au bar, juchés sur des tabourets. Il s'installa à leurs côtés et commanda une pinte et un whisky qu'il avala rapidement, savourant la chaleur du breuvage qui lui envahit aussitôt la gorge avant de se répandre dans son ventre. Il leva ensuite sa pinte et constata que sa main tremblait encore.

Il avait cru qu'il ne reverrait jamais Jackie Corrigan. Il l'avait voulu ainsi, même si son visage et ses paroles lui avaient de temps à autre traversé l'esprit au long des années. Il y aurait toujours une part de lui-même qui lui serait reconnaissante pour la formation qu'il avait reçue, mais le reste de son être souffrait d'avoir idolâtré un homme qui était en fait un lâche. Les premières blessures à l'âme sont toujours les plus profondes.

Il commanda un autre whisky, en quête de la légère torpeur qu'il lui procurerait, afin d'atténuer ce qu'il ressentait. Il balaya encore une fois le pub du regard. C'était autrefois un bar à l'ancienne, fréquenté par des pêcheurs, quelques autochtones vivant aux alentours et, plus rarement, des voyageurs perdus et assoiffés. C'était à présent un pub où l'on sortait, un endroit où l'on venait manger pour des occasions spéciales, avec un parquet en bois brut et des menus écrits à la main. Les gens du coin avaient été poussés dehors afin de rendre l'endroit plus attrayant pour les touristes.

Son whisky arriva. Il le vida cul sec et commanda une autre pinte. Si l'alcool l'avait d'abord apaisé, il agissait à présent comme un bâton remuant la boue épaisse du passé qui, dans sa mémoire, s'était figée depuis longtemps.

Deux affaires, deux souvenirs de Jackie Corrigan, très différents l'un de l'autre, lui vinrent à l'esprit.

Il y avait eu une tentative de meurtre, une jeune fille poignardée devant une discothèque de South Shields. Elle s'en était tirée, mais les séquelles l'avaient fortement diminuée. Le principal suspect était le fils d'un homme d'affaires prospère, originaire du coin, et, ce qui avait sans doute plus d'importance, membre d'une importante loge maçonnique comptant en son sein plusieurs hauts gradés des forces de police. On procura avec empressement un alibi au jeune homme et il se murmurait que les témoins avaient été achetés. Il aurait été commode de classer le dossier comme non résolu. Mais Foster n'était pas de cet avis. Les preuves à l'encontre du jeune homme étaient accablantes et irréfutables. La fille gisait sur un lit d'hôpital, à moitié morte, un poumon perforé, l'aorte touchée, le visage lacéré. Elle méritait mieux qu'un arrangement sordide. Foster embarqua le gamin, arrogant, violent et désagréable, qui s'imaginait que le nom de son père suffirait à couvrir son crime et l'inculpa pour tentative de meurtre après qu'il eut craqué sous le feu des questions et que son alibi eut été réduit en miettes.

Tout le service retenait son souffle, attendant de voir quelles allaient être les conséquences quand la nouvelle arriverait aux oreilles de la hiérarchie et que ce grand fanfaron de cockney se ferait tomber dessus pour son insolence. Foster passa quelques nuits sans sommeil, buvant plus que de raison pour essayer de garder son calme, tout en réfléchissant à l'étape suivante – hors de la police si nécessaire. Il fut finalement convoqué par le commissaire Jackie Corrigan, un homme qu'il n'avait, jusque-là, qu'entraperçu et vu mentionné dans des rapports élogieux. Lorsqu'il était entré dans son bureau envahi de fumée de cigarette, il avait été surpris d'y trouver non pas un tyran irascible, calé derrière son bureau en chêne, mais un gentleman sec et maigre, aux yeux chassieux, avec une voix douce, teintée d'accent geordie. En dépit de sa constitution, il émanait de sa personne une forte autorité ; l'impression, pensa Foster, d'un homme à qui n'échappait aucun détail, qui n'oubliait rien, parlait peu, entendait tout et faisait preuve d'une confiance inébranlable dans ses talents et ses jugements.

Foster passa la porte avec prudence. Corrigan lui offrit une cigarette qu'il accepta et sur laquelle il se mit à tirer avec nervosité. Pendant les deux minutes qui suivirent, ils n'échangèrent pas un mot, un silence si épais que Foster brûlait d'envie d'y plonger tête la première pour s'expliquer et se justifier. Mais les paroles de son père, un homme avare de ses mots en toutes circonstances, lui revinrent à l'esprit : « Ne parle jamais le premier. Laisse l'autre emmerdeur craquer. »

Corrigan l'observait, un œil à demi fermé, à travers un nuage de nicotine, un semblant de sourire sur ses lèvres fines. « Alors », finit-il par lâcher. Le reste de la phrase mit une éternité à arriver. « Tu es sûr de toi sur ce coup-là, fiston ? »

Foster savait à quoi il faisait référence. « Oui, sir. Je le suis. » Sa voix se brisait, plus aiguë et nasillarde qu'à l'accoutumée.

« Parfait », dit Corrigan. « Parfait. Et tu es sûr que le dossier tiendra devant un tribunal ? »

Il devina le piège, mais il n'allait pas y tomber.

« Certain. »

Émettre le moindre doute aurait été une preuve de faiblesse et aurait fourni à Corrigan l'issue qu'il cherchait peut-être. Foster n'était toutefois pas convaincu qu'il en espérait une.

« Bien », poursuivit-il en opinant du chef. « J'ai toujours eu envie de boucler ce petit con pourri gâté et si tu as fait ton travail correctement, tu nous auras débarrassés d'un sacré emmerdeur. Bon boulot, mon gars. »

Il se replongea dans la paperasse étalée sur son bureau après avoir déposé ce qui restait de sa cigarette dans un imposant cendrier en verre. Foster resta planté là quelques secondes avant de comprendre que l'entretien était terminé et qu'il devait s'en aller.

« Tu te débrouilles bien, tu sais », ajouta Corrigan.

Foster, qui s'apprêtait à quitter la pièce, se retourna. Le vieil homme continuait à lire ses papiers. « Merci », dit Foster avec sincérité. « J'ai beaucoup appris.

– Tu as encore beaucoup à apprendre, fiston », le corrigea Corrigan. « Beaucoup à apprendre. »

Foster s'éloigna avec l'impression d'être un géant, regonflé par les louanges, mais terrifié à l'idée que l'affaire s'écroule à cause d'un point oublié sur un i.

Deux mois plus tard, le verdict tomba. Coupable. Le petit salaud ne fut condamné qu'à trois ans de détention alors que l'accusation en demandait au moins dix. On apprit plus tard que le juge était un membre de la loge. Le soir du jugement,

Corrigan paya à Foster autant de verres de whisky qu'il fut nécessaire pour noyer sa colère. Cela fonctionna. À partir de ce jour, dès qu'il rencontrait un problème, quand une affaire le plongeait dans la consternation ou la confusion, il demandait conseil à Corrigan. En retour, le vieil homme prenait souvent de ses nouvelles, s'inquiétait de la manière dont il s'intégrait dans le service et dans la ville, et lui disait qu'il s'en sortait très bien. Le seul compliment qu'il lui ait jamais fait. Quelques inspecteurs le jalousaient d'avoir reçu la bénédiction du grand homme tandis que d'autres considéraient qu'il avait été oint d'huile sainte. Foster, ils étaient tous d'accord sur le sujet, avait le « truc », ne serait-ce que parce que Corrigan l'avait dit.

Quel contraste avec son dernier souvenir de Jackie Corrigan ! La dernière enquête qu'il avait menée à Newcastle. Le Lord Patrick dont Jackie avait parlé à la fin de leur rencontre.

Il s'appelait Patrick Hardcastle. Un parlementaire conservateur de Northumbria North, le seul tory à des kilomètres à la ronde dans un bastion de gauche. Sa famille, des propriétaires terriens, était installée dans la région depuis des décennies et leur lignée, et leur générosité, suscitaient à leur égard un respect dont peu de nobles pouvaient se targuer. Lord Patrick était le mouton noir de la famille, un esprit pervers et mesquin, tête brûlée et incontinent sexuel, qui abusait de sa notoriété et de son franc-parler et était apprécié pour cela. Les gens le qualifiaient de goujat et de malotru, mais avec bienveillance. Foster se fichait de ses appuis politiques et se préoccupait plus du fait qu'il bafouait la loi très régulièrement et que les gens détournaient le regard. Toutefois, en tant qu'inspecteur à la Criminelle, Lord Patrick n'était pas son problème.

Jusqu'au soir où, pas très loin du pub où Foster se trouvait en ce moment, sa Jaguar sport avait quitté une route de campagne et traversé une haie pour finir dans un champ après avoir fait des tonneaux sur plus de cinquante mètres. La femme qui l'accompagnait mourut de ses blessures. Lord Patrick, à part quelques bleus et égratignures, était indemne, mais bien au-delà de la limite légale d'alcoolémie. Il admit qu'il était ivre, avant d'affirmer que c'était pour cette raison que son « amie » était au volant et que, n'étant pas habituée à la vitesse et à la puissance du bolide, elle avait mal évalué un virage avant de perdre le contrôle du véhicule qui avait quitté la route. Tout le monde avait complaisamment gobé la version des faits de Patrick, sauf Foster. Sans en informer Corrigan ni qui que ce soit, il avait mené sa propre enquête. Il retrouva un client du pub où le couple s'était arrêté qui avait vu, sur le parking, Patrick monter côté conducteur. Il y avait aussi un ami de la fille décédée qui affirmait que, bien qu'elle ait le permis, elle détestait conduire et qu'elle n'aurait certainement pas accepté de prendre le volant d'une voiture aussi puissante. Pour corroborer le tout, une compagnie de taxis confirmait avoir reçu un appel de Patrick, passé depuis le pub, pour demander une voiture et qu'il s'était vu répondre qu'il y en aurait pour une heure avant que le véhicule arrive. Tout ceci l'aida à monter le dossier d'accusation, mais il n'avait rien de solide. Enfin, Foster tomba sur ce qui lui parut être la preuve suprême : une photographie du corps de la fille. Il la fit examiner par un médecin légiste et ce dernier confirma que les marques laissées par la ceinture au moment de l'accident indiquaient que la jeune fille était assise côté passager. Persuadé d'avoir réuni ce dont il avait besoin pour prouver que Patrick était coupable au moins d'homicide involontaire, il alla voir Corrigan et lui exposa ses arguments en faveur de la réouverture du dossier et de l'inculpation de Patrick.

Corrigan refusa. Quand Foster demanda pourquoi, il répondit que l'affaire était close. Sans autre explication. Patrick ne fut jamais inquiété et, bien que sa carrière politique tombât en ruines, il demeura libre de profiter de sa vie de luxe et de prestige, tandis que l'on refusait de rendre justice à la famille de la jeune femme que son alcoolisme avait tuée. Foster en était malade. Le lendemain, il quitta son appartement et prit le train pour Londres. Il lui fallut trois mois avant de se sentir capable de réintégrer la police. « Quelquefois, un flic doit faire des compromis », rumina-t-il tout en commandant un autre whisky. Pendant son voyage vers Londres, il avait fait le serment de ne plus jamais se laisser écarter d'une affaire, de ne jamais reculer par peur d'incommoder quelqu'un de puissant. Il préférerait être viré ou démissionner. C'était peut-être pour cela qu'il était encore coincé au grade d'inspecteur principal. Depuis ce jour, il avait suivi chacune de ses intuitions, chacun de ses instincts, quoi qu'on lui dise ou ordonne. Quand bien même cela semblait vain et superflu.

Puis, la lettre des parents du garçon qui avait été si affecté par le meurtre de Kenny Chester lui revint à l'esprit. Un autre compromis, sur les instructions de Corrigan, en dépit de son désir de creuser la piste. Il but son whisky d'un trait. Il avait oublié le froid et, mêlée à l'alcool, une détermination nouvelle courait dans ses veines.

Cela avait peut-être pris vingt ans, mais dès le lendemain matin, il trouverait enfin le temps de suivre cette intuition.

14

Aucun bureau n'étant libre au commissariat, Whelan avait été contraint d'abandonner le sien à Foster. Cela pouvait expliquer pourquoi il venait d'y laisser tomber, sans ménagement et le visage tendu par la colère, sept dossiers épais datant de l'affaire Kenny Chester que Foster lui avait demandés. Il le remercia mais Whelan resta impassible. Foster savait qu'à présent, il jouait officiellement avec le feu.

Il s'assit et commença à lire. Chaque dossier renfermait un tas de souvenirs : les photographies du corps horriblement meurtri de Kenny Chester, des gros plans de ses blessures, de son visage – à tel point tuméfié et défiguré qu'il en était méconnaissable – de son corps blafard couvert de marques de coups et d'hématomes. Il y avait aussi des clichés de l'autopsie, sur lesquels il ne s'attarda pas, et de la scène de crime, par dizaines.

Ce n'était pas des photographies qu'il cherchait. Il n'avait qu'à fermer les yeux pour se remémorer l'état du visage et du corps de Chester. Ces images ne le quitteraient jamais. Ce qu'il cherchait se trouvait à l'intérieur de deux imposants dossiers qui renfermaient les transcriptions des interrogatoires des deux garçons et dont la plupart avaient été menés par lui.

Il y avait des centaines de pages, résultat de douzaines d'entrevues, chacune d'entre elles limitée à une demi-heure en raison de l'âge des garçons. Leur lecture ne fit que renforcer ce dont il avait toujours été convaincu et qui se confirma après qu'ils eurent été libérés et commencèrent à mener leur vie. Schofield avait de grandes difficultés à s'exprimer, il semblait abattu et peinait à formuler ses pensées même s'il s'efforçait de bien faire. Dibb était éloquent, astucieux, intelligent, sensible à l'humour et à l'attention que lui portaient les gens, ce qui était loin d'être le cas de son camarade.

Les interrogatoires s'étaient étalés sur plusieurs semaines. Les garçons avaient rapidement admis leur implication dans le meurtre lors des premières entrevues menées par Corrigan. Des discussions informelles – « de l'investigation » comme il appelait ça – qui devaient rester confidentielles. C'est ensuite que Foster et quelques autres furent impliqués pour assembler les détails et monter le dossier. De manière compréhensible, ils se chargeaient l'un l'autre et affirmaient n'avoir été que témoins de la violence et non acteurs. Dibb fondait fréquemment en larmes contrairement à Schofield à qui cela arrivait rarement mais qui, quand cela se produisait, était inconsolable pendant plusieurs heures. Dibb, lui, pouvait ouvrir ou fermer les vannes à volonté et ceux qui conduisirent les interrogatoires finirent par remarquer qu'il y avait recours pour créer une diversion quand on lui demandait d'expliquer quelque chose d'obscur, ou quand il ne disait pas la vérité et qu'on le harcelait de questions. Plus important encore, il se dégageait de ces pages une évidence qui lui avait échappé à l'époque : ils étaient des enfants ; ils parlaient et agissaient comme tels. Durant cette période, alors que les images du corps désarticulé de Chester étaient encore fraîches dans son esprit, il les avait considérés comme des demi-monstres. Même lorsqu'ils se comportaient comme de simples enfants, pleurant ou demandant leur mère, ils n'étaient pour lui que des tueurs, juste plus jeunes que d'habitude. Maintenant que le temps avait partiellement atténué l'horreur de leur acte, il décelait dans leurs paroles la confusion de gosses ayant commis l'irréparable et ne demandant que le pardon des adultes qui les jugeaient.

« Je vais aller me coucher ce soir et quand je me réveillerai demain tout cela ne sera pas arrivé », avait déclaré Dibb plaintivement lors d'un interrogatoire. Foster se souvenait du moment où il avait prononcé ces paroles, mais alors il n'y avait pas prêté attention. Vingt ans plus tard, il les trouvait étrangement émouvantes. Comme si ce gamin avait pu, par magie, réécrire le cours de sa vie et, de la même manière, faire disparaître les blessures ignobles que lui et Schofield avaient infligées à Kenny Chester. Il ne comprenait pas l'aspect définitif de ce qu'ils avaient fait et que toutes les excuses du monde ne pourraient effacer l'horreur. C'était une forme d'illusion, l'idée que les choses pouvaient être défaites. Il ne leur vint pas une seule fois à l'esprit qu'ils allaient devoir vivre avec cette faute pour le restant de leurs jours ; cette idée vint à eux progressivement, plus tard, accompagnant la lente disparition de leur jeunesse et de leur innocence.

Pour la première fois, Foster se demanda si un gamin devait être jugé pour un crime de la même façon qu'un adulte, et si les enfants devaient supporter tout le poids de la justice des hommes pour la cruauté insensée dont la plupart étaient capables mais que, fort heureusement, ils apprenaient à refréner. Il avait toujours été convaincu que si vous aviez conscience du mal que vous étiez en train de faire et que vous ne parveniez pas à vous arrêter, vous étiez alors coupable et vous deviez être puni, quel que soit votre âge. Il n'en était plus aussi sûr, dorénavant.

Il pensa à Gary, le gamin placé en famille d'accueil qu'il avait pris en affection, fils d'une mormone droguée et manipulée[1]. Foster l'avait hébergé avant qu'ils ne retrouvent sa sœur. Ce gosse était une vague de crimes à lui tout seul, féroce et sauvage, en tout cas jusqu'à ce qu'il passe quelques jours chez lui. Il vivait maintenant avec sa sœur. Intelligent et débrouillard, il allait à l'école avec plaisir. Ce n'était pas un enfant modèle, mais les jours où il collectionnait plus d'une centaine de délits étaient loin. Il avait mûri et saisi la deuxième chance qu'on lui avait offerte. Foster lui rendait visite un week-end sur deux, quand il n'avait pas trop de travail, et l'emmenait au cinéma ou voir un match de foot. Ce moment était certainement pour Foster le plus important du mois. Gary lui rappelait que si les enfants commettent des délits, ils ne sont pas forcément mauvais.

Mais alors, qu'en était-il des victimes ? Et de leurs familles qui espéraient, exigeaient, un châtiment, une réparation pour surmonter leur perte et continuer à vivre ?

Foster interrompit brutalement le flot de ses pensées ; il n'était pas là pour démêler les problèmes moraux posés par l'enquête. Il continua à parcourir les transcriptions à la recherche d'une remarque qui s'était nichée dans son esprit à l'époque, et que les années n'avaient pas délogée. Elle avait été formulée pendant l'un des derniers interrogatoires, avant que le dossier ne soit transmis au ministère public. Foster finit par tomber dessus. Il s'agissait du dernier interrogatoire

1. Voir *Depuis le temps de vos pères.*

de Schofield, pendant lequel il l'avait encore une fois cuisiné à propos des événements qui avaient précédé l'arrivée de Chester au Dean, avant l'agression. Le garçon avait toujours donné des réponses vagues et ne semblait pas sûr de lui. C'était Dibb qui leur en avait fait le récit et fourni les détails qu'ils avaient ensuite répétés à Schofield qui répondait en marmonnant un oui ou un non selon que cela collait ou pas avec son souvenir. Souvent, il se contentait d'un « J'sais pas » monocorde qui revenait avec une telle régularité que les policiers qui avaient eu affaire à lui finissaient invariablement par l'imiter lorsqu'ils étaient entre eux, en empruntant sa voix anormalement grave pour un enfant de neuf ans.

Question : Bon, Craig, reprenons tout ça une dernière fois. Vous êtes allés au Dean. Vous avez joué à la guerre.

Réponse : Aye.

Q : Pendant combien de temps ?

R : J'sais pas.

Q : Deux minutes ? Cinq minutes ?

R : Aye.

Q : C'était quoi, deux ou cinq minutes ?

R : Cinq minutes. Peut-être plus.

Q : Vous étiez dans la clairière ?

R : Aye. Et un peu à côté. On se cachait, tout ça.

Q : OK. Et ensuite ?

R : On a arrêté de jouer à ça.

Q : À quoi avez-vous joué ensuite ?

R : J'sais pas.

Q : Tu as oublié ?

R : On a juste joué, c'est tout.

Q : Vous avez joué tous les deux ? Vous êtes restés dans la clairière ?

R : Aye. Glen est parti en disant qu'il voulait trouver un bâton et il nous a laissés là.

Q : Quand tu dis « nous », tu veux dire juste toi ?

R : ... Oui, je veux dire, juste moi.

C'était ces ellipses, apparemment sans importance, qu'il cherchait. Ces points de suspension renfermaient bien des choses. Il était fréquent dans le patois geordie d'employer le « nous » quand on parlait de soi-même. « Est-ce que tu vas nous donner un de ces bonbons ? », au lieu de « Est-ce que tu vas me donner un de ces bonbons ? » Foster s'y était habitué. L'échange semblait ordinaire. Toutefois, sur le moment, Schofield avait réagi étrangement quand Foster avait insisté sur ce point. Au lieu de fixer la table devant lui, comme il le faisait depuis le début, il avait jeté des coups d'œil nerveux à droite et à gauche. Il s'était ensuite accroché à l'explication de Foster avec un empressement qu'il n'avait jamais manifesté depuis le début de l'interrogatoire. Foster était passé à autre chose, mais l'incident était resté gravé dans sa mémoire. Est-ce que cette fois-là, il avait vraiment voulu dire « nous » ? Y avait-il quelqu'un d'autre sur place ? Incapable de se sortir ces questions de la tête, il en avait parlé à Jackie Corrigan qui lui avait opposé une fin de non-recevoir. L'affaire était prête à être présentée et transmise. Ce n'était qu'un malentendu ; ce regard craintif n'était que la manifestation de sa culpabilité et de sa gêne croissantes au fur et à mesure que l'entretien avançait vers le moment où Chester était apparu et que leur agression brutale avait commencé.

Le relire noir sur blanc lui confirma que ce n'était pas le fruit de son imagination, même si le document ne faisait pas mention de l'inconfort du garçon. Il fouilla ensuite le reste des dossiers à la recherche de la lettre qu'ils avaient reçue une semaine à peine avant que l'affaire ne passe en jugement. Il n'en trouva pas trace. Personne ne s'y était intéressé et elle avait probablement fini oubliée dans un tiroir ou à la corbeille. Plus il y pensait et plus les détails du courrier lui revenaient à l'esprit. Il avait été rédigé par la mère du garçon. Elle y expliquait que le père et elle s'étaient séparés peu de temps avant, ce qui aurait pu expliquer le comportement de son fils, mais elle pensait qu'il y avait autre chose, que cela datait du jour de la mort de Kenny Chester et qu'il lui avait dit des choses qui l'avaient troublée, ainsi que d'autres qu'elle l'avait entendu raconter à sa petite sœur de six ans. Il était dans la même classe que Dibb et Schofield. Malheureusement, Foster ne se souvenait d'aucun nom.

Plutôt que d'avoir à supporter qu'un lieutenant récalcitrant le conduise en faisant la tête, Foster choisit une voiture au sein de la flotte du poste de police et partit en direction de Mackington. Il ne savait pas exactement pourquoi. Juste l'intuition que pour aller plus loin, il devait se rendre dans le village où tout s'était passé.

15

La nuit commençait à tomber quand Foster arriva à Mackington. Il avait faim. Étant donné qu'il n'avait pas la moindre idée de l'identité de la personne qui avait envoyé la lettre, il se dirigea vers un petit café qu'il savait être encore en activité, au milieu de l'enfilade de boutiques dont plus de la moitié avait mis la clé sous la porte. L'endroit était fermé et n'ouvrait qu'au moment du petit déjeuner et du déjeuner. La boutique suivante était une épicerie. Il y entra et y trouva des rayonnages réfrigérés sur lesquels se languissaient des sandwichs peu ragoûtants, probablement confectionnés et emballés depuis plusieurs jours. Il ne trouverait certainement pas mieux. Il choisit le moins susceptible de lui provoquer une intoxication alimentaire, fromage et cornichons, et l'emporta jusqu'à la caisse où une vieille femme à l'air sympathique, vêtue d'un ensemble vichy et portant des lunettes aux verres en cul de bouteille, le gratifia d'un grand sourire quand il lui tendit son argent.

« Il me semble vous connaître. Je me trompe ? », dit-elle en farfouillant dans son tiroir-caisse pour lui rendre la monnaie sur le billet qu'il venait de lui remettre.

« Je ne sais pas. » Il était venu plusieurs fois à l'époque pour se ravitailler, piochant en vitesse dans les rayons des tourtes au porc et des *scotch eggs*. C'était certainement déjà elle qui tenait le magasin. En fait, il avait l'impression de la reconnaître.

« L'affaire Kenny Chester. »

Il sourit. « Vous avez une mémoire impressionnante. »

Elle laissa échapper un petit rire. « Par ici, on n'est pas près d'oublier cet été-là. Vous et tous les autres journalistes, vous veniez chaque jour pour nous vider la boutique. Les affaires n'ont jamais aussi bien marché. »

Un journaliste. Il ne pouvait pas lui laisser croire ça. « Je n'étais pas un journaliste. »

Elle plissa les yeux derrière ses gros verres ronds. « C'est vrai. Un policier. Vous étiez un peu moins nombreux. Ces journalistes. Une vraie plaie. Pendant deux semaines, on en trouvait partout, à suivre les gens, à pointer leurs appareils photo à travers les haies. Et puis, il y a eu l'enterrement et ils se sont envolés dans la nature.

– Eh oui, c'est comme cela qu'ils agissent. Le cirque se déplace ailleurs. » Il mourait d'envie de manger son sandwich pour faire taire son ventre qui ne cessait de gargouiller, mais cette femme aimable et loquace pouvait peut-être lui être utile.

« C'est exactement ça, mon chou. Depuis, plus rien n'a été pareil ici. Entre ça et la fermeture du puits, le village a perdu son âme. Avant, les gens discutaient dans la rue, passaient chez les uns, chez les autres pour une tasse de thé. Le pub et le foyer communal étaient prospères et cette rue était pleine de commerces. Plus maintenant. Les gens communiquent moins, ils sont moins confiants. » Foster décela dans sa voix une véritable tristesse et des regrets sincères.

« C'est vraiment dommage », répondit Foster, presque honteux de la banalité de sa réponse.

Il ramassa sa monnaie et la glissa dans sa poche.

« Aye », approuva-t-elle. « Et dites-moi, pourquoi êtes-vous revenu ? À cause de la mort des deux gamins ? Même s'ils n'étaient plus des gamins depuis longtemps. Sale affaire. Il y en a pas mal par ici que la nouvelle a réjouis.

– J'imagine. Pas vous ?

– Je suis une chrétienne. Je vais à l'église au bout de la rue toutes les semaines et je prie notre Seigneur. Il nous a dit de pardonner et d'oublier. Moi, ce que je vois, c'est qu'ils ont payé leur dette et qu'on leur a donné une deuxième chance. C'est dommage qu'ils n'aient pas eu l'opportunité de se racheter aux yeux du Seigneur. Peut-être qu'ils l'ont fait. Peut-être qu'ils sont avec Lui maintenant. » Elle se pencha en avant avec un air de conspiratrice, bien qu'il n'y eût personne, à part eux, dans le magasin. « On ne m'apprécie pas beaucoup à cause de ça. Il y a même des membres de la congrégation qui sont contents de les savoir morts ; mais ils sont un peu plus *Ancien Testament* que moi. Œil pour œil et tous ces trucs.

– La blessure n'est pas refermée pour les gens d'ici. Vous avez subi les conséquences de tout ça. Tout le monde connaissait et appréciait Kenny.

– Je le connaissais. C'était un bon chrétien lui aussi. Je ne pense pas qu'il aurait souhaité leur mort. » Elle fit une pause. « Sa famille, en revanche... » Ses yeux s'arrondirent. « Ils sont suspectés ? »

Foster lui adressa un sourire gêné, soucieux de ne pas lancer de rumeur à Mackington. « Non », répondit-il en y mettant le plus de conviction possible. « En revanche, vous pourriez peut-être m'aider à trouver ce que je cherche. »

Elle se redressa fièrement. « Avec plaisir. De quelle manière ?

– Cela n'a rien à voir avec l'affaire Chester. J'essaie de retrouver une famille ayant vécu à Mackington. Peut-être y sont-ils encore. Je n'en sais rien.

– Vous connaissez leur nom ?

– C'est là le problème. Je ne le connais pas. C'était une mère célibataire, séparée de son mari il y a vingt ans de cela. Elle avait un garçon et une fille scolarisés ici, en primaire. Lui doit avoir une trentaine d'années et elle entre vingt-cinq et trente ans. Cela vous dit quelque chose ?

– Plutôt deux fois qu'une. Les couples passent leur temps à se séparer de nos jours, à cause des problèmes pour trouver du travail et tout le reste. Mon Derek et moi, ça fait trente-sept ans que nous sommes ensemble. On n'a même jamais passé une nuit l'un sans l'autre. Mais c'était une autre époque. » Elle fit tambouriner ses doigts avec légèreté sur le comptoir. « Laissez-moi réfléchir. Il y a les Dawson, ils se sont séparés il y a un moment, mais ils avaient trois filles. Il avait une aventure avec l'infirmière dentaire de Cresswell. Les McDonald eux aussi ont divorcé à cette période mais ils n'avaient qu'un garçon, un sale gosse pourri gâté d'ailleurs. Apparemment, il vit à Londres maintenant. Il s'en sort bien. Dieu seul sait comment. » Elle tourna la tête et regarda à travers la vitrine, passant ses souvenirs en revue. « Ce ne serait pas Cathy Underwood, par hasard ? »

Foster eut une illumination. Underwood. C'était ça. « Oui, je crois que c'est elle. Vit-elle encore à Mackington ?

– Aye. Elle est plutôt discrète, vous savez. Ses enfants sont partis depuis longtemps. On ne les voit jamais lui rendre visite. Elle s'est remariée avec Roger Dillard. Il a quinze ans de plus qu'elle. Un veuf. Ancien tailleur de pierre. Il a une retraite de handicapé. Sa femme est décédée d'un cancer du sein. À ce que je sais, ils vivent sur Oakdene. Une des plus petites maisons au sommet de Halton Avenue. Je ne me souviens pas laquelle.

– C'est parfait, merci. » Pendant quelques secondes, il se sentit coupable d'avoir fait de Cathy Underwood la future victime des ragots et des insinuations que ses questions ne manqueraient pas de déclencher. Il ramassa son sandwich sur le comptoir. « Merci pour votre aide précieuse.

– De rien, mon chou », lui lança-t-elle tandis qu'il sortait de l'épicerie.

De retour dans sa voiture, il se fit communiquer par téléphone, entre deux bouchées de pain rassis et de fromage, l'adresse exacte de Cathy Dillard, née Underwood. Il conduisit jusqu'à sa maison et se gara devant, soulagé de constater qu'il y avait de la lumière à l'intérieur.

Il sonna. La porte s'ouvrit en libérant un nuage de chaleur étouffante qui le frappa en plein visage. Dans l'encadrement se tenait un homme bien bâti et légèrement enrobé, avec une barbe hirsute. Foster demanda si Cathy était là et l'homme s'éloigna pour être remplacé, quelques secondes plus tard, par une petite femme aux cheveux blond pâle, frêle comme une brindille, vêtue d'un tee-shirt et d'un pantalon de survêtement difforme. Elle avait sans doute été jolie, mais le temps avait marqué son visage et tiré ses traits. Elle sentait la cigarette et le dévisageait avec méfiance.

« Je peux vous aider ? », lui demanda-t-elle d'une voix hésitante et fatiguée.

Il se présenta. Elle resta impassible. « Je me demandais si nous aurions pu discuter quelques instants.

– À propos de quoi ? »

Il prit une profonde inspiration avant de se lancer. « D'une lettre que vous avez adressée à la police du Northumbrian il y a plus de vingt ans. »

Elle resta immobile pendant de longues secondes, sans même cligner des yeux. Foster se préparait à sentir un courant d'air chaud quand la porte lui claquerait au nez.

Au bout d'un moment, elle secoua la tête. « Est-ce que c'est une sorte de canular ?

– Je vous assure que non. Écoutez, je sais que cela peut sembler vraiment bizarre, de venir ainsi, si longtemps après. Je suis désolé que personne n'ait donné de suite. Sincèrement désolé. C'est juste que je viens de réexaminer les dossiers et que je tenais vraiment à vous en parler. Cela pourrait grandement m'aider.

– Est-ce que ça a un rapport avec le fait que les deux gars qui ont fait ça viennent d'être tués ?

– Pas directement, bien que ce soit la raison pour laquelle je suis revenu à Newcastle. Voyez-vous, j'ai travaillé sur l'affaire à l'époque. J'ai vu la lettre que vous avez envoyée. J'avais vraiment envie de venir vous en parler mais, disons que d'autres choses ont pris le pas, je le regrette. Cela ne cesse de me travailler depuis. J'aimerais vraiment réparer notre erreur. »

Elle semblait stupéfaite. Foster se demanda si elle prenait un traitement quelconque, ou autre chose. Peut-être valait-il mieux en rester là, revenir le lendemain matin. Il aurait pourtant préféré en faire le plus possible à Newcastle en un minimum de temps et rentrer à Londres. Sa nostalgie s'était évaporée.

« Entrez », lui proposa-t-elle en se coinçant une mèche de cheveux ternes derrière l'oreille.

Foster pénétra dans la maison. La chaleur y était accablante et une goutte de sueur se forma immédiatement sur son front. Il ôta son manteau et sa veste qu'il passa sur son bras. Il suivit Cathy Underwood jusque dans un petit salon complètement enfumé. L'homme qui lui avait ouvert la porte suivait un jeu télévisé de début de soirée, les yeux rivés sur l'écran. Cathy ne le présenta pas. Elle alluma une cigarette et se posta à côté de l'homme, un bras devant la poitrine, la main posée sur le biceps de son autre bras. Ne sachant quoi faire, Foster prit l'initiative de s'installer sur le canapé. L'homme coupa le son de la télévision.

« Je suis l'inspecteur principal Grant Foster.

– Roger Dillard », répondit l'homme d'une voix monocorde.

« Il fait chaud ici », remarqua Foster et s'essuyant le front.

« Rodge a de l'arthrite », expliqua-t-elle.

« Il me faut du chaud », ajouta-t-il.

« Je vois. » Le silence, comme la fumée de cigarette qui flottait dans l'air, était oppressant. « J'expliquais à Cathy que j'ai travaillé sur l'affaire Kenny Chester. Elle nous a envoyé une lettre juste avant le procès. Nous n'avons jamais donné suite et cela ne cesse de me poursuivre. Je voulais donc venir vous voir et réparer cette erreur.

– Oh », dit Dillard en tendant la main vers ses cigarettes. Foster était bon pour une séance intensive de tabagisme passif. Il n'avait pas fumé depuis que Karl Hogg l'avait drogué avec une cigarette avant de le torturer[1]. Une cure de déconditionnement plutôt brutale. À présent, la simple odeur de la fumée le rendait malade. Cela allait être un sérieux test. « De quelle lettre s'agit-il donc ? »

Foster pensa qu'il était préférable de laisser Cathy expliquer. Elle resta muette, tapotant distraitement sur sa cigarette, indifférente ou inconsciente des cendres qui tombaient sur le sol.

« C'était une lettre à propos de son fils. Peut-être est-elle la mieux placée pour expliquer le tout. » Il la regarda avec

---

1. Voir *Code 1879*

espoir, mais ses espérances furent déçues. Les yeux de Cathy s'étaient remplis de larmes et ses épaules avaient commencé à s'affaisser.

« Excusez-moi. » Elle se détourna et fila dans la cuisine en fermant la porte derrière elle.

Ils regardèrent la porte en silence pendant quelques secondes puis les deux hommes se tournèrent l'un vers l'autre. Dillard tirait goulûment sur sa cigarette.

Foster, gêné par la chaleur et la fumée, miné par la culpabilité, ne se sentait pas très bien. « Je suis désolé. Je n'avais pas l'intention de la perturber. C'était naïf de ma part de penser pouvoir débarquer chez vous en m'imaginant qu'elle serait contente de parler de quelque chose pour lequel elle avait sollicité notre aide il y a plus de vingt ans. »

Dillard ne répondit pas immédiatement et continua à l'observer à travers le brouillard de fumée. « La lettre concernait Ben ?

– C'est le nom de son fils ?

– C'était. »

Merde, pensa Foster. Je n'aime pas ça. « Que lui est-il arrivé ?

– Il s'est tué. »

C'était la dernière chose qu'il avait envie d'entendre. Il ressentit soudain le besoin de laisser ces pauvres gens tranquilles et de retourner à la maison de campagne de Jackie Corrigan pour lui fourrer sous le nez les conséquences de ses « compromis ». « Je suis désolé d'apprendre ça », se contenta-t-il de dire. Cela lui sembla pathétique et frustrant.

Il était sur le point de se lever et de partir quand Cathy Underwood ouvrit la porte de la cuisine et revint dans la pièce, la tête baissée. « Excusez-moi », marmonna-t-elle à nouveau.

Foster se leva. « Vous n'avez pas à vous excuser, bien au contraire. C'est moi qui suis désolé de débouler de cette manière chez vous. Je n'étais pas au courant. Roger vient de m'expliquer que votre fils s'était suicidé. Je n'aurais jamais dû venir.

– Attendez », dit-elle d'une voix ferme.

Il la regarda. Ses yeux, si inexpressifs tout à l'heure, étaient animés. Ses joues avaient repris des couleurs. « Je veux que vous restiez. »

Foster hocha la tête et s'assit. Il ne dit rien, préférant la laisser commencer à sa manière. Elle prit une autre cigarette et l'alluma. Elle aspira quelques bouffées, courtes et nerveuses.

« Il ne s'est pas suicidé », expliqua-t-elle en soufflant la fumée par le nez. « Sa vie lui a été volée.

– Désolé. Votre mari m'a dit qu'il s'était suicidé.

– Non. J'ai dit qu'il s'était tué. »

Foster avait la tête qui commençait à tourner. Sans doute la combinaison de la chaleur et de l'épaisse odeur de fumée. « Je ne comprends pas.

« Les drogues », précisa Cathy Underwood. « Il se droguait. Héroïne, crack, tout ce qui passait. Il a fait une overdose. Il s'est tué, mais il ne le souhaitait pas, c'est ce que Roger a voulu dire.

– Je vois. Quand est-ce arrivé ?

– En 2000. Il avait dix-huit ans. Il était accro depuis des années. Quand le puits a fermé, l'héroïne est devenue un véritable fléau par ici, particulièrement dans les années 1990. Les mômes n'avaient rien d'autre à faire. Pas de travail, pas de futur. Ben était déjà un garçon perturbé, ce n'est pas surprenant qu'il ait plongé là-dedans. Nous l'avons envoyé vivre chez la sœur de Roger, à Morpeth, pendant un moment, mais cela n'a servi à rien ; il revenait sans cesse. Je l'ai mis à la porte et ça n'a pas arrangé les choses. » Foster vit à nouveau ses yeux se remplir de larmes. Une tristesse immense suintait par tous les pores de sa peau.

« Vous dites qu'il était déjà perturbé. Cela a-t-il un rapport avec le contenu de la lettre ? » Elle opina du chef en se mordillant la lèvre. Foster poursuivit. « J'ai essayé de retrouver le courrier, mais je n'ai pas pu. Je l'ai lu il y a longtemps, également. Vous souvenez-vous de ce que vous aviez écrit ?

– Vous avez raison, c'était il y a longtemps. Pour être honnête, je ne m'en souviens pas.

– Je me souviens d'un passage, pas avec précision, mais vous disiez que Ben était différent depuis le jour du meurtre de Kenny Chester. C'est bien cela ?

– Aye. Il n'a plus jamais été le même. C'était un gamin joyeux, facile à vivre. Après cette journée, c'était comme si quelqu'un avait actionné un interrupteur. Il est devenu lunatique, il faisait de cauchemars, il hurlait. Il est devenu difficile.

– Qu'est-ce qui vous a fait penser qu'il y avait un lien avec le meurtre ? »

Elle tira sur sa cigarette, perdue dans ses pensées. « C'est arrivé quelques mois plus tard. Cela faisait un moment qu'il était pénible et je l'ai pris entre quatre yeux pour en discuter, lui demander pourquoi. Je pensais que cela concernait peut-être Kenny Chester. Il était dans la même classe que ces garçons et il les connaissait. Beaucoup de gamins se comportaient de façon bizarre. Toutes les mères en parlaient. Je me suis dit qu'il valait mieux en discuter avec lui, vous voyez ? Ça l'a mis dans une rage folle. Il m'a dit que je ne savais rien. Que ça allait plus loin que le meurtre de Kenny Chester. Que si je savais ce qu'il avait fait, alors je comprendrais.

– Qu'est-ce qu'il a voulu dire par là ?

– Je ne sais pas. Il refusait obstinément de me l'expliquer. C'est à ce moment-là que je vous ai écrit. J'ai de nouveau essayé de lui demander de quoi il s'agissait et il s'est passé la même chose. Il a complètement pété les plombs. J'ai laissé tomber. Je le regrette aujourd'hui. » Elle ne sanglotait pas, mais des larmes coulaient sur ses joues. « J'aurais dû essayer de continuer à l'aider, mais il ne voulait même pas me parler. La seule personne à qui il se confiait était Cheryl.

– Cheryl ?

– Ma fille. Ils étaient on ne peut plus proches. Je lui en ai parlé et elle m'a dit qu'il finirait par s'en remettre. Je ne sais pas ce dont il s'agissait, mais il ne s'en est jamais remis.

– Où se trouve votre fille à présent ?

– Je vous prie de m'excuser », lâcha Dillard d'un ton las tout en extrayant son corps massif de son fauteuil. « Je vais prendre l'air. » Il s'éclipsa dans la cuisine en soufflant bruyamment et referma la porte derrière lui. Foster le regarda partir.

« J'ai dit quelque chose de travers ? »

Elle soupira. « Cheryl et Roger ne s'entendent pas. Depuis toujours. Ça a été très difficile.

– J'imagine », répondit Foster sans trop savoir quoi dire.

« Je l'ai rencontré peu de temps avant la mort de Ben. Roger m'a aidée à surmonter le choc. Il m'a toujours soutenue. J'avais besoin de lui. Cheryl ne le comprenait pas. Elle était jeune, prête à se lancer dans le monde. Elle ne sait pas ce que c'est d'être moi. Un mariage raté, un fils mort à cause de la drogue. J'avais simplement besoin de quelqu'un. Je ne voulais pas être seule. Roger n'est pas parfait, mais c'est un homme bien. Cheryl s'emporte facilement et Roger n'aime pas la manière dont elle s'adresse à moi. Je dis toujours qu'ils se ressemblent trop, mais Cheryl ne le voit pas ainsi.

– Vous êtes encore en contact avec Cheryl ?

– Notre dernière conversation téléphonique remonte à quatre ans. » Sa voix n'était plus qu'un murmure attristé. « Cela fait plus longtemps encore que nous nous sommes vues. Six ans peut-être.

– Savez-vous où elle vit ?

– Elle s'est d'abord installée à Londres après avoir obtenu son bac. Elle aurait pu aller à la fac, mais elle voulait gagner de l'argent. Une de ses amies est partie pour Londres et elle l'a suivie. Elle a travaillé dans des bars, comme serveuse. Elle a suivi des cours du soir pendant une période et elle a été embauchée en tant qu'assistante juridique dans un cabinet d'avocats réputé. Elle voulait devenir avocate. » Elle sourit instinctivement et Foster vit à nouveau, l'espace de quelques secondes, réapparaître la belle jeune femme, enfouie sous les années d'épreuves et de douleur. « Cheryl a toujours été la plus intelligente. Elle s'en sort toujours bien. Et c'est probablement encore le cas. » Son sourire s'effaça et son visage retrouva ses traits fatigués et tendus.

« Vous pensez que Ben a pu lui confier ce qui le tracassait, ce qu'il savait ?

– S'il l'a dit à quelqu'un, c'est à elle. Ils n'avaient pas une relation frère et sœur classique. Ils étaient très proches, comme des amis. Ils ne se disputaient pour ainsi dire jamais.

– Et Cheryl, vous l'avez questionnée ?

– Aye, bien sûr. Mais elle ne nous a jamais rien dit. Elle s'est contentée de répondre que Ben avait ses propres problèmes et que c'était à lui de les régler. » Il y eut un silence. « Il n'y est jamais parvenu. » À nouveau, ses joues se couvrirent de larmes.

Une fois de plus, Foster s'interrogea sur les conséquences des crimes tels que celui qui avait provoqué la mort de Kenny

Chester. Il y avait bien sûr celles, évidentes, qui touchaient ceux qui étaient directement affectés ; le deuil, la perte, les interrogations, la colère et le désir de venger ou d'oublier le passé. Mais ces actes avaient aussi un écho plus vaste.

« Avez-vous sa dernière adresse connue ou un numéro de téléphone où je pourrais la joindre ? », demanda Foster. « J'aimerais lui demander si elle se souvient de quoi que ce soit qu'aurait pu lui dire Ben au sujet du meurtre de Chester.

– Pourquoi ? Qu'est-ce que ça peut faire à présent ? C'est le passé, non ? »

La question était juste. « À bien des égards, oui. Mais il y a encore beaucoup de questions restées sans réponse. Ce serait bien de clore cette sale histoire une bonne fois pour toutes.

– Oui. En effet, ce serait bien. »

Elle ouvrit un tiroir rempli de magazines et de prospectus.

« Voulez-vous que je transmette un message à Cheryl si je la retrouve ? »

Cathy Underwood se tourna vers lui, un bout de papier à la main. Son regard était redevenu inexpressif, sans vie.

« Dites-lui bonjour de ma part. »

Foster la laissa sur le pas de la porte, heureux de retrouver l'air frais du dehors. Il regagna sa voiture sans se retourner. Quand il fut installé sur le siège conducteur, il jeta un coup d'œil en direction de la maison. Cathy Underwood avait disparu. Pauvre femme, pensa-t-il. Il toucha du bout des doigts le papier qu'elle lui avait remis et sur lequel était inscrite l'adresse de Cheryl puis il ralluma son portable.

Il émit un son d'alerte. Il avait plusieurs messages.

Le premier l'informait que le plus jeune fils de Barry Chester avait été embarqué pour être interrogé au sujet du meurtre de Craig Schofield.

16

Foster conduisit jusqu'à la maison de Barry Chester, toute proche. Lui et Davey étaient en train de charger des sacs de voyage dans une voiture. En dépit du crépuscule, Foster lut de la colère et de l'impatience dans les gestes de Barry. Il sortit de sa voiture et marcha dans leur direction. Davey le vit le premier et se figea sur place. Barry mit quelques instants à comprendre ce qui se passait.

« Tu as un putain de culot ! », cracha-t-il avec une grimace de mépris.

Foster leva les mains en signe de paix. « Je viens de l'apprendre, Barry. Je n'y suis pour rien. L'enquête sur la mort de Schofield est entre les mains des East Midlands.

– Rob n'a strictement rien fait », siffla-t-il.

« J'ai passé quelques coups de fil. Ils l'ont embarqué parce qu'il refusait de leur dire où il se trouvait le week-end dernier. Il va falloir qu'il crache le morceau, même si ça doit le mettre dans l'embarras.

– Il n'a rien fait », répéta Barry avant de caler un autre sac dans le coffre.

« Je te crois, Barry. Quand Schofield a été vu pour la dernière fois, il était accompagné d'une femme, pas d'un homme. J'imagine qu'ils pensent qu'elle et Rob ont un lien, d'une manière ou d'une autre. »

Barry sourit l'espace d'une seconde, un rictus sans humour. « C'est n'importe quoi. Un boutonneux pareil. Aucune gonzesse saine d'esprit ne s'approcherait de lui, alors de là à tuer pour lui.

– Il faut qu'il leur dise où il se trouvait. Dans le cas contraire, il restera suspect.

– Aye. Eh bien, on est en route pour le voir, essayer de le raisonner. Il était probablement avec ses copains en train de fumer des joints. Il doit croire que ça va lui attirer des ennuis, alors il se tait et se retrouve inculpé de meurtre. » Il secoua la tête avec incrédulité. « Voilà le genre de génie du crime auquel nous avons affaire. »

Foster se demanda si l'arrestation n'avait pas été faite pour la galerie, histoire de montrer au public que l'enquête progressait, tout en jetant un os à ronger à la presse affamée, pour gagner du temps et de la liberté de mouvement. Il était certain que très peu de chose avait filtré au sujet de la mort de Dibb. Cette stratégie était toutefois risquée. Après la mort de Kenny, Barry et sa famille avaient été canonisés par la presse qui avait loué leur dignité et leur retenue, citées comme des exemples de ce qu'il y a de mieux dans la nature humaine. Leur famille soudée contrastait avec les foyers brisés qui avaient engendré Dibb et Schofield. L'arrestation de l'un d'entre eux, soupçonné de meurtre, risquait de porter un sérieux coup à ce mythe.

Dawn remonta avec empressement l'allée du jardin avec le téléphone de la maison, la main posée sur le récepteur. Foster devina ce qu'elle s'apprêtait à dire.

« Barry, c'est les journalistes. Le *Daily Herald*. Ils sont au courant pour Rob.

– Super. Réponds-leur : "Sans commentaires". Tu réponds ça à tous ceux qui appellent. » Elle acquiesça et rebroussa chemin.

« On n'avait vraiment pas besoin de ça. » Il cala ses mains sur ses hanches et regarda Foster. « Tu t'imagines probablement que la mort de ces deux types nous réjouit. Eh bien, détrompe-toi. On vivait notre vie, tranquillement, et voilà que tout nous pète à nouveau à la figure. Tu sais ce que c'est d'être harcelé par les journalistes en permanence ? C'est horrible. Tu ne peux pas passer à autre chose. Ils t'en empêchent. À chaque fois qu'il a été question de ces deux types, ils ont appelé. À chaque cas similaire, des gosses assassins ou un truc dans le genre, ils ont appelé. C'est comme une plaie ouverte qui ne guérit jamais. Quand ça commence à cicatriser et que tu penses que ça va s'arranger, ils appellent et arrachent la croûte. On a tout essayé : liste rouge, ils trouvent le numéro ; supprimer le fixe, ils dénichent ton numéro de portable ou envoient quelqu'un frapper à ta porte. Et pourtant, nous ne leur avons jamais rien lâché. »

Il avait raison, Foster le savait. Comparés à certaines familles de victimes, les Chester avaient été des modèles de dignité. Les rares fois où ils s'étaient exprimés publiquement, ils l'avaient toujours fait avec élégance et retenue. Il était admiratif. À leur place, avec des journalistes devant sa porte, la tentation aurait été grande de leur enfoncer leurs micros dans la gorge.

« Maintenant qu'ils ont été tués et que Rob est interrogé, ça recommence. On n'y échappera jamais.

– Il a un bon avocat ?

– Aye, on doit en voir un là-bas. On lui en aurait dégoté un avant, mais ils sont allés lui parler dans sa piaule. Je ne comprends pas pourquoi il ne nous a rien dit. En fait, si », rectifia-t-il. « Quel crétin. »

Le dernier sac venait d'être chargé dans la voiture. Barry adressa un signe de tête à son frère taciturne. « Tu es prêt ? »

Davey hocha la tête. Barry sortit les clés de contact de sa poche. « Il faut qu'on y aille, inspecteur principal Foster. Essaie de démêler le merdier dans lequel tes collègues ont fourré mon fils, hein. »

Foster sourit. « Je vais essayer.

– Aye, bon. J'espère que tu ne vas pas mal le prendre, mais je souhaite sincèrement ne plus jamais te revoir. »

Foster sourit à nouveau. Il n'avait pas dit à Barry qu'il était en train de suivre une piste qui pourrait aboutir à la réouverture du dossier. Cela en valait-il la peine ? se demanda-t-il. Pourquoi remuer tout cela au bout de vingt-deux ans ? Pour prouver qu'il avait raison ? Et à qui ?

« Je suis allé voir Jackie Corrigan hier soir.

– Ah bon ? Il était content de te revoir ?

– Peut-être. Je ne savais pas que sa femme était morte.

– Pauline ? C'était une femme adorable. » Il consulta sa montre. « Il faut qu'on y aille. » Il grimpa sur le siège conducteur. Davey prit place à côté de lui. Dawn était sortie et se tenait debout à côté du portail, les bras ramenés autour d'elle pour se protéger du froid. Foster et elle regardèrent la voiture s'éloigner.

Quand les feux arrière eurent disparu, il lui adressa un sourire et commença à s'éloigner en direction de sa voiture.

« Inspecteur Foster », appela-t-elle de sa voix haut perchée au fort accent geordie.

« Oui ? »

Elle paraissait songeuse. « Voulez-vous une tasse de thé ? »

Il n'en avait pas envie. Il voulait monter dans la voiture, la laisser à Newcastle et essayer d'attraper le train du soir pour Londres. Il n'avait plus rien à faire dans le Nord-Est et l'endroit avait perdu tout attrait à ses yeux. Toutefois, quelque chose lui dit d'accepter son offre. Il dit oui, feignant l'enthousiasme, et la suivit dans la maison.

Pendant qu'elle préparait le breuvage – feuilles de thé, théière, Nigel Barnes aurait été impressionné – il glissa ses mains dans ses poches et examina les quelques photographies disposées sur la cheminée. Kenny Chester, d'une belle prestance pour un homme de son âge, occupait la place d'honneur sur le manteau. Il y avait des portraits de Barry et Dawn le jour de leur mariage. Leur fille Helen, le jour de la remise des diplômes – belle, blonde, souriante. Rob en tenue de footballeur, une coupe à la main. Elle revint avec le thé et déposa avec soin le plateau sur la table basse. Elle le vit regarder la photographie de son fils.

« Il joue encore au football ? », demanda-t-il.

« Non », répondit-elle avec des regrets dans la voix tout en lui tendant un mug de thé fumant. « Il ne pratique plus aucun sport. C'est dommage, il était doué. Maintenant, il préfère sortir et se saouler.

– Ça nous est tous arrivé.

– Aye, j'imagine.

– Et ça marche bien à la fac ?

– Difficile à dire. Il téléphone rarement, il revient pour les vacances, faire laver son linge et demander de l'argent. Quand on lui pose des questions sur ses études, il nous regarde comme si on avait perdu la raison. Je dois lui rappeler que s'il est là-bas, c'est pour ça. Je suis certaine qu'il l'oublie. »

Foster sourit. Il n'avait pas été à l'université. Il ne l'avouait pas facilement, mais il le regrettait. Trois ans à passer du bon temps, se faire des amis, loin de la routine quotidienne – cela lui aurait plu. Il but une gorgée de thé et s'ébouillanta légèrement les lèvres. « Les jeunes de cet âge ne parlent pas beaucoup avec leurs parents. Sauf s'ils ont besoin de quelque chose.

– Pas Rob. Il me dit tout. Il l'a toujours fait. C'est le plus jeune. Mon bébé. Pour tout vous dire, c'est la raison pour laquelle je vous ai proposé un thé.

– Oh, vraiment ? »

Elle était assise au bord de sa chaise et berçait sa tasse entre ses mains qui reposaient sur ses genoux. Foster s'était retrouvé dans cette situation suffisamment de fois pour savoir quand quelqu'un allait se confier. Il resta silencieux, ne souhaitant pas la voir faire marche arrière ou changer d'avis sur ce qu'elle se préparait à dire.

« La dernière fois qu'il était là, c'était un week-end, il y a quelques semaines de cela, pour l'anniversaire d'un de ses copains, il m'a dit quelque chose. Je ne l'ai jamais répété à Barry parce que je savais que cela le ferait disjoncter et qu'il lui ferait passer un sale quart d'heure. Il a fait l'imbécile. Maintenant, je suis un peu inquiète à l'idée que ça puisse lui causer du tort, quand la police le découvrira. »

Je suis la police, pensa Foster, et apparemment, je ne vais pas tarder à être au courant. Il demeura silencieux et s'adossa contre la cheminée sans quitter Dawn des yeux.

« Vous savez, il n'était encore qu'un enfant quand Kenny a été tué.

– Je me souviens. » Rob avait trois ans, Helen six.

« Il n'a jamais vraiment su. Ni compris. Il n'a aucun souvenir de son grand-père. Nous avons toujours repoussé le moment de lui raconter ce qui s'était passé. Il devait avoir douze ou treize ans quand Barry et moi le lui avons dit. Pas tout, bien sûr. Nous lui avons expliqué que son grand-père avait été tué par deux garçons. Pendant les années qui ont suivi, il a posé de plus en plus de questions et nous répondions en fonction de ce que nous estimions qu'il pouvait savoir. » Elle s'arrêta pour boire une gorgée de thé. « Le problème, c'est qu'avec Internet et tout le reste, tout lui était accessible. Tout un tas de trucs, dont certains complètement faux. Nous ne le savions pas, mais il a tout lu. Ça lui a retourné le cerveau, purement et simplement.

– J'imagine.

– C'était un brave petit, et ça l'a chamboulé. Pendant un moment, il a eu des problèmes à l'école, mais c'était difficile de savoir ce qui était lié à l'adolescence et ce qui était provoqué par ce qu'il avait découvert. Finalement, ça n'a pas duré. Il s'est remis au travail, il a bossé dur et il a réussi son examen d'entrée à l'université. Mon Dieu, ce qu'on était fiers. » Elle sourit. « Comme je vous l'ai dit, on ne sait pas trop ce qu'il fabrique là-bas, mais il prend du bon temps, ça, c'est sûr.

« Bref, il est venu à la maison le mois dernier. Voyons... il y a six semaines environ. Il était fatigué. Il était sorti le samedi soir. Il avait pas mal bu et était resté dormir chez un de ses copains. Il est rentré le lendemain matin avec une tête de déterré. Je lui ai préparé un petit déjeuner complet. Il en avait besoin parce qu'il n'a que la peau sur les os. S'il enlève sa chemise, il disparaît. Barry était allé jouer au golf ; Davey était dehors en train de terroriser des enfants ou un truc dans le genre. Nous nous sommes assis pour boire un thé et nous avons discuté de choses et d'autres. Je voyais bien qu'il rongeait son frein et voulait me parler. Je pensais que c'était à propos d'une fille. Rob fait partie des gars bien, et à cet âge, on ne veut pas un gars bien. La plupart des filles en tout cas. J'ai peur qu'elles le fassent tourner en bourrique. Au bout du compte, ce n'était pas une fille – c'était autre chose. Où sont mes tiges ? »

Il fallut quelques secondes à Foster pour réaliser qu'elle parlait de ses cigarettes. Elles se trouvaient sur le manteau de la cheminée, là où était posée la main droite de Foster. Il lui envoya le paquet. Tout le monde fume ici ? se demanda-t-il. Il refusa celle qu'elle lui offrait et la regarda allumer la sienne.

« J'ai fini par le faire parler. Comme je vous le disais, il me raconte tout. Bref, il était allé sur Internet, sur des forums de discussion, là où les gens échangent et ce genre de trucs. Pas ma tasse de thé, mais il aime ça. Il est allé un peu partout – là où traînent les barjots. »

L'essence d'Internet, pensa-t-il. « Vous savez de quel site il s'agissait ? » D'expérience, Foster savait que les cinglés fréquentaient les endroits où l'on s'attendait le moins à les trouver, les forums sur le caravaning ou la conduite des voitures de collections.

« Il ne me l'a pas dit. Tout de suite, j'ai pensé : "Oh, merde, il va me raconter que la princesse Diana a été assassinée par des extraterrestres", et qu'il devait s'attendre à ce que je le prenne au sérieux. Mais c'était quelque chose de bien plus grave que ça. Il m'a fixé droit dans les yeux et il a dit : "J'ai posé des questions sur les tueurs de papi". "Qu'est-ce que tu veux dire par là ?", j'ai demandé. Il a répondu : "Pour savoir qui ils sont." Parfois je suis un peu lente à comprendre. "Tu sais qui ils sont", j'ai dit. Il a secoué la tête. "Non, qui ils sont maintenant." »

Elle s'arrêta pour tirer une bouffée. « J'ai pété les plombs. Je lui ai dit qu'il était un sombre imbécile. Je lui ai dit qu'il allait s'attirer tout un tas de problèmes, et je lui ai dit d'arrêter ses conneries, que c'était du passé, enterré, et qu'il devait laisser l'âme de son grand-père en paix. »

– Vous avez fait ce qu'il fallait », dit Foster. « A-t-il dit s'il avait trouvé les noms ?

– Non », répondit-elle doucement. « C'est ça le problème. Je me suis tellement mise en colère que j'ai oublié de le lui demander. Je ne crois pas que ce soit le cas, mais je n'en suis pas sûre. Davey est rentré quelques secondes après et voilà. Après le thé, Barry l'a emmené en voiture jusqu'à la gare et il est parti. La seule chose que j'ai eu le temps de lui dire avant son départ, et que je lui ai répétée au téléphone, c'est "occupe-toi de tes oignons". Et regardez-le maintenant. En garde à vue ? »

Foster soupira. « Il faut qu'il leur raconte tout ça. Ils finiront par le découvrir et s'il l'a dissimulé, ça ne fera pas bon effet.

– Il n'a rien fait, vous savez. Il n'aurait même pas tué une fourmi quand il était enfant. Je le sais.

– Je suis sûr qu'il n'a rien fait, mais il faut qu'il s'explique. Peut-être que ces noms circulaient déjà sur le Web. Nous sommes en train d'éplucher tous ces sites, mais ce serait bien de savoir lequel précisément.

– Et comment faire ? Comment je fais pour lui dire d'en parler aux flics ? Barry va être furieux. »

Foster réfléchit. Il était préférable que Barry soit mis au courant de ce que son fils avait trafiqué, mais il voyait bien que Dawn ne souhaitait pas que son petit chéri se retrouve sous le feu à la fois d'un interrogatoire de police et de la colère de son père. Il ne pouvait pas se permettre de garder le silence. Et puis, peut-être que Rob n'était pas le petit chérubin timide que sa mère imaginait.

« Écoutez, si vous le souhaitez, je peux appeler la personne qui dirige l'enquête pour les Midlands et l'informer de ce que vous m'avez expliqué. Ils peuvent en parler à Rob quand son père n'est pas là. » Il marqua une pause. « Il faut juste espérer qu'il sera assez futé pour leur dire la vérité.

– Il le fera », lança-t-elle avec la plus grande certitude. « Barry blague en racontant que c'est un idiot, mais Rob n'est pas un imbécile, tout comme je suis certaine qu'il n'est pas un tueur.

– Et Helen ? »

Dawn haussa les sourcils. « Ce n'est pas une tueuse non plus, bien qu'elle ait plus de couilles que son frère. »

La manière dédaigneuse avec laquelle elle expulsa la fumée du coin de la bouche indiqua à Foster que tout n'était pas rose entre elles.

« Ça va, elle et vous ?

– Pas vraiment. »

Qu'y avait-il donc entre les mères et leurs filles ? s'interrogea-t-il.

« Ce n'est pas qu'avec moi. C'est avec nous tous. Elle pense que nous sommes obsédés par le passé. Elle ne comprend pas. Nous tous, ici, dans la maison. Apparemment, nous ne sommes pas "passés à autre chose". »

Elle prononça les derniers mots avec sarcasme.

« De mon point de vue, vous avez toujours fait ce qu'il fallait.

– Oui, eh bien, que le ciel vous entende. »

Foster comprit que le sujet était clos. Il s'aperçut aussi que cela ne relevait pas d'un problème mère-fille, de même que l'absence de relations entre Cathy Underwood et sa fille. Il se souvint d'une chose que Nigel Barnes lui avait dite. Ces événements semblables à des séismes, comme le meurtre de Chester, engendraient une série de répliques dont les ondes continuaient à se disperser au long des années. Quelquefois, les dommages étaient réparables. Il ne doutait pas qu'Helen et les Chester finiraient par se réconcilier. D'autres fois, comme avec l'onde de choc qui s'était propagée sous les pieds de Cathy Underwood et de sa famille, des vies s'effondraient à jamais.

17

Le matin suivant, Foster était dans le train pour Londres, plusieurs journaux étalés sur la tablette devant lui. En général, il s'efforçait d'éviter les informations et, les rares fois où il se plongeait dans un journal, c'était pour consulter la section sportive, mais il voulait savoir ce que l'on disait sur l'arrestation de Rob Chester.

Fidèle à elle-même, la presse ne le déçut pas. Toujours prompts à rendre un verdict en l'absence de faits avérés, les journaux du matin étaient convaincus de deux choses : premièrement, Rob Chester était d'une manière ou d'une autre responsable des morts de Dibb et Schofield ; deuxièmement, ses actions, bien que répréhensibles, avaient été motivées par un besoin compréhensible de réparer le mal terrible qui avait été fait. Les tabloïds pointaient un doigt accusateur vers ceux qu'ils considéraient comme les vrais responsables de ce drame : les juges « progressistes », les comités de probation « bien-pensants » et les politiciens « déconnectés de la réalité » qui n'avaient pas jeté les clés après avoir enfermé ces garçons des années auparavant. Pour disculper le petit-fils de la victime, les arguments les plus vaseux étaient assénés avec un aplomb inébranlable. « Si la décision inique de libérer ces hommes n'avait pas été prise, Rob Chester ne serait pas en détention et les deux jeunes hommes seraient peut-être encore en vie », tonnait un éditorialiste. « Dibb et Schofield, s'ils pouvaient nous parler au-delà de la mort, où qu'ils se trouvent à présent, seraient sûrement d'accord. » Certainement pas, pensa Foster. Les quelques années de liberté dont ils avaient bénéficié, méritées ou non, avaient sans aucun doute été préférables à une existence dans une prison de haute sécurité, à craindre sans cesse pour leur vie en raison de la notoriété et de la cruauté de leur crime.

La veille, il avait appelé Heather pour être mis au courant de l'évolution de l'enquête sur la mort de Lowell. Les progrès étaient maigres ; ils n'étaient pas parvenus à retrouver la personne avec laquelle il était en grande conversation quelques secondes avant de se transformer en boule de feu. Une vérification rapide avait toutefois révélé que le numéro appelé n'avait aucun lien avec Rob Chester ou un autre membre de sa famille.

Quand son train entra en gare de Kings Cross, l'heure de pointe touchait à sa fin mais le quai était encore rempli de gens attendant de se rendre dans le nord. Foster prit la Circle Line jusqu'à Paddington, changea pour la Bakerloo Line et descendit à Queens Park. De là, il partit en direction de Kilburn High Road toute proche, en empruntant une large rue bordée d'arbres fraîchement taillés dont les branches, semblables à des moignons, dessinaient des formes lugubres sur le ciel d'un gris uniforme. Il s'engagea dans une impasse sur sa gauche et chercha l'adresse que lui avait remise Cathy Underwood.

Le numéro était situé vers le milieu de l'impasse. Il avait demandé à quelqu'un du service de passer en revue les cabinets d'avocats de la ville à la recherche d'une employée nommée Cheryl Underwood mais, pour l'instant, cela n'avait rien donné. Cette adresse était sa seule piste. Quand il sonna à la porte – au premier étage d'une maison convertie en appartements – il n'obtint pas de réponse. Il consulta sa montre. À cette heure, la plupart des gens normaux étaient partis au travail.

Il essaya l'appartement du rez-de-chaussée. Une voix féminine lui répondit et, quand il se fut présenté, la porte s'ouvrit quelques secondes plus tard. C'était une jeune femme noire, grande et belle. Elle tenait entre ses bras un bébé à la bouille ronde qui semblait tout droit sorti d'une publicité pour un savon.

« Je suis à la recherche de Cheryl Underwood », expliqua-t-il.

« Cheryl ? Elle ne vit plus là. Elle s'est fâchée avec Justine.

– Justine ? C'est sa colocataire ?

– C'est ça. Elle habite encore ici. Avec son petit ami. Ils sont au travail. Je les ai entendus partir.

– Savez-vous où Cheryl a déménagé ?

– Je n'en ai aucune idée », répondit-elle catégoriquement. « Je ne sais pas ce qui s'est passé entre Cheryl et Justine mais, à mon avis, ça devait être grave parce qu'elle ne parle même plus d'elle. Comme si elle était morte. Elle s'est simplement volatilisée. Je lui ai posé la question, mais elle n'a jamais voulu en discuter. »

Une querelle, parfait. Cela pouvait signifier que Cheryl avait quitté Londres. Et quand il interrogerait cette Justine, il y avait peu de chance pour qu'elle sache où Cheryl était partie. À moins que des amis communs l'aient tenue au courant. Il était en train de se faire à l'idée que cette piste tournait court quand son portable sonna. C'était Heather. Il remercia la jeune mère et fit quelques pas dans la rue avant de répondre.

« Oui ?

– Vous êtes à Londres ? », demanda Heather sans prendre le temps de le saluer.

« Oui.

– Venez vite me rejoindre. Vous n'allez pas y croire. »

Foster sauta dans un taxi et partit vers le nord-est, à la frontière entre Hackney et Islington, à proximité du tentaculaire lotissement De Beauvoir et d'un petit alignement de maisons mitoyennes nichées à l'ombre de quelques majestueuses maisons de ville victoriennes. L'endroit était à ce point dissimulé que le chauffeur n'avait aucune idée de là où il se situait et aurait certainement eu des difficultés à le trouver s'il n'avait été envahi d'une cohorte de véhicules de police, d'ambulances et d'une foule de curieux parqués derrière des cordons de sécurité. Foster paya la course, descendit prestement du taxi, passa sous le ruban jaune et remonta la voie où l'attendait Heather, les lèvres pincées et l'air anxieux, debout devant l'entrée d'une des habitations.

« Suivez-moi », dit-elle brusquement en le précédant dans la maison.

Il lui emboîta le pas. À l'intérieur, l'air embaumait la cire. Les officiers de la police scientifique étaient rassemblés dans le hall d'entrée, prêts à se déployer dans le bâtiment. Elle le conduisit jusqu'au salon. Le corps d'une femme, allongé sur le dos, gisait au milieu de la pièce, dans une mare de sang cramoisi. Elle avait pris une balle en plein front. Elle était jeune et blonde.

« Vous la reconnaissez ? », lui demanda Heather.

Il étudia le visage, exsangue et inerte. Il s'apprêtait à dire non quand, soudainement, il se souvint.

« Seigneur Jésus.

– Non. Kelly Thurston. »

Kelly Thurston avait quinze ans quand on lui avait demandé de garder Matthew Craven, le bébé de ses voisins, Max et Tina Craven. Pendant la soirée, le bébé s'était réveillé. Cela se passait à une époque où les téléphones portables n'existaient pas. Matthew hurlait sans discontinuer. Thurston avait perdu les pédales et l'avait secoué violemment. Il était mort des suites de ses lésions. Quand les parents étaient rentrés, et bien qu'elle fût consciente d'avoir fait du mal au nourrisson, elle avait accepté l'argent et d'être raccompagnée chez elle sans dire un mot. Ce n'est que le lendemain matin que le couple avait découvert que son fils était mort.

Kelly Thurston plaida coupable et fut condamnée à dix ans de détention pour homicide involontaire. La peine fut ensuite réduite à six ans. La famille du bébé, large et nombreuse, et au sein de laquelle on trouvait quelques personnages assez détestables, fut profondément choquée. Ils avaient menacé de la pourchasser et de se faire justice eux-mêmes. Pour sa protection, Kelly avait bénéficié d'une nouvelle identité et de parents adoptifs soigneusement sélectionnés. Une chance de grandir et de mener une existence normale, débarrassée des stigmates de son crime d'adolescente.

Foster se pencha au-dessus du corps.

« Suivez-moi à l'étage », dit Heather.

« Il y a un autre corps ? »

Elle secoua négativement la tête. Il gravit les marches à sa suite. En haut des escaliers, trois policiers en uniforme étaient en faction devant une porte. Heather passa au milieu d'eux et l'ouvrit. Un homme était assis sur un lit, la tête entre les mains. Il la releva quand ils entrèrent dans la pièce. Foster le reconnut immédiatement.

Max Craven.

18

Max Craven était décharné. Il n'avait plus un cheveu sur le crâne et son visage avait la complexion blafarde de ceux qui investissent l'essentiel de leur temps et de leur argent dans la drogue ou l'alcool. Il donnait l'impression d'avoir vieilli de quarante ans pendant les dix-sept années qui s'étaient écoulées depuis la mort de son fils. Foster avait lu dans les journaux comment son mariage était tombé en ruines, la peine qu'il avait endurée, sa tentative de suicide. Les paroles de Barry Chester sur la manière dont la presse s'était acharnée sur les blessures de sa famille lui revinrent en mémoire. Craven et son épouse avaient connu le même destin. Ils étaient persuadés que Thurston avait tué leur bébé de sang-froid. Ils ne le savaient pas le soir du drame, mais le neveu de Craven l'avait larguée seulement quelques jours auparavant et, selon la rumeur, elle en avait éprouvé beaucoup de ressentiment. Elle avait donc tué le bébé par vengeance. Mais la version de la défense – il s'agissait d'une jeune fille, incapable de gérer le problème, qui avait paniqué – prédomina et il n'y avait aucune preuve du contraire sinon leur conviction qu'elle avait prémédité son geste.

Craven était assis dans la salle d'interrogatoire, face à Foster et Heather, un sourire béat aux lèvres. Un avocat était assis à ses côtés. Heather avait dû employer toute sa force de conviction pour persuader Craven d'en prendre un. Il ne cessait de répéter qu'il voulait que l'on enregistre sa déposition et qu'on le laisse purger sa peine. Rien d'autre. Au bout du compte, il avait fini par céder.

Une fois l'avocat convoqué et mis au courant de la situation, Foster enclencha l'enregistreur et énonça les modalités d'usage, après quoi, il posa la question qui le travaillait le plus. D'ordinaire, il aurait cherché à connaître le mobile, mais ici, la chose était évidente.

« Comment l'avez-vous retrouvée, Max ? »

L'avocat se recula dans sa chaise. Foster comprit que Craven lui avait fait part de son intention de tout dire à la police. Le sourire de Craven disparut et il commença à se triturer les sourcils sous l'effet de la concentration. Il parla d'une voix calme et mesurée.

« J'ai créé une alerte Internet.

– À quel sujet ?

– Kelly Thurston.

– OK. Et ensuite ?

– J'en ai reçu des tonnes. Au moins une dizaine par jour. J'ai même été surpris de constater la fréquence avec laquelle son nom était mentionné, sur les sites d'information, les forums, les blogs, ce genre de chose.

– Et qu'en avez-vous fait ?

– J'ai consulté chaque lien.

– Absolument tous ? »

Craven opina du chef. Quand on parle de gratter une plaie ouverte.

« Et que s'est-il passé ?

– Eh bien, comme je vous l'ai dit, c'était en général un reportage ou autre, à propos du meurtre de Matty. Cela fait presque dix ans que j'ai mis l'alerte en place. J'ai dû lire des centaines et des centaines de pages sur elle.

– C'est pour cela que vous aviez créé cette alerte ? Pour lire ce que les gens disaient ? »

Pour la première fois, il perdit son air désinvolte et parut agacé. « Non ! Pourquoi je ferais ça ?

– Je ne sais pas, Max. J'essaie simplement de comprendre pourquoi vous vous êtes infligé ça.

– J'attendais qu'il arrive ce qui s'est passé il y a quelques semaines.

– Que s'est-il passé ?

– Une alerte m'a aiguillé sur un forum de discussion. En Autriche. C'était en allemand, mais la traduction était de bonne qualité. En fait, la plupart des gens parlent correctement l'anglais. Enfin, ils l'écrivent correctement.

– Quel était le site ? »

Il plissa les yeux. « Je ne m'en souviens pas. »

Il ne va pas tout nous dire, pensa Foster. Il lui redemanderait plus tard. Et puis, cela devait être enregistré dans l'historique de son navigateur.

« Ce n'est pas grave. Nous y reviendrons », dit Foster. « Qu'avez-vous trouvé sur ce site ?

– Quelqu'un affirmait avoir vu un document listant les nouvelles identités données à des tueurs. Des gens à qui on avait fourni de nouveaux noms, qui avaient déménagé. Il disait que c'était une liste anglaise, mais que quelques noms étaient connus. Il avait donné Kelly Thurston comme exemple. »

Foster sentit son cœur battre plus fort dans sa poitrine. Il échangea un regard avec Heather. « Qui était cette personne ? »

Craven reprit son air impassible. « Je ne m'en souviens pas.

– OK. On verra ça plus tard. Qu'avez-vous fait ?

– Je lui ai demandé s'il connaissait la nouvelle identité de Kelly Thurston.

– Et c'était le cas ? »

Craven fit oui de la tête. « Je l'ai payé pour ça.

– Combien ?

– Cinquante livres. »

Incroyable, pensa Foster. Tout l'argent qui avait été généreusement dépensé pour protéger Kelly Thurston, le travail accompli, les équipes mobilisées, tout avait été anéanti pour cinquante livres sur un forum fréquenté par des débiles.

« Comment avez-vous payé ?

– Par Paypal.

– Je suppose que vous ne vous rappelez pas le nom du compte sur lequel vous avez transféré l'argent ? »

Craven secoua la tête.

« Je m'en doutais. Bon, et une fois que vous avez payé, que s'est-il passé ?

– Il m'a envoyé le nom par email.

– Quel était ce nom ?

– Phoebe Trant. »

Foster acquiesça. C'était bien sa nouvelle identité. Le croisé d'Internet n'avait pas menti. « Y avait-il d'autres informations ?

– Non, seulement le nom.

– Qu'avez-vous fait ensuite ?

– Je suis retourné sur le Web et j'ai commencé à chercher. »

Le virtuel au secours de la vengeance, songea Foster.

« Qu'avez-vous trouvé ?

– J'ai écumé beaucoup de sites de réseaux sociaux. Facebook principalement. »

Foster connaissait. Il n'y était pas réfractaire mais restait méfiant. Il se souvenait de l'époque où les copains d'école et les ex-petites amies disparaissaient complètement de votre vie. À moins que vous ne tombiez dessus par hasard, il y avait peu de chances pour que vous les revoyiez un jour. Il préférait cette impression de mystère aux possibilités actuelles, ce passé à portée de clic où l'on peut voir comment la fille de nos rêves s'est transformée en ménagère bouffie.

« Cela m'étonnerait qu'elle se soit inscrite sur l'un de ces sites. »

Craven secoua négativement la tête. « Non, elle n'était pas aussi stupide. Mais je l'ai trouvée.

– Comment ?

– Vous avez entendu parler des programmes de recherche par image ? »

Ni Foster ni Heather n'en avaient entendu parler. « Éclairez-moi », demanda Foster.

Craven afficha un petit sourire satisfait, comme un enfant à qui l'on vient de dire qu'il est intelligent. Foster essaya de ne pas perdre de vue que ce type avait tué quelqu'un de sang-froid quelques heures auparavant.

« Eh bien, je ne suis pas moi non plus très calé en technologie, mais ça ressemble à un moteur de recherche pour les images. Cela fonctionne avec la reconnaissance faciale. Au lieu de taper des mots, on charge une image. J'avais une photographie d'elle au moment de son arrestation. Je l'ai mise dans le moteur. Et ça ne cherche pas seulement des images semblables, mais aussi des versions modifiées. Cela signifie qu'il peut trouver des personnes ressemblantes.

– Mais cette photo a quinze ans.

– Oui, mais elle n'était qu'une version modifiée de cette fille. Toutes les images la représentant ne sont que des variations de cette photographie.

– Et vous l'avez retrouvée ? »

Il hocha la tête avec vigueur. Son avocat s'était avancé dans sa chaise, non pas qu'il souhaitât intervenir, mais ce que racontait Craven était fascinant. « Ça m'a demandé beaucoup d'efforts. J'ai écumé chaque réseau social et obtenu beaucoup de résultats. La plupart n'avaient qu'une vague ressemblance. Presque tous en fait. Mais j'ai fini par la trouver.

– Où ça ?

– Eh bien, je dois reconnaître que c'était indépendant de sa volonté. Un de ses collègues de travail avait pris quelques photos à une fête de Noël. Il ne savait certainement pas qu'elle était une tueuse sous protection et il l'avait taggée.

– Taggée ?

– Il avait écrit son nom », intervint Heather. « Comme une légende. »

Craven s'échauffait et agitait la tête avec excitation. « Oui, là je n'avais plus seulement une ressemblance, mais aussi le nom de Phoebe Trant. Une confirmation en quelque sorte. »

Foster était muet d'étonnement. La fin de la vie privée devenue réalité. Le cauchemar de tout un chacun. « Et ensuite ?

– J'ai déniché ce que j'ai pu sur cet ami qui avait mis ces photographies en ligne. Cela concernait principalement son employeur. »

Il avait découvert que Thurston/Trant avait travaillé dans un centre d'appel en plein cœur de Londres. Pas très loin des bureaux de Glen Dibb, d'ailleurs, ce qui était assez ironique. Foster se demanda s'ils s'étaient croisés dans la rue. Deux enfants tueurs, inconscients du terrible secret de l'autre.

Craven poursuivit. « Je suis arrivé à Londres hier. J'ai pris une chambre dans un bed & breakfast sur Kings Cross. Je me suis rendu près de son lieu de travail. J'ai passé une journée à surveiller l'endroit, les allées et venues. À la fin de l'après-midi, je l'ai vu sortir. C'était elle, sans aucun doute. » Il laissa échapper un petit rire. « C'est amusant. Cela faisait presque dix-sept ans que je rêvais de cet instant et de la manière dont je réagirais. Je craignais de perdre la boule ou d'avoir une espèce de… d'empathie pour elle et de ne pas pouvoir aller jusqu'au bout. » Il s'arrêta de parler et secoua la tête, incrédule.

« Mais ce n'est pas ce qui s'est passé ?

– Absolument pas », répliqua-t-il. « Pas le moins du monde. Il a même fallu que je me contienne pour ne pas me jeter sur cette salope et lui faire sauter la tête en pleine rue. Mais cela aurait été traumatisant pour les témoins de la scène et, si ça tournait mal, des gens pouvaient être blessés. Je ne voulais pas cela. Juste que cette pute meure.

– Alors, qu'avez-vous fait ?

– Elle était avec des amis. Je les ai suivis. Ils sont allés dans un bar sur Oxford Street. Elle a bu un verre et elle est partie. Je l'ai suivie.

– Et puis ?

– J'ai attendu d'être prêt. Ce matin, je me suis rendu chez elle de bonne heure, avant qu'elle ne parte au travail. J'ai sonné. Je m'attendais à ce qu'elle ait une chaîne sur la porte et devoir la forcer d'un coup de pied. Mais non, elle a simplement ouvert, comme ça. »

De nouveau ce sourire du type qui ne croit pas à sa chance. L'avocat prenait des notes. Il allait sans doute plaider l'absence de discernement. Cela risquait fort de ne pas marcher, pensa Foster. Ce qu'il venait de raconter était le cheminement de quelqu'un qui savait exactement ce qu'il était en train de faire et qui l'avait accompli avec une froide détermination, sans passion.

« Nous l'avons retrouvée dans l'entrée. Vous l'avez abattue sur place, immédiatement ? », l'interrogea Heather.

« Elle m'a regardé. J'ai tout de suite vu qu'elle m'avait reconnu. Là aussi, cela faisait des années que je m'étais imaginé ce que j'allais dire et comment j'allais faire. Mais elle était trop choquée pour parler. Elle s'apprêtait à s'éloigner et à crier. Je n'avais pas le temps de lui asséner une phrase bien sentie. J'ai fait un pas en avant, j'ai levé mon arme et je l'ai abattue. Elle est tombée raide. C'était tellement facile. »

Le sourire revint. « Je suis entré, j'ai fermé la porte et je me suis préparé une tasse de thé. Ensuite, j'ai appelé Tina et je lui ai raconté.

– Qu'a-t-elle dit ? », demanda Foster.

« Pas grand-chose. Elle était passablement surprise. Qui ne le serait pas ? Cela faisait des années que nous ne nous étions pas parlé. J'ai juste dit : "Elle est morte. Thurston est morte. Je viens de la tuer." Elle a juste répondu : "Oh." Je lui ai dit ensuite que j'allais raccrocher pour appeler la police et que j'étais désolé pour tout ce que je lui avais fait subir et que tout cela devait être terminé à présent. J'ai raccroché et je vous ai appelé. Voilà, c'est tout.

– Il nous faut le nom du site où vous avez trouvé sa nouvelle identité. Vous pouvez me le dire maintenant, et nous faire gagner du temps, ou nous pouvons retourner votre maison et saisir votre ordinateur.

– Vous allez avoir du mal. Je m'en suis débarrassé.

– Nous le retrouverons.

– Eh bien, bonne chance. »

Foster se leva. Il fallait mettre une équipe là-dessus immédiatement. Le reste pouvait attendre. Dans l'intervalle, il devait parler à son supérieur, le commissaire divisionnaire Harris.

Ensuite, il lui faudrait contacter le ministère de l'Intérieur.

Ils étaient assis dans un bureau vaste et spacieux de Whitehall. Foster ne cessait de consulter sa montre tout en se demandant ce qui retenait le sous-secrétaire d'État. Des gens mouraient et ce type était probablement en train de comploter pour échapper à une mort politique certaine. Son nom était Adrian Gorton. Foster avait lu qu'il était assiégé de toutes parts. Une description qui convenait à tous les politiciens en difficulté. Quelques fuites de données confidentielles avaient eu lieu dans ses services et il allait certainement être sacrifié pour sauver la peau de la ministre de l'Intérieur. Elle était pressentie pour devenir le prochain leader du parti, futur Premier ministre. Les autres étaient moins indispensables.

Il regarda Harris, en uniforme, sa casquette calée sous le bras comme un général au repos, qui lissait des faux plis imaginaires et répétait probablement quelques flatteries à adresser au sous-secrétaire d'État. Foster l'avait appelé pour lui faire part de ses inquiétudes suite au dernier meurtre et de ce que cela signifiait. Harris avait immédiatement organisé ce rendez-vous et lui avait donné l'ordre d'y assister.

La porte s'ouvrit et Gorton se coula à l'intérieur de la pièce. Un avocat évidemment – ne l'étaient-ils pas tous ? – tout luisant, vif et bondissant. Il les salua, le visage tendu et l'air perturbé. À la manière dont les deux hommes se congratulèrent, Harris se surpassant avec un "Bonjour, monsieur le ministre" onctueux, Foster comprit que son supérieur n'en était pas à sa première visite dans le bureau de Gorton. Il avait certainement passé plus de temps à cirer des pompes dans les coulisses du pouvoir qu'il n'en avait jamais passé sur des scènes de crime.

Harris, toujours en forme et parfaitement bronzé, lui présenta Foster, qui se sentit soudain usé et fatigué. Une poignée de main molle et moite. Gorton alla jusque derrière son bureau et s'assit tout en déplaçant un bloc-notes sur le côté du sous-main. Il demanda ensuite à une secrétaire d'avoir la gentillesse de leur apporter du café. Après un bref instant, il lui vint à l'idée de leur demander s'ils en voulaient et, quand ils acceptèrent, il somma la secrétaire souffre-douleur de faire vite. Pendant qu'ils attendaient, Harris discuta de futilités, lui demandant s'il était occupé. « Le chaos habituel », plaisanta-t-il. Harris rit avec servilité.

« Je vois très bien ce que vous voulez dire, monsieur le ministre », dit-il.

Pitié, pensa Foster.

L'assistante apparut, portant un plateau avec leurs cafés ; ou le « à peine buvable » comme le qualifia Gorton. Foster se souvenait vaguement avoir lu qu'il avait été brièvement officier dans l'armée avant d'en partir pour devenir avocat. Il imaginait bien le parcours : école privée, Oxford, un an à Sandhurst[1], sept ans comme officier, ensuite le droit et des montagnes de fric, avant d'entrer en politique et de devenir ministre l'année de ses quarante-cinq ans sans jamais avoir eu à mettre un pied en dehors de son petit univers.

« Alors, qu'y a-t-il de si urgent ? », demanda-t-il.

« Je vais laisser mon collègue, l'inspecteur principal Foster, vous l'expliquer », répondit Harris.

Gorton se tourna vers Foster. En l'observant, Foster remarqua que ses yeux étaient trop rapprochés. « J'espère que ce n'est pas trop grave », ajouta-t-il avec un petit rire nerveux.

---

1. Académie royale militaire.

« Il y a une fuite dans vos services. »

Le visage de Gorton s'assombrit immédiatement. « Bordel », lâcha-t-il simplement, presque avec naturel. « Qu'est-ce qui vous fait croire ça ?

– Les meurtriers de Kenny Chester sont morts. Et ce matin, nous avons trouvé le corps de Kelly Thurston, la baby-sitter tueuse. »

Gorton fit la moue. « Je ne vois pas le lien.

– Ils vivaient tous sous de nouvelles identités, qui ont été démasquées, à moins qu'il ne s'agisse d'une coïncidence colossale. Ce que nous avons besoin de savoir, c'est s'il existe une liste au ministère de l'Intérieur où figureraient Dibb, Schofield et Thurston.

– Je n'en sais rien. Donnez-moi une seconde. »

Il quitta le bureau et revint au bout de dix minutes – pendant lesquelles Harris demanda à Foster s'il pouvait employer un ton un peu plus respectueux à l'égard du ministre – accompagné de deux fonctionnaires d'une quarantaine d'années, l'air passablement irrités. Foster se demanda à quel point ils respectaient leur patron. Peut-être autant qu'il respectait Harris.

« Répétez-leur ce que vous m'avez dit », le pria Gorton.

Foster expliqua à nouveau son idée au sujet des meurtres de Thurston, Dibb et Schofield. Plus il parlait, plus leur attention croissait. Foster répéta sa question à propos d'une éventuelle liste. Les deux hommes se regardèrent et Foster vit qu'ils semblaient inquiets.

L'un d'eux, le plus grand, aussi gris que son costume, prit la parole : « Nous avons une liste des gens auxquels l'État a accordé une nouvelle identité, pour leur protection.

– Tous des criminels ?

– Non », répondit le costume gris en secouant la tête. « Le seul critère est qu'ils étaient en danger. Certains parce qu'ils avaient commis un crime, d'autres parce qu'ils étaient liés avec quelqu'un en ayant commis un ou bien pour des motifs de sûreté nationale – en tout cas, tous ont bénéficié d'une nouvelle existence et leur vie serait en danger si leur véritable identité était révélée.

– Qui a accès à cette liste ?

– Très peu de personnes, comme vous pouvez l'imaginer. Nous ne sommes qu'une poignée à en connaître l'existence et seulement trois ou quatre à y avoir accès. Et vous en avez deux devant vous. »

Foster hocha la tête. « Eh bien, il va vous falloir mener une enquête approfondie pour déterminer si ces informations ont disparu, ont été copiées ou que sais-je encore. Ensuite, il faudra que vous me teniez au courant aussi vite que possible. Aujourd'hui, par exemple. »

Ils acquiescèrent. Foster était heureux de pouvoir traiter directement avec eux plutôt que de devoir passer par le bouffon qui leur servait de patron.

« La rapidité d'action est capitale », ajouta inutilement Gorton. Ils ne lui prêtèrent même pas attention.

« Et il me faudra une copie de la liste », ajouta Foster.

Ils se tournèrent vers Gorton. C'était à lui de prendre cette décision. « Il faut que je voie cela avec la ministre de l'Intérieur », esquiva-t-il.

« Il s'agit de quelque chose que vous pouvez autoriser de votre propre chef, monsieur », dit l'homme en gris avec une condescendance un peu trop marquée.

« Vraiment ? Oh. » Gorton devint silencieux, soupesant les conséquences politiques.

– Je suis sûr que Scotland Yard respectera la nature confidentielle de cette liste, monsieur le ministre », glissa Harris.

« Je n'en doute pas. Mon souci est qu'une fois que vous l'aurez vue, et dans le but de s'assurer de la sécurité de ceux qui y figurent, nous devrons mettre en place des mesures pour protéger ceux que vous considérerez comme étant en danger. Cela revêt un aspect financier mais également politique. J'imagine qu'il y a sur ce document des personnages peu recommandables et cela va coûter cher en moyens matériels et humains pour les faire déménager et leur fournir une nouvelle identité, avec tout ce que cela implique. Le public n'apprécie pas trop de voir son argent dépensé pour mettre à l'abri des gens qu'il préférerait savoir enfermés. Je ne suis pas très rassuré quant à l'aspect relations publiques de la chose.

– Avec tout le respect que je vous dois », dit Foster, « enfermer les gens entre quatre murs a aussi son prix. Je peux vous garantir que les seules personnes qui verront la liste sont celles qui le doivent. Je présume qu'elle a fuité d'une manière ou d'une autre et qu'elle ne vaut donc plus rien. Vous devez en parler à votre supérieur pour décider de la suite des événements. D'ici là, le meilleur moyen de protéger ceux qui figurent sur cette liste, et peut-être de régler cette histoire discrètement, est d'arrêter celui qui est à l'origine de la fuite et quiconque est responsable des meurtres. Et pour ça, nous devons savoir après qui ils en ont. »

Gorton avait posé les coudes sur son bureau, les mains jointes devant la bouche, comme en prière. Son visage était livide et son esprit luttait pour analyser ce qu'impliquait de leur remettre la liste dans la mesure où elle avait été divulguée, ce qui la vidait de son sens. Pendant une seconde, Foster ressentit de la sympathie à son égard. Il allait y avoir un sacré remue-ménage et si cette histoire éclatait au grand jour, Gorton était grillé. Mais il y avait plus important que sa petite personne. Les fonctionnaires l'avaient dit, cette liste comportait des personnes innocentes et vulnérables, inconscientes du danger pesant sur elles.

« OK », souffla Gorton en hochant la tête. « Récupérez la liste. » La colère assombrit soudain son visage. « Ensuite, je veux que vous trouviez s'il y a eu une fuite, comment et si la personne responsable se trouve dans ce bâtiment. »

Le fonctionnaire opina du chef. « Puis-je vous suggérer de confier cela à quelqu'un d'un autre service, monsieur le ministre ? Après tout, nous avons nous-mêmes accès à cette information ; il se pourrait qu'il soit dans notre intérêt de ne pas être aussi zélés qu'il le faudrait.

– Oui, bien sûr », dit-il. « Je m'en occupe. »

Les deux fonctionnaires quittèrent la pièce. Quand ils furent partis, Gorton s'absenta, prétextant quelques coups de fil à passer en privé.

« Le pauvre », dit Harris.

« Il est encore vivant. Je préfère me préoccuper des moins chanceux, Brian. »

Harris secoua la tête, sans doute inquiet de savoir si sa vie mondaine allait être affectée par l'éventuel départ de Gorton suite à cette affaire.

Gorton n'était pas encore revenu quand un des fonctionnaires passa la porte du bureau, des papiers à la main. Il les tendit à Foster. « Il est certainement plus prudent de travailler avec des documents papier. »

Foster prit la liste. Elle couvrait le recto de deux feuilles A4. Il devait y avoir une cinquantaine de noms en tout. À gauche, la colonne des anciennes identités, à droite, les nouvelles.

La seule autre information était la date de naissance. Aucune mention de ce qui leur avait valu de se retrouver là. « Merci », dit-il.

Le fonctionnaire disparut. Foster commença à parcourir la liste, reconnaissant plusieurs noms. Elle était classée par ordre alphabétique. Il trouva le nom de Dibb et sa nouvelle identité. Harris gigotait sur son siège, sans doute agacé que l'on ait donné la liste à Foster plutôt qu'à lui, le commissaire divisionnaire. Foster l'ignora et continua sa lecture. Arrivé au bas de la première feuille, il enchaîna sur la seconde qu'il lut jusqu'à la fin.

Presque jusqu'à la fin. L'avant-dernier nom le fit s'arrêter net. « Seigneur », marmonna-t-il.

« Quoi encore ? », demanda Harris.

Il ne répondit pas, trop occupé à relire le pseudonyme pour s'assurer qu'il ne se trompait pas. Ce n'était pas le nom dans la première colonne qui l'avait arrêté. “Christopher Wilkinson” n'évoquait rien pour lui.

En revanche, la nouvelle identité qui lui avait été fournie…

Nigel Barnes.

19

Nigel Barnes avait mal à l'oreille. Il venait de passer plus d'une demi-heure au téléphone avec un client pour lui exposer les résultats de ses recherches sur les racines de sa famille, plutôt ternes et sans intérêt. Il rit intérieurement, un rire amer, en repensant à sa situation quelques années auparavant, quand il avait une chronique dans un journal et un contrat avec la télévision. Il en avait fini de travailler pour les particuliers. Mais, avec son habituel sens du timing, ses deux employeurs l'avaient lâché et il avait été contraint de se replonger dans le marché en plein effondrement de la recherche généalogique. La conjonction de la crise et de l'accès à une masse considérable d'informations en ligne avait poussé les gens à croire qu'ils pouvaient faire les recherches eux-mêmes à moindres frais. Nigel était donc obligé de dorloter ses rares clients, ce qu'il vivait comme une véritable corvée. Il espérait ardemment que quelque chose de différent se présente, un cas ou un projet qui le sortirait de la routine.

Il commençait à se préparer un thé quand Heather passa la porte de son appartement. Elle était accompagnée de Foster et tous deux avaient une mine lugubre. L'horloge accrochée au mur indiquait le milieu de l'après-midi. Il savait qu'ils étaient au beau milieu d'une enquête délicate sur un meurtre. Que venaient-ils faire chez lui ?

« Vous m'avez entendu sortir la bouilloire ? », plaisanta-t-il.

Heather et Foster échangèrent un regard tendu. Elle se força à sourire.

« Que se passe-t-il ? », demanda-t-il, inquiet.

« Il faut que nous ayons une discussion tous les trois, chéri », finit-elle par dire.

Chéri ? pensa-t-il. Elle ne l'appelait jamais ainsi. « Bébé » assez souvent. « Mon ange » de temps en temps. Un « trésor » semi-ironique à l'occasion. Mais jamais « chéri ». Cela devait être sérieux.

« Asseyez-vous », dit Foster en désignant le canapé du menton.

Tout en s'installant, Nigel passa en revue les gens qu'il connaissait et qui auraient pu lui valoir une telle visite. Non, rien. La seule personne qui entrait dans ce cadre était Heather et c'était elle qui venait lui apporter il ne savait quelle nouvelle. Il se doutait toutefois qu'elle était mauvaise.

« Je vais mettre la bouilloire en route », annonça Foster.

« Bon, là vous commencez vraiment à me foutre la trouille. »

Foster disparut dans la cuisine. Nigel utilisait du thé en feuilles, un chinois et une théière. Foster était un fervent adepte des sachets. Ça risque de mal tourner, pensa-t-il.

« Que se passe-t-il, Heather ? », demanda Nigel.

Elle s'assit à son tour sur le canapé et lui poussa légèrement l'épaule pour qu'ils se retrouvent face à face. Elle posa une main sur l'un de ses genoux. « Nous avons découvert quelque chose aujourd'hui.

– OK », dit-il en opinant du chef. La santé. C'était un problème de santé. Lui ou elle ? Et pourquoi Foster était-il là ?

« À ton sujet.

– Je suis suspecté de quelque chose ? », plaisanta-t-il sans conviction.

Heather sourit timidement. « Non, tu n'es pas suspecté. » Foster était revenu dans la pièce et se tenait en retrait. Les mains fourrées dans les poches, il inspectait la pièce du regard en évitant Nigel.

« Cela concerne ton passé. »

Il se doutait que si elle avait eu l'intention de lui tomber dessus à propos d'une ancienne petite amie, elle ne serait pas venue accompagnée de Foster. « Et qu'est-ce qu'il a mon passé ?

– Grant a vu une liste aujourd'hui. Elle était constituée de gens auxquels l'État a donné une nouvelle identité pour leur protection. » Elle ôta sa main de son genou et agrippa celle de Barnes. « Ton nom y figurait. »

Il avait entendu parler et lu des articles à propos de personnes en état de choc qui se rendaient compte qu'on leur parlait mais qui ne comprenaient pas un traître mot de ce qu'on leur disait. Il s'était dit que c'était impossible. Maintenant, il commençait à saisir ce qu'ils ressentaient.

« Tu peux me répéter ça, s'il te plaît ? »

Heather hocha gravement la tête. « Ça donne le vertige, je sais. Dans le cadre de notre enquête, Grant a pu consulter aujourd'hui une liste établie par le ministère de l'Intérieur de personnes ayant bénéficié d'une nouvelle identité pour assurer leur protection. Ton nom y figurait.

– C'était vraiment moi ?

– On a vérifié. La date de naissance correspond. »

Un million de questions lui traversèrent l'esprit. « Mon nom y figurait ? Nigel Barnes ?

– Oui. » Elle prit une profonde inspiration. « Et un autre nom aussi.

– Que veux-tu dire ?

– Il y avait ton nom et ton véritable nom.

– Mon véritable nom ? » Nigel avait la tête qui tournait. « Tu veux dire mon nom de naissance ? » Heather fit oui de la tête. Nigel avait toujours du mal à se dire qu'il ne s'agissait pas d'une plaisanterie. « Est-ce que vous êtes en train de me faire marcher ?

– Non. Je ne plaisanterais jamais à ce sujet. Je sais ce que tu ressens par rapport à ton passé. »

Quel passé ? songea-t-il. Il était un enfant adopté. Il ne l'ignorait pas. Il n'avait jamais rien su de ses vrais parents, aucune trace écrite ; comme s'ils s'étaient volatilisés ou qu'il avait été apporté par une cigogne. « Quel est mon véritable nom ? », demanda-t-il, la bouche sèche.

« Christopher Wilkinson », dit Foster.

« Christopher ? », s'exclama-t-il.

« Ça pourrait être pire », commenta Foster avec un haussement d'épaules. « J'ai été à l'école avec quelqu'un qui s'appelait Gonzague.

– Christopher ? Vous êtes sûrs ?

– Foster a raison, Nigel. Ce n'est pas un mauvais prénom. Plutôt chouette si...

– Non, non », l'interrompit-il. « Ce n'est pas ça le problème. Seulement, on m'a toujours dit que mon prénom de naissance était Nigel. Je savais que mon nom de famille était Wilkinson, mais mes parents adoptifs m'avaient raconté que j'avais été baptisé Nigel. Nom de Dieu. » Il marqua un silence. « Seigneur. C'est surréaliste.

– J'imagine », dit Heather. « En fait, non, j'en suis incapable. Mais Foster m'a prévenue tout de suite et je savais que tu préférerais être mis au courant. Tu vas mettre un peu de temps à le digérer, c'est certain.

– Alors, je suis en danger ? »

Là encore, Heather s'en remit à Foster. « C'est possible », confirma-t-il.

Et, au milieu de la brume de ses pensées, il eut une illumination. Dibb et Schofield et leur nouvelle identité, la femme dont on avait parlé pendant le journal du matin qui avait tué un nouveau-né. Nigel se sentit nauséeux, comme s'il allait être malade.

« Ça va ? », s'inquiéta Heather. « Tu es tout pâle.

– Qu'ont-ils fait ?

– Qui ? »

Nigel perdit patience. « À ton avis ? Mes fichus parents ! C'est une liste de gens qui ont tué, n'est-ce pas ? J'estime que je mérite de savoir qui étaient mes parents et quelle horrible chose ils ont faite, non ? »

Heather sembla perdue. Nigel regretta immédiatement de s'en être pris à elle. Toutefois, cette nouvelle était si déroutante qu'il avait bien du mal à prendre du recul. Pendant des années, depuis qu'il était enfant et qu'il avait découvert qu'il avait été adopté, il s'était demandé qui étaient ses vrais parents, ce qui leur était arrivé. Son imagination dérivant entre le fou et le fantastique jusqu'au banal et au terre à terre. Jamais, même dans ses rêveries les plus folles, il n'avait supposé qu'ils étaient des criminels.

« La vérité, c'est que nous ne le savons pas », dit Foster.

« Mais le fait que je me retrouve sur cette liste signifie qu'ils ont fait quelque chose de mal, non ?

– Pas nécessairement. J'ai essayé de savoir de quoi il s'agissait. On m'a répondu que cela relevait de la sûreté nationale. Il y a quantité d'explications possibles. S'il s'était agi d'un meurtre ou d'un autre genre de crime, je suis certain qu'ils me l'auraient dit.

– Je pourrais le savoir ?

– Là encore, je n'en sais rien. J'ai demandé, mais la décision doit être prise à un niveau bien plus élevé que celui où se situent les personnes avec qui je me suis entretenu. Peut-être même dans une autre agence ou une autre administration. Ce qui ne fait que confirmer mon point de vue qu'ils n'étaient pas de simples meurtriers. Cependant, je serais bien en peine de deviner dans quoi ils étaient impliqués.

– Ils sont vivants ? »

Foster écarta les bras. « Voilà une autre question à laquelle je ne peux pas encore répondre. Désolé. J'ai posé la question. J'ai même demandé leurs noms, mais tout est classé secret. » Il resta silencieux un instant. « En revanche, vous saviez que votre nom était Wilkinson ?

– Oui, comme je vous l'ai expliqué, mes parents adoptifs me l'ont dit. Mais c'est tout. Ils ne savaient rien d'autre. En tout cas, c'est ce qu'ils m'ont affirmé et je n'avais aucune raison de ne pas les croire. »

Nigel se passa la main dans les cheveux. Ce n'était qu'une partie de l'histoire. Un jour, alors que la maison était déserte et qu'il fouinait dans un des tiroirs de sa mère adoptive à la recherche d'indices sur son passé, il était tombé sur une petite liasse de correspondance. Dans l'une des lettres, une femme exhortait sa mère à « veiller sur Nigel ». Il avait recopié le nom et les coordonnées inscrits au dos de l'enveloppe et, dans le même temps, écrit à l'agence d'adoption pour obtenir l'adresse de ses parents naturels. Celle qu'on lui avait communiquée était identique à celle de l'enveloppe. Quelques jours plus tard, il avait pris le bus pour se rendre chez cette femme. Elle était morte depuis pas mal de temps. Elle vivait seule et on ne lui connaissait pas de famille. Nigel avait fait des recherches sur son arbre généalogique mais n'avait trouvé ni enfants ni famille proche. Il était dans une impasse. Il ne trouva pas le courage d'interroger sa mère adoptive à ce sujet car il ne voulait pas qu'elle apprenne qu'il avait fouillé dans son courrier. Ses parents adoptifs avaient toujours été bons pour lui et il ne voulait pas trahir leur confiance. Les choses en restèrent là. Jusqu'à maintenant.

Le choc initial cédait progressivement la place à une étrange sensation d'abattement. Le mystère de ses origines avait été résolu en quelques secondes. Même si l'explication n'était pas satisfaisante, c'en était au moins une et il la cherchait depuis des années. Mais maintenant qu'on l'avait alléché, la vérité restait hors de portée. Il disposait toutefois de suffisamment d'informations. Son certificat de naissance pour commencer. Il allait pouvoir se pencher sur le cas le plus étrange de sa carrière – le sien.

« Tu as certainement besoin d'un peu de temps, seul, pour digérer tout ça », avança Heather.

« Oui », dit-il. « En effet.

– Il y a toutefois un léger problème », intervint Foster.

« Lequel ?

– Eh bien, trois personnes de cette liste ont été retrouvées mortes. Techniquement parlant, vous êtes en danger. Il est également possible que cette liste secrète ne le soit plus et qu'elle soit tombée dans d'autres mains. Dont, même si c'est peu probable, ceux à cause de qui on vous a donné une nouvelle identité.

– On ne peut prendre aucun risque », ajouta Heather.

« Ohé », s'exclama Nigel. « Je n'ai pas mon mot à dire ? Quels sont les risques que je sois en danger ? »

Foster haussa les épaules. « Il y a beaucoup d'autres individus sur cette liste, mais le nombre procure une sécurité toute relative. Tant que nous n'avons pas arrêté la personne responsable ou découvert où et comment cette liste a été divulguée, nous devons considérer que vous courez un risque.

– Je le prends », fanfaronna Nigel. « Après tout, je vis avec une policière.

– Je ne suis pas entraînée pour assurer la sécurité de quelqu'un », le corrigea Heather.

« Je ne veux pas de garde du corps. Ce serait vraiment bizarre.

– Dans un futur immédiat, je ne crois pas que ce soit une bonne idée que tu te déplaces seul.

– Je n'ai pas l'intention de sortir aujourd'hui.

– Bien », approuva Foster. « Ne laissez aucune personne entrer à moins que vous ne la connaissiez et que vous soyez sûr de son identité. Je dois encore m'entretenir avec mon supérieur à votre sujet et celui des autres personnes présentes sur la liste. Cependant, j'imagine qu'il y a une possibilité à laquelle vous devez vous préparer.

– Laquelle ?

– Difficile d'en être sûr tant que nous ne savons pas pourquoi on vous a donné une nouvelle identité, mais si quelqu'un a jugé utile de vous en attribuer une pour vous protéger, il est possible que la décision soit prise de vous protéger à nouveau maintenant que cette nouvelle identité a été compromise. » Il marqua une pause. « Vous allez peut-être devoir changer de nom. Déménager aussi, éventuellement. »

Cela devenait de plus en plus surréaliste. Les yeux de Heather étaient remplis de larmes. La perspective de changer son nom, quitter Londres, demander aux gens qu'il aimait de partir avec lui ou les abandonner. C'était ignoble. « Non », dit-il en secouant la tête. « Impossible. Je suis Nigel Barnes, bordel, et je le resterai.

– Espérons que nous n'aurons pas à en arriver là », marmonna Foster.

– Je m'en fous. Je ne change pas. Je reste dans cette peau. Advienne que pourra », insista Nigel avec une détermination sincère. Il avait l'impression qu'une boule était coincée dans sa poitrine et l'écrasait lentement. Il respira profondément pour retrouver son calme. Ce qu'il devait faire lui apparaissait clairement. Une fois qu'il aurait levé le mystère enveloppant son passé, il pourrait estimer la menace à laquelle il faisait face et décider de ce que serait sa vie.

Pour l'instant, il savait qu'il préférerait mourir si cela signifiait ne plus être avec Heather et ne plus être Nigel Barnes. Il n'avait jamais eu que cette identité. Si on la lui enlevait, qu'allait-il lui rester ?

Foster et Heather finirent par s'en aller ; ils avaient encore beaucoup à faire et Nigel parvint à convaincre Heather que tout irait bien. Cela ne fut pas chose facile, mais après l'avoir serré dans ses bras et lui avoir fait promettre qu'il ne quitterait pas l'appartement tant qu'elle ne serait pas de retour le soir, elle le laissa, à contrecœur. Quand ils furent partis, Nigel se rendit tout droit à la cuisine, dénicha cette bouteille de whisky à laquelle il ne touchait pour ainsi dire jamais – il préférait le vin au whisky, mais l'instant était aux alcools forts – et se versa une dose généreuse. Il avait espéré qu'un cas excitant se présente, mais ce n'était pas ce qu'il avait en tête. Soudain, la routine lui paraissait moins pesante.

L'heure qui venait de s'écouler lui avait donné bien plus que le vertige, comme l'avait souligné Heather. Tout cela était absolument hallucinant. Toute son existence, la conscience qu'il avait de lui-même, étaient prises dans un tourbillon. Le whisky l'aida à retrouver son calme et à prendre du recul.

Il devait envisager ça comme une opportunité, une bénédiction et non une malédiction. Au moins, il allait découvrir qui il était vraiment et d'où il venait.

Il allait démarrer par les registres de naissances, mariages et décès. Des années auparavant, il avait cherché des Nigel Wilkinson. Ils étaient nombreux, mais aucun n'était né le même jour que lui. À présent, armé de sa véritable identité, en tout cas de celle qu'on lui présentait comme telle, ce serait différent. Christopher Wilkinson, sa date de naissance, c'est-à-dire le deuxième trimestre de 1974. Il débuta la recherche.

Cela ne donna rien. Il essaya sans résultat tous les homonymes et les variantes orthographiques des deux noms. Et, même s'il y avait beaucoup de Christopher Wilkinson, quand il appela son contact à l'état civil pour obtenir les résultats, aucun d'entre eux n'avait la même date de naissance que lui. Il consulta même les années avant et après 1974. Ce sera bien ma veine si, en plus, je découvre que je suis plus vieux que je ne le crois, pensa-t-il. Un Christopher Wilkinson était né deux jours avant lui. Il demanda qu'on lui envoie une copie. Il soupira et but une gorgée de whisky. Si les activités de ses parents étaient à ce point dangereuses qu'il avait été nécessaire de lui donner une nouvelle identité, il ne fallait pas s'attendre à ce qu'ils aient déclaré sa naissance auprès des instances officielles. Peut-être existait-il un répertoire secret où étaient enregistrés les enfants des personnes en danger. Il se sentait légèrement ivre. Sans doute le choc de la découverte, ajouté au whisky et au fait qu'il n'avait presque rien mangé. Il trouva cela agréable, distrayant. Il se versa un autre verre et essaya de comprendre pourquoi son nom ne figurait pas dans les registres des naissances.

Il envisageait plusieurs possibilités, certaines plus probables que d'autres. La première et la plus simple était qu'il n'avait pas été déclaré. Dans ce cas, il était dans une impasse. Peut-être était-il né à l'étranger. Il se pouvait que Christopher Wilkinson ne soit pas non plus son vrai nom, même si le fait qu'il se retrouve sur une liste officielle du ministère de l'Intérieur l'incitait à penser qu'ils n'avaient pas dû se tromper.

Le souvenir de la femme qui avait écrit à sa mère adoptive lui revint soudain à l'esprit. Voilà une piste qu'il pouvait explorer. Il allait devoir se replonger dans son passé. Retourner à un endroit qu'il avait autrefois considéré comme son foyer.

20

Le bus qui traversait le centre-ville ralentit et vibra quand ils passèrent devant les immeubles hideux hérités des années 1960 que Nigel connaissait trop bien et le centre commercial aux murs de moellons qui puait l'oignon frit et l'urine. Une petite ville de banlieue sans passé, juste un présent ordinaire.

Il se reprocha d'être aussi cynique. Simplement, il avait fait ce trajet chaque semaine depuis presque huit ans, de toutes les humeurs et par tous les temps. Quoi qu'il se passât dans sa vie, qu'il soit en train d'épauler la police de Londres sur une affaire de meurtre, de tomber amoureux d'une inspectrice ou de travailler si dur que la fatigue l'empêchait presque de marcher, la seule incertitude était de savoir s'il prendrait le train à Waterloo le samedi ou le dimanche.

C'était peut-être pour cela que, cette fois-ci, tout paraissait si différent. Parce que c'était en semaine. Tout le monde travaillait au lieu de se promener pour se dégourdir les jambes. Ou bien, c'était à cause de la nouvelle que Heather lui avait annoncée. Son passé, toute sa vie, lui semblaient différents dorénavant. Le début de sa vie émergeait de l'obscurité pour éclairer d'un jour nouveau les années moroses qu'il avait passées ici. Là où il n'y avait eu qu'une feuille de papier vierge, quelqu'un avait tracé un énorme point d'interrogation.

Habituellement, pendant le trajet, il se plongeait dans un livre, une recherche en cours ou réfléchissait à un problème à résoudre. Pas cette fois. Il voyait tout d'un œil neuf. Derrière un bosquet de quelques arbres – il n'y avait que peu d'espaces verts – il aperçut la vieille église, le seul bâtiment ayant vraiment plus de cinquante ou soixante ans d'âge, contrairement à ceux qui essayaient d'en avoir l'air, comme les pubs avec leurs devantures en faux Tudor.

Ils passèrent deux petits ronds-points et franchirent un croisement embouteillé. Au rond-point suivant, le bus tourna à droite dans une rue longue et sinueuse. Habituellement, arrivé là, il levait le nez. Son ancien collège, sur la droite, en retrait de la route, se rapprochait. Le bâtiment qui lui semblait autrefois si grand et étendu lui paraissait plutôt modeste. Quelques lumières éclairaient les fenêtres. Les gamins devaient être en cours. Il aurait voulu descendre du bus, entrer, jeter un coup œil, déambuler dans les couloirs, sentir à nouveau le parfum de l'école, au lieu de l'observer à travers une vitre, le regard vide. Son enfance lui semblait maintenant si fragile, perdue.

Le bus laissa l'école derrière lui et Nigel se mit à compter les rues. Elm Tree ; Beech ; Oak Dene puis...

Comme à chaque fois, il tourna le regard vers Sycamore Grove, en direction du pavillon situé au numéro six, là où il avait grandi. Le bus poursuivit sa route et le pavillon disparut rapidement. Sept ans plus tôt, quelques mois après la mort de sa mère, son père et lui en étaient sortis pour la dernière fois. Il avait été vendu à une famille comme la sienne, avec un enfant unique. Nigel se demanda s'ils y habitaient encore. De nouveau, il fut saisi par l'envie soudaine de descendre et d'aller frapper à la porte, d'y refaire un tour. C'était la première fois en sept ans qu'il ressentait cela. Le seul morceau de cette ville qui lui manquait vraiment était cette petite maison à un étage, avec ses trois chambres et ses murs au crépi granit. Le souvenir de son père, grand bricoleur, en train de faire le crépi lui-même, le fit sourire. Nigel devait avoir quatre ou cinq ans. Son père lui avait laissé jeter les premières petites pierres dans le ciment frais et jusqu'au jour où la maison avait été vendue, Nigel avait été capable de repérer l'emplacement de ces quelques graviers.

Le bus fit encore quelques centaines de mètres avant d'atteindre son arrêt. De là, il fallait encore marcher dix bonnes minutes à vive allure pour rejoindre la maison de retraite. Il était rare que Nigel regrette de ne pas savoir conduire, mais lors de certaines de ses visites, l'idée d'une voiture chauffée et confortable le séduisait. Il chassa rapidement cette pensée de son esprit. Le trajet, l'effort à fournir, étaient sa pénitence – son devoir. Si cela avait été aisé, ça n'en aurait pas valu la peine.

Sous la morsure glacée du vent, il avançait, les mains fourrées dans les poches. Dix ans auparavant, son père avait eu une attaque qui, si elle n'avait pas affecté ses capacités intellectuelles, l'avait laissé diminué physiquement. Doué de ses mains, actif, aimant construire, réparer, manipuler des gadgets et des machines, ses handicaps l'avaient plongé dans une profonde dépression. La mère de Nigel, humble et dévouée à son mari, avait tout essayé pour l'aider à s'en sortir, mais cela s'était avéré au-delà de ses capacités pourtant vastes. Il y avait eu quelques améliorations, mais son état d'esprit restait bien en deçà des progrès physiques.

Puis, sans doute épuisé par l'énergie qu'elle lui avait consacrée, le cœur déjà affaibli de sa mère avait lâché par un magnifique jour d'été pendant qu'elle jardinait. Nigel se trouvait à l'université du Middlesex. Son père l'avait appelé. « Maman est morte », lui avait-il dit. Nigel était revenu immédiatement à la maison. Son père et lui étaient restés devant un thé, ne sachant quoi dire ou faire. Sa mère avait toujours contrebalancé les humeurs sombres de son père par une effervescence désintéressée, puisée Dieu sait où. C'était cette bonhomie et cette joie forcées, consacrées à un homme dépressif qui, selon Nigel, avaient fini par la tuer. Et, alors que lui et son père buvaient leur thé froid en observant le soleil se coucher là où elle s'était effondrée, Nigel, pour éviter de blâmer son père, s'était satisfait de ces explications. Il savait aussi que, parfois, la vie se déroulait ainsi. Blâmer ne servait à rien.

Après le décès de son épouse, son père sombra rapidement, écrasé par la dépression et le deuil. Nigel qui ne souhaitait ni ne pouvait sacrifier sa vie comme l'avait fait sa mère, lui avait trouvé une place dans une maison de retraite au bout de la rue et avait entamé ses visites hebdomadaires. Quelques amis passaient le voir, mais avec le temps, eux aussi disparaissaient. La sœur de sa mère, tante Wendy, lui rendait visite aussi souvent que possible, mais son père ne rendait pas la tâche facile à ses hôtes. Il parlait rarement, préférant contempler le petit jardin de l'autre côté de la vitre, ou regarder la télévision avec gourmandise, le seul gadget qu'il fuyait avant son attaque. Il ne la regardait jamais. À présent, il ne faisait pas grand-chose d'autre.

Certains soirs, quand le téléphone sonnait tard, Nigel s'imaginait que la maison de retraite appelait pour lui annoncer une mauvaise nouvelle. Quand ce n'était pas le cas, il ressentait à la fois un soulagement et des regrets. Son père était lassé de vivre. Une coquille vide. Récemment, ses visites hebdomadaires s'étaient espacées à deux fois par mois. Il trouvait des excuses pour ne pas y aller. Il avait du mal à l'admettre, mais quand il avait été embauché la première fois pour travailler sur les meurtres de Kensington[1] et qu'il avait appris comment Foster avait aidé son père à mourir pour lui épargner la douleur et l'agonie des derniers stades de son cancer, il avait éprouvé du respect, mais aussi de l'envie.

Toujours est-il qu'il se retrouvait là, bifurquant sur l'allée de gravier de la maison de retraite – une immense demeure victorienne, presque gothique, qui avait autrefois appartenu à un riche propriétaire terrien – en route pour une visite impromptue, espérant que cet homme brisé, autrefois actif et vigoureux, pourrait l'éclairer un peu plus sur son passé. Il n'avait rien dit à Heather. Elle aurait insisté pour l'accompagner ou lui coller un garde du corps. Pas la peine de faire tant d'histoires. Le métro, le train, le bus puis une longue marche – même le plus têtu des tueurs aurait renoncé à le suivre. Cela ne l'empêcha pas de jeter un coup d'œil aux alentours quand il sonna pour avertir la réception. Il n'y avait pas âme qui vive, seulement quelques voitures sur le parking.

Un infirmier lui ouvrit la porte. La vingtaine, avenant, les oreilles percées et les cheveux hérissés avec du gel, il s'appelait Michael et était l'un de ceux que Nigel préférait en raison de son humeur égale. Il ne parvenait pas à comprendre comment le personnel faisait pour rester aussi enjoué. Être entouré de vieillards malades, qui pour certains n'avaient plus toute leur tête, avançant inexorablement vers la mort, l'aurait rendu fou.

« Comment allez-vous ? », lui demanda Michael en le faisant entrer. « Une visite exceptionnelle ?

– On peut dire ça comme ça », répondit Nigel, content de se retrouver au chaud. « Comment va-t-il ? » Il posait la question

---

1. Voir *Code 1879*.

à chaque fois. La réponse était invariablement « OK » ou « Vous savez, comme d'habitude ».

« Plutôt en forme, en fait.

– Vraiment ? », lâcha-t-il, surpris. C'était nouveau.

« Vous vous souvenez du nouveau traitement qu'il a entamé ?

– Oui », mentit Nigel. Ils avaient essayé tellement de pilules sur son père que son esprit s'embrouillait quand ils commençaient à lui en décrire les effets. Il y avait parfois une amélioration, mais elle n'était que de courte durée et il retombait rapidement dans son désespoir monosyllabique. Peut-être avait-il choisi le bon moment pour passer. C'était un signe.

Nigel signa le registre sur le comptoir. « Il fait un peu froid pour une promenade, n'est-ce pas ? » Quand le temps le permettait, il poussait son père dans son fauteuil jusque dans le jardin qu'il contemplait assidûment depuis sa fenêtre.

« J'en ai bien peur », dit Michael. « Au fait, il est dans la grande salle.

– Vraiment ? », s'étonna Nigel. C'était un jour à marquer d'une pierre blanche. La grande salle était le lieu où les autres résidents, les plus sociables d'entre eux tout au moins, se retrouvaient pour regarder la télévision, jouer aux cartes, lire ou discuter. En général, son père ne s'y rendait que contraint et forcé.

« Comment se passent vos recherches ? », demanda-t-il à Michael en reposant le stylo. Cela faisait plusieurs mois qu'il traçait son arbre généalogique. Nigel lui avait donné quelques trucs et avait discuté avec lui des résultats de son travail.

« Très bien. J'ai découvert que l'un de mes ancêtres avait été envoyé en prison.

– Magnifique ! Pour quelle raison ? Quelque chose de juteux, j'espère.

– Extorsion de fonds.

– Intéressant. Vous en savez un peu plus ? Cela peut valoir le coup de consulter les archives de la presse locale pour voir s'il y a eu un article sur le sujet. Vous avez des dates ?

– C'est ce que je comptais faire. Je pense qu'il vivait à la dure et qu'il a été arrêté pour mendicité.

– C'est possible. Peut-être a-t-il été trop pressant en demandant de la monnaie. Vous savez pourquoi il s'est retrouvé à la rue ?

– Pas encore.

– Quand était-ce ?

– Dans les années 1880.

– Cela vaut certainement la peine de vérifier auprès de l'état civil au cas où il y ait eu une demande d'aide aux pauvres. On y trouve souvent une foule de détails.

– Merci du conseil.

– Avec plaisir. » Il remonta le couloir à la moquette épaisse, adressant un sourire aux soignants qu'il croisait. Une goutte de sueur vint s'échouer sur l'un de ses sourcils. Le bâtiment était surchauffé. Pas étonnant que la moitié des résidents passent le plus clair de leur temps à dormir.

Il tourna à droite. Le couloir devenait plus lumineux. D'un côté, des portes vitrées donnaient sur le jardin intérieur – il y avait un autre jardin, plus grand mais moins agréable, à l'arrière de la maison – et de l'autre une porte à double battant s'ouvrait sur la grande salle. Il entra et balaya la pièce du regard. Il y avait une poignée de vieillards. Plusieurs d'entre eux étaient profondément endormis, la tête abandonnée sur les épaules, d'autres jouaient aux cartes dans un coin. Les derniers, installés en rangs, suivaient un jeu télévisé. Son père était assis au dernier rang dans sa pose habituelle de téléspectateur, les bras croisés, le regard braqué sur l'écran, les sourcils froncés, comme s'il défiait le petit écran de parvenir à le distraire.

Nigel s'avança vers lui en silence, soucieux de ne pas réveiller ou déranger quiconque. Une vieille dame, le regard perdu dans le vide, lui adressa un sourire chaleureux qu'il lui rendit. Il ne connaissait pas la moitié des pensionnaires. Son père n'était pas franchement sociable et ne lui avait pour ainsi dire présenté personne.

Une fois à côté de son père, il lui tapota doucement sur l'épaule. Le vieil homme sentait la mousse à raser. Un autre signe positif car il avait plutôt tendance à se négliger.

« Oh », dit son père. « Bonjour. » Il paraissait troublé. « Ce n'est pas samedi.

– Non, papa. C'est vendredi. » Il se pencha en avant et l'embrassa sur le front. Ses cheveux, ou ce qu'il en restait, sentaient le propre. « Tu as l'air en forme. »

Le vieil homme ignora le compliment et se tourna à nouveau vers l'écran.

« Pardon, tu veux que je te laisse regarder ? » Propre sur lui, hors de sa chambre, lucide. Nigel craignait d'interrompre l'état de grâce.

Son père émit un petit ricanement. « Non. Ce n'est qu'un ramassis de bêtises de toute façon. » Il eut l'impression de retrouver son père d'autrefois. « Je suis juste descendu pour suivre le journal télévisé. J'avais envie de changer de décor.

– Bien », approuva Nigel. « Si nous allions au fond pour ne pas déranger ceux qui regardent ?

– OK », dit son père en se levant. Un autre signe positif. Les mauvais jours, c'est-à-dire presque tous, il refusait de se déplacer, hormis poussé dans son fauteuil. Il se mit debout seul et, à l'aide de son déambulateur à roulettes – l'attaque avait touché son côté gauche –, accompagna Nigel, mi marchant mi traînant la patte, jusqu'à une table placée à l'arrière de la salle, à distance respectable des joueurs de cartes.

Nigel l'aida à s'asseoir. « Tu veux un thé, ou un café ?

– Tu en prends un ?

– Oui, un café je crois.

– Je ne veux rien, ça va. »

Nigel secoua la tête en essayant de ne pas rire. Il était peut-être plus enjoué, mais il demeurait le vieillard revêche et un peu bizarre qu'il était devenu.

Il y avait un distributeur en libre-service dans le coin opposé où l'on pouvait se servir un café gratuit qui n'était en fait qu'une espèce d'eau chaude vaguement colorée, mais il contenait tout de même de la caféine et Nigel avait besoin d'un remontant. À côté, sur une table basse, il prit un petit paquet de biscuits sablés. La gourmandise était le seul trait de caractère que son père avait conservé depuis son attaque.

« Un biscuit ? », lui proposa-t-il en s'asseyant.

Le regard de son père s'alluma un bref instant. Il déchira l'emballage et s'en fourra un dans la bouche. Il mâcha quelques secondes avant de faire la grimace. « Avec du thé, ça serait moins sec », lâcha-t-il en postillonnant quelques miettes.

Nigel se remit debout et alla lui chercher un thé tout en se rappelant, une fois encore, la raison pour laquelle le cœur de sa mère avait lâché après des années passées à être aux petits soins pour son père. Il revint et tira jusqu'à eux une table d'appoint sur laquelle il posa le breuvage. Pendant quelques minutes, ils restèrent assis en silence à croquer leurs biscuits et à siroter leurs boissons chaudes.

« Alors, comment ça va ? », finit par demander Nigel.

Son père haussa l'épaule droite. « Comme d'habitude.

– Bien, bien », poursuivit Nigel avant de s'éclaircir la gorge. « Pas grand-chose de neuf de mon côté non plus. » Nigel était habitué à donner des nouvelles directement au lieu d'attendre qu'il lui pose des questions. Son père ne s'intéressait à rien d'autre qu'à sa propre personne ou aux choses qui le concernaient. Nigel s'attendait donc à ce que son commentaire suivant suscite une réaction, particulièrement en cet instant de semi-lucidité provoqué par les médicaments.

« Sinon, j'ai appris quelque chose de nouveau à propos de ma véritable identité », balança-t-il l'air de rien.

Ses paroles restèrent suspendues dans les airs quelques secondes avant de retomber, obligeant son père à se tourner vers lui. Son visage habituellement inexpressif affichait une mine étonnée.

« Je ne comprends pas. Quelle "véritable identité" ? »

Nigel but une gorgée de café. « Mon nom de naissance », expliqua-t-il. « Je sais que mon nom de famille était Wilkinson, mais j'ai toujours cru que mes parents naturels m'avaient prénommé Nigel. En fait, ils m'avaient appelé Christopher. »

Son père resta silencieux, mais continua à l'observer. « Je n'étais pas au courant. » Il se détourna, serrant sa main gauche de sa main droite valide. « Tu en es sûr ? », ajouta-t-il en se retournant vers lui.

« J'ai réagi de la même manière. Mais, oui, j'en suis quasiment certain. »

Le silence s'installa quelques secondes. « J'ai toujours pensé que nous t'avions accueilli en tant que Nigel. Je ne me souviens pas avoir changé ça. » Il prononça la dernière phrase d'une voix plus aiguë, comme s'il n'était pas sûr de lui. Il secoua la tête. « Ta mère le saurait.

– C'est possible. » De nouveau, le silence. « De quoi te souviens-tu exactement, papa ? »

Nigel avait souvent abordé le sujet de son adoption avec sa mère mais il avait peu à peu abandonné quand il avait compris qu'elle n'en savait pas tant que cela. Elle lui en avait toujours dit le minimum : alors qu'ils ne pouvaient pas avoir d'enfant et étaient en butte aux refus des services d'adoption, Nigel leur avait été proposé, à l'âge de quatorze mois, par un intermédiaire et ils étaient tombés amoureux de lui au premier regard. Elle disait qu'elle ne savait rien de ses vrais parents. Elle avait posé des questions et on lui avait expliqué qu'ils étaient dans « l'impossibilité » de s'occuper de lui. Le reste était flou, où elle ne s'en souvenait pas. Il en déduisit que l'intermédiaire devait être la femme qu'il avait recherchée. Celle qui était morte, qui avait écrit à sa mère et dont il avait vu les lettres.

La réponse de son père mit du temps à venir et elle fut précédée d'un énorme soupir. « C'était il y a longtemps. Nous ne pouvions pas avoir d'enfant. Ça brisait le cœur de ta mère. Nous avons envisagé l'adoption. Il y avait un problème avec le cœur de ta mère. Il était un peu détraqué à l'époque. On nous a offert la chance de t'avoir, une adoption privée. Mais les choses ont été faites dans les règles, en tout cas, de notre côté. » Il marqua une pause. « Et nous t'avons aimé comme notre propre enfant. »

Son père ne lui avait jamais autant parlé de toutes ces dernières années, à l'exception de la fois où il lui avait acheté un casque sans fil pour entendre la télévision. Il s'était émerveillé de la qualité du son en long, en large et en travers. Mais il n'avait jamais évoqué le passé à ce point. Cependant, son récit était toujours dénué des détails qu'il recherchait.

« Qui a organisé tout cela, papa ? Tu as bien dû avoir affaire à quelqu'un.

– Une femme.

– Tu te souviens de son nom ? »

Un silence. « Pourquoi t'intéresses-tu à ça maintenant ?

– Je te l'ai dit. J'ai découvert mon véritable nom. Il se trouve sur une liste. Cela m'a conduit à penser à mes parents naturels et à ce qui leur était arrivé.

– Je crois qu'ils sont morts, fiston. C'est l'impression qu'on a eue.

– Je sais. J'aimerais savoir comment ils sont morts, qui ils étaient.

– Je ne peux pas t'aider, je le crains. Ta mère voulait seulement être sûre qu'ils ne débarqueraient pas un jour pour te reprendre. Cela lui aurait brisé le cœur. On nous a garanti que cela n'arriverait jamais. On en a conclu qu'ils étaient morts et que tu étais orphelin. J'aimerais pouvoir t'en dire plus. Mais nous n'avons rien su d'autre. Je suis désolé.

– Tu n'as pas à être désolé », dit Nigel catégoriquement. « Tu ne dois jamais t'excuser pour quoi que ce soit. Vous m'avez donné un foyer, une bonne éducation. Je vous en serai toujours reconnaissant, à toi et à maman. »

Il opina du chef. « Ça lui ferait plaisir d'entendre ça. Elle t'adorait, tu sais.

– Je sais. » Cela avait été parfois étouffant, mais il avait aimé ça.

Il voulait ramener la discussion sur la raison de sa venue. Il n'était pas sûr que son père serait aussi loquace et accessible lors de sa prochaine visite. Les rideaux risquaient de se baisser à nouveau et il n'aurait alors droit qu'à une série de grognements et de marmonnements inintelligibles.

« La femme. Celle qui a organisé l'adoption. Tu te souviens de son nom ? »

Il voulait tellement que son père se souvienne que le temps lui parut s'arrêter.

« C'était un nom composé. »

Nigel repensa à la femme qu'il avait cherchée. Il se souvenait de quelque chose de plus commun, Smith ou Jones, à tel point que le temps l'avait effacé de son esprit.

« Oui. J'en suis sûr. Je me souviens que ça m'avait fait marrer. Dans les années 1960, il y avait un parlementaire tory qui avait le même nom. »

Son père avait toujours été un fidèle du Labour. « Douglas-Home ?

– Non, pas lui. » Il se tut un instant. « Quelle tête de con c'était celui-là. » Une autre conséquence de son état. Jusqu'à récemment, le pire gros mot qu'il l'avait entendu proférer était "zut". Même quand il s'écrasait un doigt d'un coup de marteau. Mais ces dernières années, il avait commencé à utiliser un langage fleuri digne d'un docker. Nigel trouvait cela amusant.

Son père réfléchissait avec intensité, le front creusé. « Qu'est-ce que c'était, bon sang ? »

Nigel passa en revue tous les politiciens portant un nom composé auxquels il pouvait penser, et il y en avait peu. À chaque fois son père faisait non de la tête. Il abandonna.

« Je l'ai », finit par dire son père.

– C'était quoi ?

– Navin Jones. Susan Navin Jones. » Il affichait un sourire triomphant, comme un enfant qui vient d'exécuter une consigne avec succès.

Nigel n'avait jamais entendu parler d'un parlementaire tory avec un tel nom, mais c'était sans importance. Il tenait le début de quelque chose. « Bien joué, papa. Mais ça m'intrigue. Quel était son rôle ? Je me suis déjà intéressé à elle, vois-tu, et le nom qui était inscrit sur les papiers officiels était totalement différent. »

Nigel sentit que son père fatiguait. Habituellement, il passait la plus grande partie de l'après-midi à dormir et il n'avait pas fait de sieste depuis le déjeuner. Il bâilla puis fronça les sourcils. La porte par laquelle Nigel aurait pu apprendre d'autres détails était en train de se refermer. « À dire vrai, nous étions simplement heureux de t'avoir. Cela avait été une épreuve difficile avec des refus, le doute. Nous n'avons pas osé poser trop de questions. Cette femme a appelé en disant qu'ils avaient un enfant et nous a demandés si nous étions intéressés. Nous sommes allés te voir. On a dit oui immédiatement. Tout était réglé et un jour plus tard, peut-être plus, tu étais à la maison. Ta mère était si joyeuse. Nous l'étions tous les deux. » Il sourit, les yeux embrumés, perdu dans sa rêverie.

« Donc, tu n'as jamais rencontré Navin Jones ?

– Je ne l'ai jamais vue. Je lui ai parlé deux fois au téléphone. La première quand elle a appelé pour nous parler de toi. La seconde quand nous avons appelé pour dire que nous étions d'accord.

– Navin Jones n'a pas dit pour qui elle travaillait, ni comment elle avait entendu parler de vous, ou obtenu vos coordonnées ? J'aurais tout aussi bien pu être un enfant volé.

– Cela n'avait rien à voir avec ça ! », lança-t-il avec de la colère dans la voix. « Elle m'a expliqué qu'elle travaillait pour une agence d'adoption privée. Il y en avait beaucoup à cette époque, et nous nous étions inscrits dans presque toutes, et dans le public aussi. Ce n'était pas évident de s'y retrouver. Elle a dit qu'ils avaient un orphelin et qu'il avait besoin d'un foyer.

Ils pensaient que nous convenions parfaitement. Je sais que cela ne paraît pas très sérieux, mais sur le moment cela m'a semblé correct – et nous étions plutôt désespérés, rappelle-toi. Nous avions subi beaucoup de refus à cause du cœur de ta mère. » Il bâilla sans retenue. « Il faut que je fasse un somme. »

Nigel avait encore des centaines de questions, mais cela pouvait attendre. Grâce à son activité, il connaissait suffisamment les processus d'adoption pour savoir que s'il existait un registre qui remontait jusque dans les années 1920, il y avait d'autres organisations qui s'occupaient de ces questions, ainsi qu'une « scène » naissante, non officielle, liée à diverses églises et congrégations religieuses. « Te souviens-tu du nom de l'agence qu'elle représentait ?

– Désolé », fit son père en bâillant une fois encore. « Le monde était différent de celui de maintenant. On croyait les gens sur parole. Il n'y avait pas d'Internet pour se renseigner sur les personnes et les sociétés. Si nous avions posé trop de questions, peut-être que nous ne t'aurions jamais eu. Je ne vais certainement pas m'excuser pour ça. »

Nigel sourit. Il n'avait rien à redire. Son éducation n'avait pas été parfaite et il n'avait eu de cesse de fuir sa situation étouffante d'enfant unique coincé dans une ville morne et grise, mais il avait connu l'amour, la stabilité et le confort ce qui, au bout du compte, est tout ce dont un enfant a besoin. « Pourquoi ne vas-tu pas t'allonger ?

– J'en ai bien besoin », répondit son père. « Merci d'être venu. Cela veut dire que tu ne seras pas là ce week-end ?

– Probablement pas. Mais je viendrai dans une semaine, samedi. »

Son père posa une main sur son épaule. « Bien. Je m'en réjouis. Bon retour. »

Il s'éloigna péniblement vers la porte. Nigel le regarda partir, espérant que l'amélioration de son état allait perdurer. Il secoua la tête. Remettre en cause le processus qui lui avait donné deux parents aimants était à la limite de la grossièreté.

Mais il avait encore tant de questions qui restaient sans réponses.

21

Le jeune homme en costume qui se trouvait dans la salle d'interrogatoire de Kensington était l'exact opposé de Max Craven. Si l'assassin de Kelly Thurston affichait un visage aimable et résigné, aussi inexpressif qu'un bloc de pierre, celui-ci avait une tête de bête traquée et l'expression de quelqu'un qui se sait empêtré dans de gros ennuis mais qui essaie encore de composer avec l'univers de douleur dans lequel il vient d'être projeté. Il n'avait fallu que peu de temps pour que l'enquête interne du ministère de l'Intérieur parvienne à une conclusion. Il n'y avait après tout que peu de personnes au courant de l'existence de la liste et le nombre de ceux qui y avaient accès était encore plus restreint. Après une ou deux secousses, le coupable était tombé de l'arbre comme un fruit mûr. Le jeune homme assis face à Foster, flanqué de son avocat, s'appelait Martin Clements, un fonctionnaire encore frais, approchant la trentaine, qui n'avait été affecté au ministère que quelques mois plus tôt.

Ce n'était pas son premier interrogatoire. Une équipe interne l'avait déjà cuisiné. Et ce ne serait pas son dernier. La police était impatiente de le questionner sur d'éventuelles violations de l'Official Secrets Act, ce qui pouvait aboutir à une longue peine de prison. En comparaison, se faire secouer les puces par Foster serait une partie de plaisir. Il n'y avait pas d'inculpation à la clé, Foster voulait juste des informations pouvant le mener aux assassins de Dibb et Schofield et l'aider à comprendre comment Max Craven avait obtenu l'information dont il avait besoin pour retrouver et abattre Kelly Thurston. Ils n'avaient pas réussi à mettre la main sur son ordinateur et il ne leur avait pas fourni plus de renseignements au sujet du site Web sur lequel il l'avait achetée.

Tout cela faisait que Foster n'était pas d'humeur très charitable. Le tueur courait dans la nature, des gens étaient en danger et une opération majeure avait été lancée, à grands frais, pour renommer et déménager un groupe de personnes considérées comme sérieusement menacées. Sans compter le trouble et la peur causés à des innocents comme Barnes, qui savaient à présent qu'ils n'étaient plus en sécurité. Tout cela à cause de ce jeune imbécile.

Devant lui était posée la déposition que Clements avait faite lors de l'enquête interne. À ce point succincte qu'elle en était inutile. Clements avait copié l'information sur une carte mémoire qu'il avait emportée avec lui et il l'avait perdue.

« Je vais vous demander les choses simplement », attaqua Foster. « Comment la liste s'est-elle retrouvée sur une carte mémoire ?

– Mon client l'a déjà expliqué dans sa déposition. » L'avocat était l'habituel marchand de soupe mielleux et fourbe, rémunéré mille livres de l'heure, que Foster avait croisé tout au long de sa carrière.

« Pour l'instant, votre client ne m'a fait aucune déclaration, et il n'est accusé de rien. Tout ceci entre dans le cadre d'une enquête sur un meurtre, enquête que je dirige, et j'ai besoin d'aller droit au but. En conséquence, si vous pouviez vous contenter de conseiller votre client quand cela touche à la loi au lieu de me dire comment je dois faire mon travail, tout se passera bien. Après tout, vous n'avez pas vraiment de raison d'être ici. »

L'avocat pinça les lèvres et croisa les bras. « Mon client m'a demandé d'assister à l'entrevue, ainsi que ses employeurs.

– Et donc, vous représentez qui ? Le ministère de l'Intérieur ou Martin Clements ? »

Clements suait sur sa chaise, explorant la pièce du regard tout en évitant de poser les yeux sur Foster. Il avait une coupe à la mode, ébouriffée, mal peignée, en tout cas savamment travaillée pour en avoir l'air. Il avait la mâchoire carrée et les yeux bleus. Plutôt séduisant. Il ne devait pas être stupide puisqu'il avait obtenu ce boulot. Il allait se faire virer de l'administration sans ménagement, mais s'il évitait la prison, et ils feraient tout pour – au moins pour s'épargner une mauvaise publicité – Foster supposait qu'il finirait par s'en tirer sans trop de dégâts.

La question de Foster avait clairement mis l'avocat mal à l'aise. « Les deux.

– Écoutez, voici comment nous allons procéder. Vous allez partir maintenant. Prévenez vos employeurs que j'ai demandé à voir Clements seul et qu'il a accepté. La raison étant que je pense que vous êtes là pour vous assurer qu'il ne dira rien de nature à les embarrasser et que je ne veux pas l'interroger avec vous au-dessus de son épaule. Alors, dégagez. » D'un geste, Foster désigna la porte. « Dites à vos employeurs que s'ils ont des réclamations à faire, ce dont je ne doute pas, ils peuvent les adresser à mon supérieur, le commissaire divisionnaire Harris. »

Tout en fusillant Foster d'un regard dédaigneux, l'avocat rassembla ses papiers. « Je vais accéder à la demande de l'inspecteur principal Foster », expliqua-t-il à Clements. « Mais ne vous croyez pas obligé de répondre à toutes ses questions et n'hésitez pas à mettre fin à l'entrevue si vous le souhaitez. »

Clements semblait partagé, à la fois soulagé et terrifié de perdre sa nounou. Foster se doutait que la déposition posée devant lui était montée de toutes pièces, élaborée pour sauver la mise à un maximum de gens. L'avocat sortit. Foster se cala contre le dossier de sa chaise, les doigts croisés derrière la tête. Anxieux, Clements passait sa langue sur ses lèvres sèches et persistait à faire de son mieux pour ne pas croiser le regard de Foster.

« Ne vous imaginez pas qu'ils vont vous protéger, Martin », dit Foster. « Pour l'instant, ils le font parce qu'ils ne veulent pas que cette histoire leur pète à la gueule. Mais vous êtes loin d'être indispensable. Le meilleur choix que vous ayez à faire, c'est de dire la vérité et d'en affronter les conséquences. Si vous mentez, ou que vous les couvrez, quoi qu'ils aient pu vous garantir, la vérité finira par éclater. Cette liste est quelque part, perdue dans le vaste monde. Le génie est sorti de la bouteille et il n'y retournera pas, et quand tout ce merdier va exploser au grand jour, ce qui est inévitable, il va y avoir des journalistes dans tous les coins et là, il leur faudra un bouc émissaire. Et quand ils vous désigneront, vous serez définitivement baisé. Ne vous laissez pas aveugler par je ne sais quelle loyauté mal placée. »

La presse n'avait pas encore fait le rapprochement entre les morts de Dibb et Schofield et celle de Kelly Thurston. Mais quand la nouvelle de la liste disparue sortirait... Et dans la mesure où les personnes au courant étaient soit des flics, soit des pontes du ministère de l'Intérieur, deux des catégories professionnelles les plus poreuses, ce n'était qu'une question de temps.

Il frappa la table du plat de la main. « Fin de la leçon. Où en étions-nous ? Ah, oui, ça me revient. Vous alliez m'expliquer comment la liste a pu se retrouver sur une carte mémoire alors qu'il est formellement interdit de la copier ou de la sortir des bureaux de quelque manière ou sous quelque forme que ce soit. »

Clements hochait la tête, la frange collée au front par la sueur. Il était effrayé, anéanti. « Il y a eu des demandes pour consulter des documents relatifs au programme de protection des témoins. Il y a un rapport en cours sur le sujet...

– Épargnez-moi le langage bureaucratique, Martin. Je ne suis ni un sous-secrétaire d'État ni un ponte. Vous avez un fort accent londonien – je doute que vous parliez boulot de cette manière avec vos collègues. Un membre du Congrès américain a dit un jour à propos de la Bible, "Si l'anglais courant convenait à Jésus-Christ, alors ça me convient aussi". »

Clements n'était pas d'humeur à plaisanter. « OK. Ils examinent la manière dont fonctionne le programme de protection des témoins. Il y a eu quelques problèmes récemment. Des gens qui ont bénéficié du programme, mais qui n'ont pas balancé grand-chose en échange. L'idée serait qu'une personne devrait satisfaire à certains critères avant de pouvoir profiter du programme.

– Vous voulez qu'ils balancent avant d'obtenir une nouvelle identité ? »

Clements fit une pause. « En gros, oui.

– On peut toujours rêver. Continuez.

– On m'a demandé de rédiger un rapport pour l'équipe d'audit. J'ai copié un paquet de fichiers. Le registre des nouvelles identités se trouve dans la même section du système. En faisant la copie, j'ai récupéré par accident des fichiers qui n'avaient rien à voir avec le sujet, et parmi eux les nouvelles identités.

– Vous les avez copiés sur quoi ?

– Une carte mémoire. »

Quel était le problème avec les fonctionnaires et les données sensibles ? s'interrogea-t-il. Il y a quarante ans, il s'agissait de mallettes et de dossiers oubliés dans les voitures. Puis ce furent les disquettes et les CD-Roms. Maintenant, les cartes mémoire. Les supports se miniaturisaient et devenaient plus faciles à perdre. S'ils étaient réellement perdus. Foster repensa aux cas où ces documents « perdus » avaient fini par atterrir dans les pages des journaux. Toutefois, en l'occurrence, le problème était autrement plus grave. Comme cela s'était avéré, des gens étaient prêts à tuer pour ces informations. Foster préférait croire qu'il s'agissait d'un véritable accident.

« On vous a autorisé à sortir des dossiers sur des gens bénéficiant du programme de protection des témoins ? C'est hallucinant. »

Clements se dandina sur sa chaise. « Je n'ai sorti aucune information concernant les personnes inscrites au programme, ni quelque liste que ce soit. Il s'agissait de dossiers relatifs aux procédures mises en place dans le cadre du programme de protection des témoins.

– Vous avez donc été suffisamment attentif à ne pas copier de fichiers pouvant mettre en danger des personnes sous protection, mais vous avez été assez distrait pour copier par inadvertance ce fichier contenant les nouvelles identités ? »

Clements se tortilla de plus belle. Foster se dit que cette histoire allait sans doute être plus facile à résoudre qu'il ne le pensait. Clements lui faisait penser à un jeune agent immobilier ; sûr de lui, de l'aplomb, mais un langage corporel qui trahissait le fait que ce qu'il racontait n'était que foutaises et mensonges.

« Je peux seulement vous dire que c'est parce que j'ai apporté le plus grand soin à ne pas copier les renseignements sur les témoins que je ne me suis pas rendu compte que j'avais copié la liste des nouvelles identités.

– Mmm. Passons. Quand est-ce arrivé ? »

Il s'éclaircit la gorge. « Il y a trois mois.

– Trois mois ! Seigneur, Martin. Et vous n'en avez parlé à personne avant l'enquête ?

– Je ne m'étais pas rendu compte que j'avais perdu la carte mémoire jusqu'à ce que j'entende parler de la liste disparue.

– Ouais, voyons un peu comment ça s'est passé, d'accord ? Vous emportez la carte mémoire chez vous. Est-ce qu'elle était toujours en votre possession quand vous êtes arrivé à votre domicile ?

– Oui. J'ai passé le week-end à travailler sur le rapport que j'ai rendu le lundi suivant.

– Et ensuite, qu'est-il advenu de la carte mémoire ?

– Honnêtement, je n'en sais rien.

– Honnêtement, vous n'en savez rien », répéta Foster. « Elle vous est sortie de la tête.

– Je suppose. J'avais l'intention d'en effacer le contenu et de la réutiliser. Je ne l'ai jamais fait.

– Vous l'avez emportée hors de chez vous ?

– Non.

– Un cambriolage ?

– Pas que je sache. »

Du bout des doigts, Foster poussa vers Clements un bloc et un stylo qui se trouvaient sur la table. « Bien. Je veux que vous me fassiez une liste de toutes les personnes qui sont entrées chez vous ou se sont approchées de votre domicile dans les trois derniers mois, avec leurs adresses et numéros de téléphone si possible. »

Clements le fixait, bouche bée.

« Quel est le problème ? Vous me dites que vous ne l'avez pas sortie de chez vous. Dans ce cas, la logique veut que quelqu'un l'ait volée dans votre appartement. Cela signifie que nous allons devoir parler à tous ceux qui sont passés vous rendre visite depuis le jour où vous avez embarqué la carte mémoire. Votre femme de ménage, vos amis, chaque fille à qui vous avez offert le café. J'imagine que vous vivez seul ? »

Il secoua la tête. « Non, je partage mon appartement avec un ami.

– Et voilà. Il va falloir qu'on aille le chercher.

– La. C'est une fille », murmura-t-il. Sa peau était devenue livide et il transpirait de plus en plus.

« Eh bien, elle sera notre suspect numéro un. »

Clements prit le stylo. Ses mouvements étaient très lents, comme s'il avait été drogué. Juste avant de commencer à écrire, il se ravisa.

Foster passa à la vitesse supérieure. Il y avait un dossier posé devant lui contenant des photographies du corps calciné de Dibb. Il choisit la moins horrible – bien que cela soit relatif – et la jeta devant Clements. « Peut-être est-elle derrière ça ? »

Il fixa la photographie, stupéfait. Puis ses yeux firent la connexion avec son cerveau et il vomit. Foster alla jusqu'à la porte demander de l'aide avant d'ouvrir la fenêtre pour évacuer l'odeur. Clements continuait à se répandre. Foster lui servit un verre d'eau. Un policier en uniforme débarqua avec un rouleau de papier absorbant. Foster en détacha quelques feuilles qu'il tendit à Clements pour qu'il s'essuie le visage avant d'en balancer un lot sur la flaque au sol. Il posa le pied dessus pour accélérer l'absorption. Enfin, à son tour, il se servit un verre et rangea la photographie. Elle avait joué son rôle.

Clements avait les yeux injectés de sang et l'air d'une loque, mais il semblait se remettre. Foster lui accorda quelques secondes de répit. Puis, il parla. « Voyez-vous, Martin, la personne qui a récupéré cette liste est en train de faire des choses particulièrement ignobles. Et cela va continuer à moins que nous ne l'arrêtions. Pour l'instant, la seule piste valable dont nous disposons, c'est vous. Alors, nous pouvons continuer à faire joujou, suivre le fil de l'histoire que vous avez concoctée, avec ou sans l'aide de vos collègues, faire de votre vie un enfer et nous en prendre à toutes les personnes que vous connaissez. Cela va créer un bazar pas possible et, de toute façon, nous finirons par découvrir la vérité. Seulement, dans l'intervalle, votre vie aura été fichue en l'air et vous ne serez toujours pas tiré d'affaire. L'autre possibilité, c'est d'arrêter immédiatement les conneries et les bobards et que vous me disiez exactement ce qui est arrivé à cette liste pour éviter que d'autres personnes ne se fassent tuer. » Une fois sa tirade achevée, il se rassit.

Penché en avant, les bras posés sur les cuisses, Clements fixait le sol.

« Vous vous sentirez mieux. Je vous le garantis », ajouta Foster. « Ce ne sont pas des paroles en l'air. Dans mon boulot, j'ai vu des centaines de gens passer entre ces murs, essayer de se couvrir, raconter des histoires tirées par les cheveux. Ça les détruit. Nous finissons presque toujours par découvrir la vérité, et pendant ce temps-là, elles n'ont fait qu'accroître les dégâts. »

Le fonctionnaire gardait les yeux rivés par terre. Foster était à deux doigts de sortir le portrait du cadavre de Kelly Thurston quand, enfin, il parla. « OK », marmonna-t-il avant de relever la tête et d'inspirer goulûment. Il paraissait au bout du rouleau, brisé. Foster resta silencieux.

Clements se passa la main dans les cheveux, indifférent à sa coiffure élaborée. Ils se retrouvèrent rassemblés en une touffe, comme si un éclair l'avait traversé de part en part. « Peut-être que j'aurais besoin d'un avocat, maintenant.

– À vous de voir. Mais on peut d'abord en parler. Entre nous. Sans enregistrement. On passera à la déposition officielle plus tard, si nécessaire. Quelqu'un d'autre s'en occupera. Pour ma part, je veux juste de quoi démarrer pour pouvoir partir d'ici et arrêter un tueur. »

Clements réfléchit quelques instants. « Je l'ai rencontrée dans un pub.

– Qui ça ?

– Elle m'a dit s'appeler Lydia.

– Un nom de famille ?

– Non. Je ne pense pas que Lydia soit son véritable prénom, d'ailleurs. »

Super, pensa Foster. « Poursuivez.

– Elle m'a branché. On a bu des verres. J'avais déjà un peu picolé. » Il secoua la tête de dépit, un rictus sur les lèvres. « Elle était plutôt bien roulée. Il s'est passé ce qui se passe d'habitude, les gens avec qui j'étais sont partis, on est restés ensemble, on a changé d'endroit et puis on est allés chez moi. » Il rosit. « Elle est partie le lendemain matin.

– En emportant la carte mémoire ?

– Non. Pas ce jour-là. Il n'y avait pas encore de carte mémoire. Elle m'a laissé son adresse email. J'avais vraiment envie de la revoir. On avait passé un très bon moment. J'avais l'intention d'attendre quelques jours. C'est ce qu'on fait, vous voyez ? Pour ne pas avoir l'air trop accro. J'ai tenu une journée. Je lui ai proposé de la revoir. Elle m'a répondu en disant que ça la branchait.

– Vous avez encore cet email ?

– Oui. Je crois. Il faudra que je vérifie.

– Où vous êtes-vous retrouvés ?

– Dans le pub où on s'était rencontrés. Le Lamb and Flag, près de Covent Garden. À l'étage.

– Vous avez d'autres renseignements, un numéro de téléphone ?

– Non. On s'est revus le soir même. Même chose, beaucoup de verres, la tournée des bars et retour chez moi.

– Est-ce que cela allait au-delà de la boisson et du sexe ?

– Pour moi, oui. On a beaucoup discuté. Elle était magnifique, drôle aussi. Elle s'intéressait à mon boulot. Beaucoup. » Il regarda Foster, l'air honteux. « J'en ai un peu rajouté, comme on fait dans ces cas-là.

– Qu'est-ce qui l'intéressait ?

– Les tueurs de Kenny Chester. Leur véritable identité. Elle m'a dit qu'elle était journaliste et qu'ils faisaient des trucs vraiment pas nets. » Il recommença à agiter la tête. « Mon Dieu, comment ai-je pu être aussi con ? »

Foster ne releva pas. « Qu'avez-vous fait ce soir-là ?

– Eh bien, on a passé une autre super nuit. J'étais vraiment mordu.

– Vous lui avez fourni l'info ? »

Il hocha la tête. « J'ai copié la liste sur une carte mémoire. On s'est revus au bout de quelques soirs. J'avais l'intention de lui donner l'identité des tueurs de Chester. En réalité, je ne l'ai pas fait. En tout cas, c'est ce que je croyais. Je lui ai dit que j'avais l'info, mais chez moi. Je n'étais pas assez stupide pour la trimballer. »

Non, pensa Foster sèchement. C'était très sage.

« On est rentrés. On a fait l'amour. Elle est partie tôt le matin suivant. Elle n'était plus là quand je me suis réveillé. Elle m'avait laissé un mot. Je ne me suis pas rendu compte que la carte mémoire avait disparu. J'ai vraiment cru que je ne lui avais pas donné l'info puisque nous n'en avions pas parlé.

– Que disait le mot ? »

Une fois encore, Clements sembla embarrassé. « Merci pour le lit, le sexe et le reste. » Il rit jaune. « Maintenant, je pense savoir à quoi le “reste” faisait référence.

– Vous ne vous êtes pas aperçu de la disparition de la carte mémoire ?

– Non, j'en ai plein et elles sont toutes rangées en tas. C'est quand elle n'a plus répondu à mes emails que j'ai commencé à me douter de quelque chose et que j'ai vérifié. La carte n'était plus là. Je n'étais toutefois pas sûr qu'elle l'avait bel et bien prise. Et puis j'ai lu que les assassins de Chester avaient été retrouvés morts. Je me suis dit que c'était une coïncidence. Ou plutôt, je l'ai souhaité de toutes mes forces. Et puis, il y a eu l'enquête... » Sa voix s'évanouit.

« Elle a disparu après ce second rendez-vous ?

– C'était notre troisième nuit ensemble.

– Peu importe. Avez-vous de nouveau été en contact avec elle depuis ?

– Non. Au début, les emails sont restés sans réponse. Ensuite, j'ai commencé à recevoir des messages d'erreur, adresse inconnue. Elle avait supprimé son compte. » Un autre rire amer. « Je me suis fait avoir en beauté. »

Dans les grandes largeurs, pensa Foster. En dépit de son look boyband propre sur lui, Clements était un petit garçon immature manquant de bon sens. Foster se l'imagina adolescent, empoté, maladroit, ou un peu potelé, en surpoids, sans petites copines, un peu coincé. Et bien qu'il soit devenu plutôt beau gosse, il se voyait encore sous les traits de ce gamin faiblard et sans intérêt, émerveillé qu'une belle femme puisse s'intéresser à lui. C'était une proie facile. Elle l'avait bien choisi.

« Il va nous falloir une description détaillée. Savez-vous autre chose à son sujet en dehors de son nom, sa profession et cette adresse email ?

– Elle m'a dit qu'elle vivait à Manor Park.

– OK. Rien d'autre ? »

Il se gratta le crâne, l'air absent, visiblement gêné. « Pas vraiment...

– Des détails sur sa vie ? Sa famille, d'où elle vient, ses boulots précédents, ce genre de choses ? »

Clements ne voyait pas. Il sentit la déception de Foster. « Je sais que tout cela à l'air minable et sordide.

– Je n'ai pas dit ça.

– C'est pourtant le cas. Je veux juste dire que ce n'était pas comme ça. Ce n'était pas froid et mécanique. Ça collait entre nous. C'était ça le truc. Elle était chaleureuse, drôle, on s'est bien amusés. Je voulais vraiment, vraiment continuer à la voir. J'ai sincèrement pensé qu'il y avait quelque chose, pas seulement une attirance physique. Je n'arrive pas à croire qu'elle ait joué la comédie à ce point. » Il était perdu. Une expression sombre et troublée passa sur son visage, un paysage d'émotions. Ce n'était pas un grand dissimulateur. « Je n'ai pas imaginé une seconde qu'elle allait tuer quelqu'un. Si elle est capable de ça, elle doit pouvoir faire ce qu'elle veut d'un nigaud comme moi. »

Bien vu, pensa Foster. « Il va falloir que la police scientifique passe chez vous. Quand avez-vous changé vos draps pour la dernière fois ? Dites-moi que ça fait une éternité.

– Je les change toutes les deux semaines. »

Je réussis à tomber sur le seul hétérosexuel de vingt ans et quelques dans tout Londres qui est un maniaque de la propreté, se dit Foster. « Et le mot, vous l'avez encore ?

– Je ne sais pas. Il faut que je cherche.

– Ne vous gênez pas. Écoutez, je vais vous envoyer un dessinateur pour faire un portrait détaillé. Je veux que vous en fassiez la description la plus précise possible. Il se peut que nous n'ayons que cela au bout du compte. Je reviendrai quand vous aurez fini et vous pourrez partir.

– Vraiment ?

– Se faire berner par une femme n'est pas un crime, Martin. Si c'était le cas, on aurait tous fait de la prison. » Il marqua une pause. « Il va certainement y avoir des retombées, liées au fait que vous avez sorti cette information. Mais ce n'est pas de mon ressort. »

Foster laissa Clements avec le dessinateur, se servit un café et alla donner l'adresse email de « Lydia » aux experts informatiques au cas où ils trouveraient trace de quelque chose. Au bout d'une heure, il revint dans la salle d'interrogatoire et examina le portrait. Il en avait apporté un autre, celui réalisé d'après les souvenirs du barman du pub, scanné et envoyé des East Midlands. Des yeux bleus, des pommettes bien dessinées, des lèvres charnues, des cheveux blonds. Plutôt commun. Les yeux, en revanche, étaient plus rapprochés que la moyenne, et le front assez haut. Il s'agissait de la même femme.

Une fois le dessinateur parti, Foster commença à rassembler ses papiers.

« Il y a une chose », dit Clements.

– Oui ?

– J'ai pris sa photo. »

Foster manqua de lâcher ses dossiers sous l'effet de la surprise. « Pardon ?

– Avec mon portable. » Il avait les joues en feu. « C'était pendant la troisième nuit. Ou plutôt vers le matin. Elle était dans la salle de bains attenante à la chambre. Elle est sortie, j'avais le téléphone à la main alors je l'ai photographiée. J'ai trouvé ça amusant. Elle était d'humeur, euh, joueuse.

– Vous l'avez encore ?

– Oh non. Elle est devenue dingue. Elle m'a arraché le téléphone des mains et l'a effacée immédiatement en me disant de ne pas me comporter de façon aussi stupide. Je me suis dit qu'elle devait être plus prude et moins libérée qu'elle ne le paraissait. Maintenant, je comprends pourquoi elle voulait s'en débarrasser.

– Il me faut votre téléphone.

– C'est récupérable ?

– Je n'en sais rien. Mais on va essayer. »

22

Susan Navin Jones. Le nom était épinglé au-dessus du moniteur de Nigel. La femme qui avait contacté ses parents et leur avait proposé de l'adopter. La personne qui, plus que quiconque, était entièrement responsable du cours qu'avait emprunté sa vie. Pourquoi avait-elle choisi sa mère et son père adoptifs ? Connaissait-elle ses parents naturels ? Était-elle l'un d'eux ? Tant d'interrogations. Et il ne savait absolument rien d'elle en dehors de son nom. Heureusement, ce dernier était suffisamment particulier pour lui fournir un point de départ.

Il commença par une série de déductions logiques. Il avait été adopté en 1975. Cette femme ne devait pas avoir moins de vingt ans ni plus de soixante, ce qui signifiait qu'il recherchait quelqu'un portant ce nom et né entre 1915 et 1955. En examinant les registres, il ne trouva que deux candidates. C'était un début, l'opportunité de combler petit à petit son ignorance. Bien sûr, il se pouvait que Navin Jones soit son nom d'épouse. Il était même possible qu'il s'agisse des noms des deux époux accolés. Ça n'allait pas être évident à démêler, voire impossible. Il remit la question à plus tard.

Dans cette fourchette de dates, il estima qu'elle avait dû se marier entre 1933 et 1973. Il consulta les registres des mariages et nota toutes les unions avec des hommes portant le nom de Navin Jones. Il y en avait plus de soixante-dix. Pour chacun, il trouva le nom de jeune fille de l'épouse avant de recouper le tout pour déterminer le prénom de baptême de la mariée. Quand il arriva au bout, ses épaules le faisaient souffrir et ses yeux étaient fatigués d'avoir scruté tant de lignes, mais il avait trois profils concordants. Après une pause et une dose de caféine, il retraça le parcours des deux femmes nées Susan Navin Jones pour trouver un éventuel mariage. L'une d'elles était restée célibataire, l'autre s'était mariée. Il n'y avait aucun moyen de savoir si cette dernière avait pris le nom de son mari et il ne put donc pas l'éliminer de la liste.

Il avait à présent cinq candidates potentielles. En faisait-elle partie ?

L'étape suivante consistait à rassembler le maximum de renseignements autobiographiques glanés dans divers certificats de mariage et de décès. Il téléphona à son contact de l'état civil pour lui communiquer le résultat de ses recherches avant de supporter une attente qui lui paraissait toujours interminable pendant qu'il trouvait un créneau pour traiter sa demande. Fort heureusement, la journée devait être tranquille car une série de documents scannés atterrirent dans sa boîte de réception moins de deux heures plus tard.

En dépit de son expérience, qui lui avait appris que la vérité ne se faisait jour qu'après un travail long et pénible, il ouvrit la pièce jointe avec empressement, espérant que le détail significatif et crucial allait surgir des documents qui se décompressaient et s'affichaient devant lui. Malheureusement non. Les retours étaient intéressants, mais peu pertinents. Deux d'entre elles étaient des femmes au foyer. Pouvait-il les éliminer ? Foster avait bien dit que son cas relevait de la sûreté nationale. Il était raisonnable d'en déduire que la Susan Navin Jones qu'il recherchait devait, d'une manière ou d'une autre, être liée aux services secrets. Une femme au foyer pouvait-elle l'être ? Si c'était une couverture, elle était épaisse. Sans les évacuer complètement, il rétrograda ces deux femmes dans l'ordre de ses priorités. Une autre les rejoignit. Une Navin Jones qui avait vécu et était morte seulement quelques années plus tôt à Édimbourg. Son père ne lui avait rien dit au sujet d'un accent écossais. Nigel savait que les Édimbourgeois aisés avaient souvent un accent discret, aussi ne l'avait-il peut-être pas remarqué. Toujours est-il qu'il la mit de côté.

Cela le laissait avec deux Susan Navin Jones. L'une était celle restée célibataire, née en 1924, morte en 2005. Le certificat de décès indiquait qu'elle était secrétaire. Elle vivait dans le nord de Londres au moment de sa mort. L'autre candidate était une Susan Reardon, née en 1942, qui avait épousé Guy Navin Jones en 1969. Elle était toujours vivante. Son certificat de mariage mentionnait la profession d'avocat, comme son mari. Ces métiers étaient une bénédiction. Il n'aurait aucun mal à retracer la carrière juridique du couple. Peut-être était-elle l'avocate de ses parents et l'avaient-ils engagée, par testament ou de leur vivant, pour lui trouver un foyer au moment de son changement d'identité ? Le couple vivait à Bristol.

Internet l'informa que leur cabinet, dans lequel ils étaient associés avec deux autres partenaires, tournait encore. Le site Web du cabinet lui apprit que tous deux avaient pris leur retraite mais que leur fils y exerçait. C'était encourageant. Même s'il allait devoir élaborer son approche avec soin, il avait un endroit où se rendre, quelqu'un qui pourrait répondre à ses questions.

Ce n'était pas le cas pour Susan la vieille fille. Elle avait fini ses jours au Royal Free Hospital à Hampstead. Cause de l'admission : cancer du poumon. Aucun membre de sa famille n'avait assisté à la signature du certificat de décès. Nigel savait cependant que, parfois, un mort pouvait parler, parfois plus clairement et avec plus de concision que les vivants. Si elle était morte célibataire, ou qu'elle avait eu un compagnon sans l'épouser, il lui aurait alors été indispensable d'établir un testament. Les femmes âgées de Hampstead mouraient rarement sans le sou, surtout s'il n'y avait pas eu d'enfants pour les déposséder de leurs richesses. Son testament ne devait pas avoir été ouvert. Avant de s'intéresser à Bristol, Nigel choisit donc de s'occuper de Hampstead.

La journée était déjà bien avancée et il décida de prendre un taxi. Un choix judicieux car il n'arriva qu'une demi-heure avant la fermeture de la bibliothèque. Armé de la date du décès, il demanda les anciens numéros de la *Hampstead* et de la *Highgate Gazette* des semaines suivantes. Il y dénicha un avis annonçant que Susan Navin Jones serait enterrée au cimetière de Highgate le vendredi d'après. Contrairement aux usages, il n'était fait mention d'aucun membre de la famille, pas plus qu'elle n'était présentée comme la tante ou la sœur bien-aimée ou la parente de quiconque. Elle était morte solitaire.

Comme souvent, une image s'élaborait dans l'esprit de Nigel. Si celles-ci se révélaient fréquemment inexactes, elles étaient plus souvent encore en phase avec la vérité. Ici, il s'imaginait une vieille fille assez scolaire, qui avait été secrétaire ou bien l'assistante personnelle de quelqu'un d'important qui la payait suffisamment pour qu'elle puisse se permettre de vivre dans une petite maison située dans un des quartiers chics de Londres. Peut-être avait-elle aussi une petite fortune personnelle. Son père, officier dans l'armée, avait sans doute décroché un travail confortablement rémunéré après qu'il eut démissionné de ses fonctions – c'était une époque où les bonnes connexions entre anciens militaires pouvaient mener loin. Susan ne s'était pas mariée, même si elle avait peut-être croisé l'homme idéal – elle devait avoir quinze ou seize ans au début de la Seconde Guerre mondiale et une vingtaine d'années quand elle s'était achevée. Peut-être avait-il été victime du conflit et personne d'autre n'était entré dans sa vie ensuite. Les années passant, elle s'était progressivement habituée et avait fini par apprécier sa propre compagnie, ne souhaitant plus revenir sur la vie, certes légèrement triste et insatisfaisante, mais tout de même plaisante, qu'elle s'était créée.

Tout cela était un mélange de faits, de pressentiments – Londres était plus connecté avec le réseau de la sûreté nationale que Bristol – et d'intuition, mais Nigel sentait qu'il se rapprochait. Il avait l'impression de connaître cette femme, quand bien même cette idée était à la fois irréaliste et loufoque. Quand il émergea de la bibliothèque dans la fraîcheur du début de soirée pour s'engager dans les rues sinueuses et animées de Hampstead, il ne put refréner un frisson d'excitation.

La demeure qui avait autrefois appartenu à Susan Navin Jones, une petite maison dans une ruelle tranquille à l'écart d'une artère commerçante animée, semblait inhabitée. Nigel sonna à la porte de la maison d'à côté, mais les occupants n'étaient là que depuis un an et n'avaient aucun souvenir d'elle. Les autres habitations étaient vides. Il piétina quelques minutes, ne sachant s'il devait attendre que les gens commencent à rentrer du travail. Elle était morte huit ans plus tôt, une éternité dans ce quartier de Londres où le voisinage changeait fréquemment. Il devait tout de même y avoir une personne qui la connaissait, qui aurait vécu là et qui aurait pu lui dire ce qu'elle faisait, comment elle occupait son temps.

Il entendit des pas derrière lui. Il se retourna pour voir à qui ils appartenaient, prêt à poser ses questions sur la vieille dame. C'était un homme, proche de la soixantaine, supposa Nigel, remarquablement bien conservé, fin et élancé, avec une abondante chevelure grise et une paire de lunettes de marque. Il portait un manteau noir en laine et une paire de gants en cuir.

« Bonjour, Nigel », fit-il avec spontanéité. La voix était assurée, amicale, l'homme s'exprimait clairement.

Nigel resta interloqué. Il sentit la peur s'installer dans son estomac, le genre de sensation que l'on éprouve quand on entame la descente d'un grand huit. Heather l'avait mis en garde contre le fait de quitter son domicile à l'improviste. Qui était cet homme qui connaissait son nom ? Soudainement, ses fanfaronnades quant au fait qu'il ne voulait pas de protection et qu'il ferait la lumière sur son passé quel qu'en soit le prix, lui parurent creuses et stupides.

« Ne vous inquiétez pas. Vous n'avez rien à craindre de moi », le rassura l'inconnu.

Nigel jeta un coup d'œil vers la gauche. À moins de cinquante mètres se trouvait une rue passante. Il voyait les bus, illuminés et bondés, filer régulièrement, tandis que les passants arpentaient les trottoirs, tête baissée, pour rentrer chez eux. La ruelle était déserte, à part lui et cet étranger.

« Qui êtes-vous ? », demanda-t-il d'une voix mal assurée.

« Mon nom est Henry Mann. Nous ne nous sommes jamais rencontrés.

– Comment connaissez-vous mon nom ? »

L'homme regarda autour de lui. Nigel sentit son estomac faire un bond. Il était à deux doigts de déguerpir.

« Écoutez, il y a un pub à l'angle de la rue. Il y aura suffisamment de monde pour que vous vous sentiez en sécurité, mais pas trop non plus, comme cela, nous nous entendrons parler. Laissez-moi vous offrir un verre. »

Nigel resta immobile et silencieux. Ne jamais suivre des étrangers. Un conseil avisé dans bien des circonstances et qui s'avérait particulièrement pertinent quand votre nom venait d'être découvert sur une liste de personnes protégées dont la couverture était tombée en miettes et dont certaines avaient déjà été retrouvées mortes. « Vous ne m'avez pas dit comment vous connaissez mon nom. »

Henry Mann soupira. « Nous vous suivons depuis que nous savons que la liste où vous figurez a fuité. » Il lut de la surprise dans la réaction de Nigel. « Vous ne pensiez tout de même pas qu'on allait vous laisser ainsi, livré à tous les vents, exposé, non ? Vous pourriez être en danger. Nous savions que vous essayeriez de savoir pourquoi vous figurez sur cette liste quand on vous aurait appris la nouvelle. Nous vous tenons à l'œil depuis. »

Un discret, pensa Nigel. « Vous m'avez suivi à Carshall ? » Il se souvenait avoir balayé du regard le parking et la route derrière lui quand il était allé rendre visite à son père. Il n'avait vu personne. Il était sceptique.

« À la maison de retraite ? Oui. » Il y eut un silence. Une jeune femme remontait la ruelle. Elle sembla inquiète en voyant les deux hommes debout au milieu de la voie. Henry Mann lui adressa un sourire chaleureux qui la rassura. Nigel caressa l'idée de dire quelque chose, de lui demander d'aller chercher de l'aide. Mais, bizarrement, lui aussi se sentit soudain plus à l'aise. Ils la regardèrent entrer dans l'une des maisons.

« Allons boire un verre. On discutera. »

La curiosité de Nigel triompha de sa prudence. Le pub se trouvait dans une rue animée, le genre de lieu qui ne parvenait pas à se décider entre vendre simplement de l'alcool ou servir de la nourriture de sous-restaurant. Henry alla commander deux pintes. Nigel observait attentivement ce qu'il faisait avec son verre au cas où il y glisserait quelque chose pendant qu'ils s'installaient dans un coin presque désert. Des haut-parleurs diffusaient de la musique d'ambiance mais, heureusement, le volume était très faible.

Ils s'assirent face à face et restèrent silencieux. Henry but une gorgée de sa pinte et essuya avec sa lèvre inférieure la mousse qui s'était déposée sur sa lèvre supérieure. « La bière est bonne. »

Nigel but. En effet, elle était bonne, meilleure que ce à quoi il s'attendait. « Si vous “gardez un œil sur moi” », dit-il en dessinant des guillemets du bout des doigts, « pourquoi vous êtes-vous signalé à moi ? Je suis à ce point en danger ?

– Nous ne savons pas. Mais il y a un risque pour que ce soit le cas, et nous ne désirons pas le prendre. Toutefois, ce n'est pas pour cela que je suis venu vous parler.

– Oh. Pourquoi, alors ?

– Parce que nous suivons ce que vous faites. Et nous voulons vous dire que cela n'en vaut pas la peine. » Henry avait un port noble et calme, une voix apaisante. Nigel dut se concentrer pour écouter et analyser ses paroles car il était facile de se laisser emporter par le ton et la manière dont il s'exprimait.

« Qu'est-ce qui n'en vaut pas la peine ?

– Courir après votre passé de cette manière.

– Oh, vraiment. » Il sentit les vibrations de la colère le parcourir. « Et de quel droit me dites-vous cela ?

– Ça n'a pas d'importance.

– Ça en a pour moi.

– OK », dit Henry en buvant une autre gorgée, comme pour se donner une contenance. « La maison devant laquelle vous étiez appartenait à Susan Navin Jones. Je sais que vous êtes au courant. Elle et moi travaillions pour la même entreprise.

– Et de quelle entreprise s'agit-il ?

– Le MI5. »

Il ne fut pas surpris ; il suspectait que tout ceci avait un lien avec les services secrets. « Vous la connaissiez ?

– J'ai seulement entendu parler d'elle – le MI5 est vaste. Je sais qu'elle s'est occupée de planifier votre adoption. En revanche, c'est tout ce que je sais. »

Nigel cogitait. Il avait trop de question à poser. « Dans ce cas, que faites-vous là ? Je ne connais pas mon passé, vous non plus, Susan est morte. Vraiment, je ne vois pas.

– C'est ce que j'essaie de vous expliquer. Vous n'avez aucun moyen de découvrir quoi que ce soit sur votre passé. C'est un sujet hors limites, protégé, hors de vue, secret. Vous ne faites que dépenser votre énergie inutilement. Je comprends pourquoi vous voulez savoir. Qui ne le voudrait pas ? Particulièrement vous, Nigel, avec vos compétences. Mais vous ne trouverez jamais ce que vous cherchez. Vous finirez toujours dans une impasse.

– Je peux faire une demande dans le cadre du droit d'accès à l'information...

– Et on vous répondra que cette information est classée.

– Et vous pensez que ça m'arrêtera ? » La voix de Nigel était montée d'une octave. Il en avait assez de se faire sermonner. « Vous avez raison, c'est facile à dire pour vous. Vous ne portez pas toutes ces questions. Ce trou béant là où les autres gens ont une image solide d'eux-mêmes. Et votre arrivée dans le tableau ne fait qu'aggraver la chose. Il y a toujours des traces écrites, des documents. J'ai l'intention de les suivre. »

Henry hocha la tête, comme s'il acquiesçait. « Comme je l'ai dit, je comprends. Plus que vous ne semblez le penser. Mais il y a une chose que je sais : rien de bon ne sortira de tout ça si vous vous entêtez. Juste une immense frustration. Ce dont je peux vous assurer, c'est que vous serez protégé et que l'on prendra soin de vous. Vous n'aurez pas à vous cacher, à changer d'identité ou à abandonner la vie et la réussite que vous avez construites. Vous pouvez continuer à vivre comme avant. Vous devez continuer. Je sais que vous allez trouver cela aberrant mais, dans ce cas précis, le passé est un livre fermé. Il a disparu. Il ne peut pas être déterré. Pour une fois, pensez au futur. »

Nigel sentait son esprit tourbillonner pendant que Henry achevait son laïus. Il avait passé toute sa vie à s'interroger sur le passé, en privé et dans son travail. C'était devenu une seconde nature. « Et si je ne peux pas ? Vous cesserez de me protéger ? Est-ce une sorte de menace ? »

Henry leva les mains dans un geste d'apaisement. « Il n'en est rien. Nous garderons toujours un œil sur vous. Toutefois, si vous continuez à creuser, il y a une probabilité pour que vous vous retrouviez dans une position où vous serez en danger. Pourquoi prendre le risque ? Vous avez certainement des dossiers dans lesquels vous plonger. Des recherches, par ex... »

Le poing de Nigel frappa la table, stoppant net Henry dans son élan, surpris, comme d'autres dans le pub qui les observèrent avec curiosité. « Mais je n'ai rien ! Je ne peux pas rester les mains vides. Après tout ce temps, je suis sur le point de découvrir qui sont mes parents, ou tout au moins d'avoir une idée de qui ils ont été, et par conséquent qui je suis vraiment, et vous me demandez de laisser tomber ? Voici ce que je vous propose. Dites à vos amis du MI5 de me révéler qui étaient mes parents et ce qui leur est arrivé. Je ne veux même pas des noms complets. Simplement l'histoire. La vérité. »

Henry secoua négativement la tête. « Je ne peux pas faire ça, Nigel. J'aimerais, mais c'est hors...

– Dans ce cas, vous et vos petits copains d'espions des services secrets, vous pouvez aller vous faire foutre », cracha Nigel. Il se leva, attrapa son manteau et son écharpe et s'échappa dans la nuit de Hampstead.

23

Les techniciens de la police scientifique récupérèrent rapidement les images effacées du téléphone de Martin Clements. Parmi elles, figurait le cliché de l'énigmatique Lydia, photographiée par surprise à la sortie de la douche. Son étonnement était toutefois impossible à discerner car l'image était floue. On parvenait à distinguer qu'elle était blonde, les seins nus, mais elle avait bougé au moment où Clements avait appuyé sur le déclencheur. Il était impossible de discerner d'autres détails. L'image ne pouvait définitivement pas servir à l'identifier. Foster ne se laissa pas décourager et la fit envoyer dans un laboratoire où ils pourraient peut-être améliorer la netteté et la rendre utilisable.

Une chaîne d'événements se tissait dans son esprit, un récit aux contours nets émergeait de l'obscurité. Foster savait ce qu'il avait à faire. À commencer du côté de Cheryl Underwood qui avait été vue pour la dernière fois quittant avec fracas son appartement du nord-ouest de Londres après une dispute avec sa colocataire. Une recherche sur les listes électorales lui apprit qu'elle avait déménagé à une adresse dans Bermondsey, mais c'était une impasse : elle avait quitté les lieux plus d'un an auparavant. D'autres investigations permirent de découvrir qu'elle travaillait dans un cabinet d'avocats à Colliers Wood, où elle était spécialisée dans les transactions immobilières. Foster s'y rendit immédiatement. Tout au moins, aussi vite que le lui permit le trafic londonien. Englué au milieu de la crasse d'Elephant and Castle, Foster se rappela pourquoi il s'aventurait rarement dans les contrées sauvages et sales du sud de la Tamise.

Le cabinet se trouvait sur l'artère principale qui quittait Londres vers le sud, dans un bâtiment sans âme, au milieu d'un quartier délabré. Le genre d'endroit où les avocats se consacrent aux démunis et aux opprimés plutôt qu'à leur enrichissement personnel. Personne ne venait à Colliers Wood pour faire fortune. L'immeuble semblait avoir été construit avec du carton détrempé. Les bureaux se trouvaient en haut d'une série d'escaliers aux marches couvertes d'un tapis usé jusqu'à la trame. Le papier peint se décollait des murs et il flottait dans l'air le parfum plaisant, quoiqu'un peu âcre, du restaurant indien voisin.

Une réceptionniste au visage mangé par une paire de lunettes à monture épaisse était assise derrière un petit bureau. Elle lui sourit et ferma les yeux. Foster se présenta et demanda si Cheryl Underwood était disponible, tout en s'excusant de ne pas avoir pris rendez-vous. La jeune femme ne sembla pas surprise. La police devait passer de temps en temps, à la recherche d'un de leurs clients. Cheryl Underwood était en rendez-vous et la jeune fille lui proposa de s'asseoir pour patienter. Dix minutes plus tard, un Asiatique émergea d'un bureau, suivi d'une jeune femme, grande et mince. Cheryl Underwood se tourna vers lui et lui sourit. Elle n'était plus blonde, mais brune.

Elle l'invita à la suivre jusqu'à une salle de réunion qui longeait quelques postes de travail en open space. Il n'y avait qu'une seule personne assise à un bureau, un jeune homme, examinant une pile de dossiers et de papiers. Cheryl, avec un accent prononcé qui trahissait ses racines geordies, lui expliqua que les deux associés étaient au tribunal pendant qu'elle gardait la boutique. La pièce dans laquelle ils entrèrent était mal aérée, surchauffée et sentait la sueur froide. L'air gêné, elle alla ouvrir l'unique fenêtre de la pièce pendant que Foster s'installait à une grande table placée au centre. Elle s'assit face à lui et lui sourit.

« En quoi puis-je vous être utile ? C'est à propos de Jamal ? » Elle était maquillée légèrement, les cheveux attachés en arrière, avec des manières brusques, comme si elle essayait de masquer la beauté naturelle qui, malgré tout, émanait de sa personne.

« Non », répondit Foster en se demandant qui était Jamal et ce qu'il avait bien pu faire. « Cela vous concerne personnellement. »

Elle fit une grimace. « Que voulez-vous dire ?

– J'enquête sur les morts de Glen Dibb et de Craig Schofield. »

Elle resta muette, l'air de ne pas savoir de qui il s'agissait. « Et en quoi cela me concerne-t-il ? »

Foster s'avança sur sa chaise. « En fait, je n'en sais rien. »

Le brouhaha de la circulation emplissait la pièce. Il entendit au loin le mugissement de la sirène d'une ambulance.

« Dans ce cas, pourquoi avez-vous pris la peine de venir me voir ? » Il la sentait sur la défensive.

« J'étais à Mackington la semaine dernière. » Il marqua une pause. « J'ai rencontré votre mère. »

Il lui sembla voir ses lèvres trembler, mais il n'en était pas sûr. Elle commença à croiser et décroiser les doigts. Il remarqua qu'elle se rongeait les ongles. Elle jeta un coup d'œil en direction de la fenêtre. « Inspecteur, je ne vois vraiment pas...

– Elle m'a parlé de Ben. »

Elle se tourna vers lui, à nouveau muette, le regard dur comme la pierre.

« J'ai travaillé sur l'affaire à l'époque », poursuivit-il. « Vous ne le savez peut-être pas, mais votre mère nous avait envoyé une lettre. Vers la fin de l'enquête. Elle s'inquiétait pour lui, en raison de son comportement, depuis que Kenny Chester avait été tué. »

Elle continuait à le fixer du même regard ferme. « Et qu'avez-vous fait après l'avoir reçue ? », demanda-t-elle d'une voix neutre, dénuée d'émotion.

« Nous n'avons rien fait. À ma grande honte. » À nouveau le silence, rompu par le bruit de la rue. Il comprit qu'elle ne lâcherait rien de son propre chef. « J'en suis désolé.

– Bon, eh bien, vous vous êtes excusé. Maintenant, si cela ne vous embête pas...

– Est-ce qu'il y était, Cheryl ?

– Qui ?

– Ben. Était-il sur place ? Avec eux ? »

Elle baissa les yeux sur ses mains, les triturant de plus belle. Un courant d'air froid circulait dans la pièce. Il se demanda s'il devait fermer la fenêtre ou si cela risquait de la perturber, de lui faire penser qu'il contrôlait la situation, alors qu'il voulait qu'elle reste persuadée que c'était elle qui menait la discussion. Pour l'instant.

« Non », dit-elle simplement. Foster se dit qu'elle avait répondu à la première question. Comme si elle avait deviné ses pensées, elle se leva et, sans un mot, alla fermer la fenêtre. Elle lissa sa jupe avant de se rasseoir.

« Dans ce cas, pourquoi a-t-il été autant perturbé par cette histoire ? »

Elle soupira. Pendant une seconde, il crut que sa carapace allait se rompre mais elle se reprit. « Cela nous a tous perturbés », dit-elle en se redressant.

« Nous ?

– Tout le village. »

Foster n'en croyait pas un mot mais il ne voulait pas brusquer les choses.

« Je le sais. Moi aussi, j'ai été secoué. Mais, autant que je sache, votre mère a été la seule personne à nous écrire pour nous faire part de ses inquiétudes. Aucune autre mère ne l'a fait. Et elle a écrit à la police. Pas aux services sociaux, ou à l'école, ni à quiconque pouvant l'aider ou la conseiller. La police. Pour moi, cela veut dire qu'il y avait quelque chose de plus grave. »

Il l'observa. Son visage restait imperturbable, ne laissant rien paraître. « J'aurais dû contacter votre mère il y a des années de cela. Elle m'a parlé de Ben, de la façon dont il avait changé. D'une manière ou d'une autre, il était impliqué, c'est la seule déduction possible. »

Ses narines se dilatèrent et l'espace d'une seconde ses yeux étincelèrent de colère. « C'est faux !

– Qu'en savez-vous, Cheryl ? Il l'a peut-être gardé pour lui.

– Nous n'avions aucun secret l'un pour l'autre !

– Certes, mais qu'en savez-vous ? Il était sans doute si honteux...

– J'y étais ! », siffla-t-elle.

« Vous y étiez ? », répéta-t-il. « Sur les lieux ? »

Elle hocha la tête, les yeux embués de larmes. Ses mains tremblaient.

« Avec les garçons ? »

Elle secoua négativement la tête tout en essuyant une larme sur sa joue. « Non », laissa-t-elle échapper d'une voix rauque.

« Vous passiez par là ?

– Non », insista-t-elle, agacée par sa lenteur à comprendre. « J'étais avec lui. »

Le dernier mot était chargé de venin et de mépris.

« Kenny Chester ? » Son esprit s'emballa, ses certitudes de plus de vingt ans s'effritaient, emportées dans le néant.

« Oui, lui. »

Il passa rapidement en revue les circonstances dans lesquelles Cheryl Underwood aurait pu se retrouver sous la responsabilité de Kenny Chester. Il n'en trouva aucune. « Pourquoi ? »

Elle essuya ses larmes. Ses yeux brûlaient de haine et de défi. Le téléphone posé sur la table se mit à sonner. Elle décrocha. « J'ai besoin d'encore cinq minutes, Eunice », expliqua-t-elle calmement.

Cinq minutes ? Il allait lui en falloir bien plus pour démêler cette histoire.

« Je n'étais pas à l'école ce jour-là. J'étais malade.

– Je ne comprends pas ce que vous faisiez avec Kenny Chester.

– C'était un ami de mon grand-père. Ils avaient trimé ensemble à la mine. Comme ma mère travaillait, nous passions beaucoup de temps chez lui, Ben et moi. Mon grand-père avait une sale angine de poitrine. La poussière de charbon. Kenny Chester était en meilleure forme. Chaque jour, il faisait une promenade et passait voir mon grand-père. Quelquefois, nous étions là, après l'école. Moi en tout cas, parce que Ben jouait dehors. » Elle cligna des paupières pour refouler quelques larmes et ses mains se remirent à trembler. « Kenny proposait de m'emmener faire une balade. Mon grand-père ne pouvait pas, lui. Il était à bout de souffle rien qu'en montant les escaliers. Nous allions jusqu'au Dean. » Elle secoua lentement la tête. « Mon grand-père disait que c'était l'homme le plus digne qu'il ait jamais rencontré. Il lui avait sauvé la vie. Je l'ai cru. Qui aurait pu songer qu'il ne l'était pas ? Qui aurait cru une petite fille de six ans ? »

Ce n'est qu'à cet instant, en voyant les larmes ruisseler sur son visage, que Foster réalisa ce qu'elle était en train de raconter. « Vous voulez dire… qu'il abusait de vous ? »

Elle se mordit la lèvre et hocha doucement la tête.

« Combien de fois ?

– Plus que je ne pourrais le dire.

– Au Dean ?

– Toujours. Il n'aurait jamais fait ça trop près de chez mon grand-père. On allait se promener à chaque fois. Je le suivais. Je n'osais pas dire non.

– Ce jour-là, le jour où il… », sa voix s'évanouit.

– J'étais malade et chez mon grand-père parce que ma mère n'avait pas pu se libérer au travail. Il est passé. Il a dit qu'il faudrait que je sorte parce que la journée était magnifique. Mon grand-père était d'accord. J'ai dit que je ne me sentais pas d'aplomb et il a répondu que ça me ferait du bien. Je ne savais pas comment y échapper. On est partis, lui me tenant la main. Il avait les mains chaudes et moites. J'étais si effrayé que ma gorge se serrait, se desséchait. Je ne prononçais pas un mot. Il parlait du temps qu'il faisait, toutes sortes de trucs, et je traînais des pieds à côté de lui, comme s'il me conduisait à la potence. Nous sommes arrivés à l'orée du Dean et nous nous sommes dirigés vers la clairière. En général, c'était là qu'il faisait son affaire. » Elle inspira goulûment. « J'ai eu un déclic. J'ai couru. Il était vieux alors je l'ai distancé facilement. Il m'a crié quelque chose, mais j'ai continué à courir. J'avais tellement peur... Seigneur, si seulement je ne m'étais pas arrêtée.

– Pourquoi avez-vous cessé de fuir ?

– J'ai vu les deux garçons qui jouaient. J'ai pensé qu'ils pourraient m'aider. J'ai regardé en arrière mais je ne l'ai pas vu. Pendant une seconde, j'ai cru qu'il était rentré chez lui. Je suis allée vers eux. Je pleurais, je balbutiais. L'un d'eux, Dibb, a dit : "Tu es la sœur de Ben, non ?" J'ai répondu que oui. Je lui ai raconté, tout au moins, j'ai essayé. Je ne me souviens pas de ce que j'ai dit. Je ne pense pas qu'ils aient compris, mais ils ont vu à quel point j'étais terrifiée. Je me suis retournée et j'ai vu Kenny arriver. Dibb est parti à la recherche d'un bâton et l'autre est resté avec moi, à le regarder arriver sur nous. »

L'instant auquel Schofield avait fait allusion pendant son interrogatoire, songea Foster.

« Kenny était hors de lui, probablement parce qu'il n'allait pas pouvoir profiter de moi. Dibb est revenu. Kenny s'en est pris à eux, il les a menacés de tout dire au directeur de l'école, il leur a crié de dégager. Ils lui ont répondu. Il s'est avancé vers eux en levant sa canne, et ils riaient et ils continuaient à se moquer de lui. Je n'ai pas pu m'en empêcher. J'ai crié : "C'est un dégoûtant. Il va nous tripoter !" Il s'est arrêté net et nous a regardés comme s'il allait nous tuer. Les deux autres se sont mis à rire en chantant "Dégoûtant, dégoûtant". Il est devenu cramoisi. J'ai cru qu'il allait tomber dans les pommes. Mais il a repris sa canne et il a commencé à me frapper. Ils lui sont tombés dessus. Ils ont commencé à le battre de toutes leurs forces. Il s'est effondré. Je leur ai dit d'arrêter. Ils ne m'ont pas écoutée. Ils sont allés chercher des pierres, d'autres trucs. Je pleurais. J'avais peur. J'ai fait demi-tour et je me suis enfuie. J'ai couru jusque chez mon grand-père. Il était endormi sur le canapé. »

Un silence profond s'installa quand elle cessa de parler. Même la circulation au-delà de la fenêtre s'était tue, comme stupéfaite. Foster la laissa poursuivre.

« Comme vous le voyez, je n'ai aucune raison d'avoir tué ces garçons. Je devrais plutôt les remercier. Ce qu'ils lui ont fait était mal, mais ils m'ont protégée. Ils l'ont empêché de m'infliger ce qu'il m'avait fait subir un nombre incalculable de fois.

– Mais, votre frère, la lettre de votre mère...

– Ben est la seule personne à qui j'ai raconté ce qui s'était passé », expliqua-t-elle en agitant la tête. « Chaque jour qui passe je souhaiterais ne pas l'avoir fait. Mais je lui ai raconté. Les abus, Glen et Dibb. Je lui ai fait jurer le secret. Je pense que c'est la colère et la culpabilité de n'avoir pas pu ou su me protéger. » Elle écarta les bras. « Qui sait ? Il était déjà mal dans sa peau. Peut-être aurait-il fini de la même façon sans cela.

– Personne ne vous a parlé, ou vue avec Chester ? »

Elle fit non de la tête. « Je me suis assise et j'ai attendu. Les jours suivants, je me disais que quelqu'un allait venir me voir, que les garçons avaient dû parler. Mais ils n'ont rien dit. C'était une véritable torture. Tout le monde pleurait Kenny Chester et je savais que c'était un monstre. C'est pour ça que j'ai tout raconté à Ben. Il fallait que ça sorte.

– Pourquoi pas à votre mère ? Ou votre grand-père ?

– J'avais six ans. J'étais terrorisée. Kenny Chester était un héros. » Elle se tut. Foster réfléchit. Insister risquait de s'avérer contre-productif. Si son récit était vrai, le fait qu'elle soit devenue aussi sûre d'elle, presque indemne, tout au moins en apparence, était remarquable. Était-ce bien raisonnable de lui demander de replonger dans le passé ? Elle avait cependant le désir de parler et sa curiosité croissante, mêlée à une certaine colère, emporta sa décision.

« Beaucoup d'entre nous ont cru à cette histoire », murmura-t-il. Il avait toujours eu le pressentiment qu'il y avait quelqu'un d'autre sur les lieux, un témoin, mais il n'aurait jamais imaginé une chose pareille.

« Je me suis sentie honteuse, aussi », ajouta-t-elle d'une petite voix. « Coupable. Si je n'avais pas été là, si je n'avais pas dit ce que j'ai dit, tout cela ne serait peut-être jamais arrivé. »

Mais Chester aurait continué à abuser d'elle, pensa-t-il.

« À plusieurs reprises, j'ai failli parler. Particulièrement pendant le procès, avec tous ces articles dans la presse. Mais j'avais trop peur. Ça a dévoré Ben de l'intérieur cette histoire. Moi, j'ai appris à vivre avec, à le supporter.

– À part Ben, vous n'en avez jamais parlé à quelqu'un ?

– J'ai suivi une thérapie. J'ai travaillé sur l'abus, essayé au moins, mais pas sur les circonstances. Ça, je ne l'ai jamais dit à personne. »

Il y eut un autre silence pendant lequel Foster sentit monter en lui un sentiment d'injustice mêlé d'inquiétude.

« Il y a une chose que je n'ai jamais comprise », reprit-elle, en le regardant droit dans les yeux pour la première fois depuis plusieurs minutes. « Les deux garçons, pourquoi n'ont-ils jamais rien dit ? J'ai vu les reportages. Ça n'est jamais sorti. Rien.

– Je pense que quelqu'un a fait en sorte que cela n'arrive pas. »

Foster savait pourquoi. Il connaissait aussi le responsable.

« Les dégâts que ça a causés », souffla-t-elle en secouant la tête.

Foster opina du chef. Le téléphone se réveilla. « Il faut vraiment que je me remette au travail. Les clients...

– Je comprends. Merci de m'avoir reçu. Et, même si je sais que ça ne pèse pas lourd après tout ce temps, je suis sincèrement désolé. »

Elle haussa les épaules. « Il n'y a pas grand-chose que nous pouvons faire à présent pour arranger la situation, n'est-ce pas ?

– Peut-être. » Il sentit son portable vibrer dans sa poche. « Cela ne vous dérange pas que je réponde ici ?

– Prenez votre temps. »

Il sourit en la regardant quitter la pièce puis consulta l'écran de son téléphone.

C'était Harry Stokes.

24

La pluie semblait vouloir perforer le pare-brise de la voiture de Foster, en route vers le nord. Il repassait dans son esprit les paroles de Cheryl Underwood, et les images de cette splendide journée d'été d'il y a vingt-deux ans qu'elles avaient fait surgir. La fatigue lui tomba dessus quand il quitta la M1 pour continuer sur la Great North Road, mais il poursuivit sa route, décidé à atteindre sa destination en fin d'après-midi. Il n'était plus question de perdre une seconde. Vingt-deux ans de gâchis. Des vies brisées à jamais. Et pourtant, la vérité n'avait jamais éclaté. Voilà ce qui se passe quand on enfouit le passé. Il était temps de le ramener à la lumière.

Il s'arrêta d'abord à Ashington, au bureau des archives du comté. Nigel Barnes lui avait expliqué où chercher. Il demanda le registre des employés de la mine de Mackington. Il y trouva la confirmation de ce qu'il savait déjà, après quoi il prit la direction de la côte.

Le portail de la propriété de Jackie Corrigan était fermé. Il s'y attendait. Il sonna à l'interphone qui resta silencieux. Il vit des lumières dans la maison, mais elles pouvaient être commandées par un minuteur. Il sonna de nouveau. Toujours rien.

Il se caressa le crâne du plat de la main puis se pinça l'arête du nez pour s'éclaircir l'esprit, anesthésié par près de cinq heures de conduite, les yeux braqués sur un pare-brise noyé de pluie. Le vent frais l'y aida, mais dans quelques minutes, les bourrasques seraient plus pénibles que revigorantes.

Foster attrapa une feuille de papier au fond de sa poche. La photocopie d'un article, écrit deux ans après que Dibb et Schofield aient été condamnés, qui avait vaguement attiré son attention à l'époque. Mais il était passé à autre chose, désireux de laisser l'affaire et la ville derrière lui.

« L'oncle de Craig Schofield, l'enfant meurtrier, a été retrouvé mort hier, à quelques centaines de mètres de l'endroit où son neveu a sauvagement massacré un mineur à la retraite.

Le corps de David Schofield a été découvert dans une ruelle de Mackington. La police se refuse à toute déclaration sur les causes du décès, mais une source nous a déclaré qu'il avait certainement été renversé par une voiture.

M. Schofield, trente-deux ans, avait fait le choix de demeurer dans le village en dépit de ses liens avec le tueur, Craig Schofield, qui, avec la complicité de son camarade d'école Glen Dibb, avait battu à mort Kenny Chester, soixante-treize ans, en juillet 1992. Un crime qui a choqué toute l'Angleterre.

Ses amis expliquent que M. Schofield avait condamné les actes de son neveu et que personne n'en avait après lui. Ils ont également confirmé qu'il avait bu abondamment durant les heures qui ont précédé sa mort. »

Deux faisceaux lumineux apparurent au sommet du promontoire. Foster les regarda s'approcher, balayant le paysage. Ils plongèrent derrière un relief et il crut que le véhicule allait passer sans s'arrêter mais il entendit le régime du moteur

– onéreux et puissant – décélérer. Il reconnut la Bentley de Corrigan qui se dirigeait vers le portail.

Foster fit un pas en arrière. Il se retrouva pris dans les phares de la voiture pendant que le mécanisme d'ouverture automatique du portail se mettait en branle. Il vit Corrigan, penché sur le côté pour mieux voir qui était cet étranger planté devant chez lui. Foster pensa qu'il allait filer sans s'arrêter mais, après quelques mètres, la voiture s'immobilisa juste avant d'avoir complètement franchi le portail. La vitre côté passager s'abaissa avec un léger vrombissement.

« Monte », lui lança la voix familière à l'accent geordie sur un ton passablement irrité.

Foster jeta un coup d'œil en direction de sa voiture garée au milieu d'une bande d'herbe sur le bas-côté de la route. Pas le meilleur endroit pour la laisser mais, n'ayant pas vraiment d'autre choix, cela ferait l'affaire. Il parcourut les quelques mètres qui le séparaient de la voiture, ouvrit la portière et grimpa à l'intérieur. Il y faisait chaud et une odeur de cuir et de musc flottait dans l'air. Sans prononcer un mot, Corrigan le dévisagea brièvement avant d'enclencher la marche avant et de remonter l'allée de gravier.

Il se gara devant la maison. « Tu étais de sortie ? », lui demanda Foster.

Corrigan ne répondit pas. Il s'éloigna de la voiture et Foster le suivit jusqu'à la porte d'entrée. Il ne les avait pas remarquées la semaine précédente, mais il vit quatre caméras de surveillance disposées à l'extérieur du bâtiment. Corrigan déverrouilla la porte. L'alarme se déclencha aussitôt et il se dirigea vers un petit boîtier sur le clavier duquel il tapa un code pour la désactiver. Il portait un long manteau bleu en laine. Il le déboutonna, laissant apparaître un costume. « Il faut aussi que j'aille éteindre l'alarme de la porte de derrière.

– Tu ne plaisantes pas avec la sécurité », dit Foster.

« On ne se fait pas que des amis quand on est flic. Tu le sais. » Il disparut dans un petit couloir. « Suis-moi », lui lança-t-il. Foster lui emboîta le pas et se retrouva dans une immense cuisine-salle à manger. Au milieu du sol carrelé trônait une table massive en chêne. Un des côtés était occupé par des plans de travail auxquels faisaient face une série de portes coulissantes donnant sur un vaste jardin ou, en tout cas, c'est ce qu'il estima. Seuls quelques mètres de pelouse étaient éclairés par les lampes de sécurité, le reste était plongé dans le noir. Corrigan ouvrit un petit placard d'angle au bout de la cuisine et Foster l'entendit taper un autre code.

Il ouvrit ensuite un autre placard d'où il sortit une bouteille. « Un verre ?

– Non merci.

– Comme tu veux. » Il attrapa un petit verre à whisky, le posa sur le comptoir et le remplit à moitié. « J'étais à une soirée de la municipalité. Impossible de boire avec la voiture. » Il souleva le verre et but une généreuse gorgée. « Alors, qu'est-ce qui me vaut l'honneur de cette nouvelle visite ? Pas un mot en plus de vingt ans et, soudain, tu te pointes deux fois en à peine plus d'une semaine. »

Foster s'avança et posa les mains sur le haut dossier en bois d'une des chaises disposées autour de la table. Corrigan était mal à l'aise, il le sentait. Il le laissa mariner. Le mur à sa droite était couvert de photographies et de tableaux représentant des mineurs et des houillères, des images émouvantes d'une époque depuis longtemps révolue. Foster s'en approcha, les mains dans les poches. Corrigan ne le lâchait pas des yeux.

Il passa les images en revue. Des types aux visages crasseux, fiers malgré la saleté. Certains tenaient à peine debout, épuisés par leur journée de travail. En comparaison, lui et beaucoup d'autres avaient eu la vie facile. Ce travail était sale et dangereux, certainement l'un des plus difficiles. Risquer sa vie, se briser le dos dans des galeries étroites et sombres, parfois à des kilomètres sous le fond de la mer, dans le noir et le vacarme, tout cela avait disparu.

« Ton père travaillait au fond, non ? », demanda-t-il à Corrigan.

« Aye. » Foster l'entendit s'approcher, précédé par l'odeur de l'après-rasage et de l'alcool. « Il est là. »

Du doigt, il désigna un groupe d'hommes aux visages si noirs que leurs yeux et leurs dents semblaient fluorescents, comme la parodie minable d'un spectacle nègre. Tous souriaient. Le visage qu'il pointait appartenait à un homme de grande taille, avec un nez aquilin et une mâchoire carrée semblables aux siens.

« Il s'occupait de l'entretien du puits. Quand ils avaient fini d'exploiter une veine, mon père et ses hommes intervenaient pour la faire s'effondrer.

– Un boulot dangereux.

– Probablement le plus dangereux. Et ce n'est pas peu dire. Mais c'était un travail respectable. Il a donné le meilleur de lui-même au fond de cette mine, dans cet endroit étouffant, sombre et puant, sans jamais se plaindre, pour que nous ayons de quoi vivre. Parce que c'était un véritable travailleur. Il s'est sacrifié pour que nous ayons une vie meilleure et nous avons tous bien mieux vécu que lui. Ça l'a détruit ; son dos était foutu, ses tympans crevés, ses poumons remplis de poussière et de merde, mais je ne l'ai jamais entendu geindre.

C'était son boulot. Ce qu'il devait faire. Je lui suis éternellement reconnaissant, pour chaque seconde de misère qu'il a passée au fond. »

Foster se détourna du mur pour lui faire face. « Il était dans l'éboulement, n'est-ce pas ? » Corrigan ne répondit pas. « Ton père faisait partie des types que Chester a tirés de là. »

Corrigan soupira. « Kenny lui a sauvé la vie. Il leur a sauvé la vie à tous. » Il avala une gorgée de whisky, prenant quelques secondes pour en savourer le bouquet sur sa langue. « Ils étaient cinq là-dessous. Ils éboulaient la veine. Ils ont entendu un craquement, un grondement terrible. Ils savaient trop bien ce que cela signifiait. Tout le tunnel était en train de s'effondrer. Ils ont essayé de courir. Kenny était tout au bout. Il aurait pu se tirer facilement. Mais quand il a entendu le bruit de l'éboulement, il a fait demi-tour pour essayer de les rejoindre et il a été pris dedans. »

Foster resta muet. À la seule pensée d'être coincé si profondément sous terre, enterré vivant, une sueur froide lui couvrit la paume des mains. Pour ces hommes, c'était un risque qu'ils couraient chaque jour.

Jackie plissa les yeux, un peu d'humidité apparut à la lisière de ses paupières. « Kenny s'est retrouvé avec un bras cassé, dans le noir absolu, coincé par un tas de gravats, de rochers et de traverses de bois. Mais il a réussi à se dégager et il a commencé à creuser pour trouver les autres avec seulement la lampe de son casque pour se diriger – elle s'est éteinte au bout de quelques heures. Ça lui a pris une journée et une nuit, mais il les a tous sortis de là. Après, il les a soutenus pendant près de soixante-douze heures, à leur parler, chanter, raconter des souvenirs, tout ce qu'il pouvait, jusqu'à ce que les secours les rejoignent. Certains étaient vraiment amochés. Mon père avait une commotion cérébrale, un poumon perforé et il pouvait à peine respirer. Un autre type avait le dos brisé. » Il fit une pause. « Kenny n'a plus jamais payé une pinte de toute sa vie. Les hommes faisaient la queue pour lui offrir un verre.

– J'imagine », dit Foster. « Je parie que les gens étaient prêts à lui accorder toutes sortes de faveurs. Tu ne m'as pas raconté tout cela, à l'époque.

– Est-ce que ça avait un rapport ? », répliqua-t-il en haussant les épaules.

« Je ne sais pas. C'était le cas ? »

Corrigan le fixa froidement, les yeux mi-clos. Il but lentement et laissa le whisky rouler sur sa langue et dans sa bouche avant de l'avaler. Il s'était redressé, le torse bombé, la mâchoire en avant. « De quoi s'agit-il, Grant ? Tu as quelque chose à me dire ?

– Je sais qu'il y avait une fille sur les lieux du crime, Jack. »

Foster laissa sa phrase flotter dans les airs. Corrigan continuait à le dévisager, sans broncher. Son attitude de défi vira au mépris. Il secoua lentement la tête. « Tu ne laisseras jamais tomber, hein ?

– La vérité remonte à la surface par de drôles de biais, parfois.

– Et de quelle vérité parles-tu ?

– Que Kenny Chester abusait sexuellement d'une gamine. Qu'il s'apprêtait à recommencer quand il en a été empêché par Dibb et Schofield. Que si ces faits avaient été connus du juge ou du jury, l'affaire se serait peut-être terminée d'une façon totalement différente.

– C'est ton opinion. Il n'y avait aucune preuve de ces soi-disant abus sexuels. Ils étaient en promenade. Tout portait à croire qu'il s'agissait d'une attaque violente et gratuite sur un vieillard sans défense. Ou bien, est-ce normal que deux garçons s'en prennent de cette manière à un vieux bonhomme ?

– Pas de preuve ? Mais nous n'en avons jamais cherché. Et quant aux deux garçons, c'est toi qui as conduit leur premier interrogatoire. Ils n'ont jamais rien dit à propos de la fille. Est-ce qu'ils t'en ont parlé, Jackie ? Est-ce qu'ils te l'ont dit et que tu leur as dit de la fermer ? Ou bien, est-ce normal pour un policier expérimenté d'intimider de cette manière deux jeunes gars déjà terrifiés ?

– C'étaient des putains d'animaux », cria Corrigan, les joues virant au violet. « Ils n'en avaient rien à foutre de cette petite fille. S'ils avaient des accusations à formuler contre Kenny Chester, ils n'avaient qu'à le faire officiellement.

– Mais, nom de Dieu, ils avaient dix ans ! Et il les a attaqués avec sa canne. Sans défense, mon cul. Qu'est-ce que tu croyais qu'ils allaient faire ?

– S'enfuir. S'il était la moitié du monstre qu'ils prétendaient, c'est ce qu'ils auraient dû faire. Ils l'ont enterré vivant. Tu ne peux pas faire comme si cela n'était pas arrivé, Grant.

– Et toi ? Présenter cela comme s'il s'agissait d'un frêle vieillard qui s'était retrouvé au mauvais endroit au mauvais moment avant d'être tué par deux petits voyous sadiques ? Alors qu'en vérité, c'était un vieux pervers qui tourmentait et abusait régulièrement d'une petite fille terrorisée, et qui aurait recommencé si ces deux-là n'étaient pas intervenus. Ils sont allés trop loin, mais nous ne savons pas ce qu'il a pu dire ou faire. Le fait est qu'on les a privés d'une véritable défense, tout cela parce que tu avais décidé de sauver la réputation du copain de ton père. »

Corrigan frappa du poing sur la table. « Il lui a sauvé la vie ! J'avais huit ans, mon vieux. Tu sais ce que c'est, toi, de savoir que ton père est au boulot et qu'il risque de ne pas revenir à la maison ? La sirène qui se déclenche pour signaler l'accident, entendre la machinerie de la mine s'arrêter. Le silence était horrible. Ça te retournait l'estomac. À chaque fois, je pensais que c'était mon père. Et un jour, ça a été le cas. Il n'est pas sorti. Nous pensions qu'il était mort. Ma mère pleurait toutes les larmes de son corps. Ma petite sœur, l'air hébété, tournait en rond en demandant où était son papa. L'agonie de l'attente, tous rassemblés autour du puits. Les regards de pitié. Et le soulagement quand nous avons appris qu'ils étaient vivants. Que Kenny Chester les avait sauvés. Tu n'as aucune idée de ce que cela signifie.

– Cela ne lui donnait pas le droit de faire ce qu'il a fait à Cheryl Underwood. Et cela ne t'a jamais donné le droit de décider comment la loi devait s'appliquer. Ces gosses n'ont pas eu un procès équitable.

– Ouais, en tout cas, ils sont morts maintenant », dit-il froidement en vidant son verre. « Affaire classée.

– Oui. Ça tombe plutôt bien, non ?

– Qui sème le vent... » ajouta Corrigan avec un nouveau haussement d'épaules. Il regagna le plan de travail sur lequel il avait laissé sa bouteille de whisky et se servit un verre. « Tu connais le chemin de la sortie », conclut-il sans même lever les yeux.

Foster ne bougea pas.

« Tu sais que j'ai un bouton d'alarme ici. Si je le déclenche, une volée de voitures de patrouille va débarquer.

– Tu as beaucoup d'ennemis, Jackie.

– Un bon flic s'en fait toujours quelques-uns.

– Et un flic pourri s'en fait beaucoup. Tu te souviens de Harry Stokes ?

– Le journaliste ?

– Lui-même.

– Vaguement. Un fouille-merde de la presse à scandale ?

– Exactement. Bref, il m'a appelé aujourd'hui, juste avant que je prenne la route.

– C'est un ami à toi ? Bravo. »

Foster sourit. « Il m'a raconté que Dibb avait contacté la presse avant de mourir.

– Grand bien lui fasse.

– Apparemment, il avait très envie de parler du meurtre de Kenny Chester.

– Comme je te l'ai dit, tant mieux pour lui. » Les premiers signes de l'ivresse se manifestaient. Le regard brumeux et vague, les joues luisantes.

« Il disait vouloir balancer toute la vérité. »

Corrigan laissa échapper un rire plein d'amertume. « Ils ont dû adorer. Un tueur condamné qui veut vendre son histoire.

– Il ne voulait pas d'argent. Il était très clair à ce sujet. Il voulait aussi se montrer au grand jour, être photographié, révéler sa nouvelle identité et assumer les conséquences. C'est que, vois-tu, quelqu'un avait pris sa petite fille à la sortie de l'école et l'avait ramenée chez elle. Elle n'était pas rentrée d'elle-même. Elle avait été kidnappée. Il avait reçu l'appel d'une personne qui lui avait expliqué cela. Il était terrifié.

– Celui-là, il a toujours eu tendance à exagérer.

– La personne qui l'a contacté avait beaucoup d'ascendant sur lui. La capacité de lui foutre une trouille noire. Une telle trouille qu'il a été capable de se supprimer de la plus horrible des manières pour protéger sa famille. Tu le sais, son oncle avait été tué quelques heures après son arrestation. Et le responsable n'a jamais été retrouvé. Ça doit avoir un certain effet sur un gosse de dix ans. “Voilà ce qui arrive quand on ne file pas droit". Pareil pour Schofield quelques années plus tard, un de ses oncles a été découvert mort, renversé par une voiture. Là aussi, le coupable est resté introuvable. Allons, Jackie, Craig était prêt à cracher le morceau et tu ne voulais pas qu'il oublie l'ascendant que tu avais sur lui ?

– Je ne vois pas de quoi tu parles.

– Au contraire, Jackie. Peu de temps après la mort de l'oncle, ils ont été transférés dans des prisons neuves. De meilleures conditions d'incarcération. Je me rappelle le scandale. C'est toi qui as arrangé ça, aussi ? » Il se tut. Le visage de Corrigan était de plus en plus rouge. Son mentor, leur persécuteur. « Ils ont dû finir par croire que tu étais une espèce de dieu. Ou de démon, plutôt. Tu les terrifiais. Tu les as manipulés comme cela te chantait. Et quand tu sentais que la laisse devenait un peu lâche, tu tirais un bon coup dessus. Tu as appris que Dibb avait l'intention de te balancer et tu lui as flanqué une bonne frousse. Tu lui as fait craindre le pire en menaçant la personne qui lui est la plus chère au monde, sa fille. Puis, tu as décidé d'aller jusqu'au bout et d'user de l'emprise que tu avais sur lui pour le forcer à s'immoler. Qu'aurais-tu fait s'il avait refusé, Jackie ? Assassiné une petite fille ?

– Les journaux n'en ont pas parlé, non ? Tu délires complètement, Grant. »

Sa voix était de plus en plus traînante. « Non, Jackie, loin de là. Pour préserver la réputation d'un vieux pervers, tu as pris le contrôle, ruiné et détruit les vies de ces deux garçons. Puis, pour sauver la tienne, tu les as fait assassiner. »

Les yeux vitreux de Corrigan étaient fixés sur lui, mais il était difficile d'affirmer qu'il le voyait vraiment. « Et qu'est-ce que tu vas faire, Grant ? M'embarquer ? Il te faut plus que de vagues théories pour ça. »

Foster secoua la tête. « En effet, Jackie, je n'ai aucune preuve. Je n'en ai pas besoin. Je ne vais rien dire. Je ne suis pas stupide. Tu es en sécurité, protégé. Tu es entouré de lèche-bottes et de courtisans. Tu peux vivre avec ce que tu as fait pendant ce qu'il reste de ta pitoyable existence. En revanche je veux savoir qui tu as chargé d'assassiner Schofield. Qui était la fille ? »

Corrigan demeurait silencieux.

« C'est elle, la gouvernante dont tu m'as parlé ? Quel âge a-t-elle ?

– Tu es jaloux, Grant ?

– Tu la connais bien ?

– Suffisamment. Je connaissais son père. Son grand-père également. » Une expression lubrique, fugace, passa sur son visage. « Helen s'est avérée extrêmement utile. »

Helen Chester ? Pendant une poignée de secondes, Foster resta sans voix. Son père lui avait dit qu'elle avait coupé les ponts avec eux parce qu'ils étaient englués dans le passé. « Elle a été suffisamment reconnaissante pour en arriver à tuer pour toi ?

– Je ne te laisserai pas l'atteindre, Grant. Je m'occupe d'elle.

– De la même manière que tu t'es occupé de Dibb et de Schofield ?

– Aye. Je les aurais protégés s'ils avaient fermé leurs gueules. »

Il comprenait ce qui avait dû se passer lors des visites annuelles de Jackie. Il l'avait vu grandir. Il ne voulait pas penser à la première fois où il l'avait approchée. « Elle s'est débrouillée pour obtenir leurs nouvelles identités, c'est ça ? Tu ne veux pas que l'on puisse remonter jusqu'à toi. Mais tu savais ce qu'elle devait faire. Prêt à la laisser coucher avec quelqu'un d'autre pour arriver à tes fins.

– Je suis vieux, Grant. Il faut leur laisser un peu de mou à ces jeunettes. Je ne suis pas aveugle au point de ne pas savoir qu'elle a besoin de s'amuser de temps en temps. »

Tout cela est sordide, pensa Foster en secouant la tête. « Où est-elle ?

– Ailleurs. Je ne la contrôle pas.

– Non. Ça, tu peux en être sûr. »

Corrigan plissa le front. « Pourquoi dis-tu cela ?

– Parce qu'elle a perdu, ou vendu, ou donné la liste où se trouvent les noms. Pas seulement ceux de Dibb et Schofield, mais tous les autres. Et parmi eux, il y a beaucoup d'innocents. Maintenant, leurs identités sont compromises, leurs vies en danger, tout cela parce que la gamine qui te sert de petite amie a décidé de se faire un peu de fric. Cette liste est partout sur Internet.

Ses joues avaient perdu leurs couleurs. « Qu'est-ce que tu veux dire ? » Foster vit que Corrigan essayait d'estimer les conséquences de ce qu'il venait de lui révéler, où cela le laissait, lui et sa précieuse réputation. « Je ne sais pas...

– Il faut que je la trouve et il faut que je la trouve maintenant. Où est-elle ?

– Je n'en sais rien. » Sa voix était devenue atone, sans vigueur.

« Où est-elle ?

– Elle a un appartement à elle.

– Où ? »

Jackie ne répondit pas et avala une autre gorgée de whisky, la main tremblante.

« Elle doit repasser par ici ?

– Non, pas ce soir, non. » Sa voix n'était plus qu'un murmure. « Nous nous sommes disputés... »

Foster n'attendit pas la fin de la phrase et fit demi-tour pour partir, incapable de continuer à respirer le même air que ce personnage. Il franchit précipitamment la porte. Partir aussi vite que possible, loin de ce vieillard ignoble et corrompu.

En s'éloignant de la maison, il entendit le claquement d'un coup de feu résonner dans la nuit suivi d'un silence, puis le sifflement du vent dans les arbres et le crissement de ses pas sur le gravier.

Il ne se retourna pas.

25

Depuis sa conversation avortée avec Henry Mann, Nigel était resté assis, chez lui, à méditer sur ce qu'il avait appris. Il détestait les secrets d'État, quels qu'ils soient. Même le concept de protéger et d'archiver les documents officiels pendant cinquante ans, ce pour quoi il y avait souvent de bonnes raisons, le choquait. La vérité devait être accessible, croyait-il. Le public avait le droit de savoir. Et si les politiciens et les fonctionnaires avaient à l'esprit que leurs décisions, et leurs motifs, seraient immédiatement passées au crible, ils agiraient peut-être de façon plus honnête. Pour couronner le tout, il devait maintenant se faire à l'idée que son propre passé allait rester secret.

Comme Nigel n'avait suivi aucun de ses conseils, Heather avait décidé que, pour l'instant, il serait plus en sécurité chez elle. Il avait donc pour mission d'empaqueter les affaires qu'il souhaitait emporter puis de prendre un taxi dans la soirée pour la retrouver. Nigel avait protesté sans réelle conviction – l'appartement de Heather, situé à Maida Vale, était sans conteste plus agréable et mieux équipé que le sien – mais il était une créature d'habitudes et, loin de son petit confort, il se sentait mal à l'aise. Heather ne rentrait chez elle qu'à la fin de longues périodes de service. C'était pour cette raison qu'ils avaient fini par vivre chez lui. Mais il comprenait qu'elle avait raison et, qui sait, le changement de décor lui serait peut-être bénéfique.

Il avait rassemblé quelques vêtements – il en possédait peu – et bourré un cabas de livres, de dossiers et de disques pour finalement se rendre compte qu'il était intransportable. Il avait ôté quelques livres, ramassé son ordinateur portable préhistorique et ses accessoires, d'autres bricoles dont il pouvait avoir besoin, l'esprit occupé par l'énigme de Susan Navin Jones et la raison pour laquelle l'identité de ses parents était un secret d'État. Il avait réussi à dénicher d'anciennes copies du listing de la fonction publique, le Calendrier impérial britannique. Navin Jones s'y trouvait, employée à la Sécurité nationale. Cela ne fit qu'exciter sa curiosité. Ses parents étaient-ils des espions ? La piste documentaire ne le mènerait pas plus loin. Il n'y avait aucune trace de Navin Jones aux archives nationales et, bien qu'il ait soumis une demande dans le cadre de la loi pour la liberté de l'information, il savait qu'il était peu probable qu'elle soit acceptée.

Il continua à préparer ses bagages. Cela n'aurait dû lui prendre que quelques minutes, mais il ne cessait de penser à de nouvelles manières de traquer l'insaisissable madame Navin Jones. Non seulement il n'en trouvait aucune, mais plus il se creusait la tête, moins il était inspiré. Finalement, alors que le soir tombait, il abandonna, fit un dernier tour de sa tanière pour s'assurer de ne rien oublier et attrapa son manteau.

Il allait éteindre les lumières et sortir quand on sonna à l'interphone.

« Oui ? », dit-il après avoir décroché.

« Une livraison pour l'appartement numéro sept. » L'homme avait un accent, européen.

« J'allais sortir », expliqua Nigel en laissant tomber le cabas plein à craquer. Il pouvait retarder son départ de quelques secondes. « Laissez-le devant la porte. »

Tout en descendant les escaliers, Nigel essayait de se rappeler ce qu'il avait bien pu commander ces derniers temps. Il achetait régulièrement des livres et des logiciels de généalogie. Il en recevait aussi, gratuitement, envoyés par des éditeurs et des développeurs désireux de recueillir son avis. Toutefois, il ne se souvenait pas avoir acheté quoi que ce soit de particulièrement volumineux. Peut-être était-ce une commande passée par Heather ?

Arrivé à la moitié de la deuxième volée de marches, il entendit la porte de l'immeuble s'ouvrir et se refermer. Nigel se pencha au-dessus de la rampe. Il entendit le bruit des pas du livreur sur les marches en béton.

« La porte était ouverte », dit une voix. « C'est lourd, alors je vous le monte.

– OK. Besoin d'un coup de main ?

– Non, ça devrait aller. » Accent germanique à tous les coups, pensa Nigel.

Il remonta et ouvrit la porte de l'appartement en grand. Le livreur entamait la dernière série de marches menant chez lui. Il était grand, fin et sec, et plus âgé que ne l'aurait imaginé Nigel. Dans les cinquante-cinq ans, estima-t-il avec un pincement au cœur de n'avoir pas insisté pour l'aider. Cependant, même si l'homme le portait des deux bras, le colis ne lui parut pas très volumineux.

« Bonsoir », dit Nigel. « Laissez-moi vous... » Il avança vers lui, les bras tendus.

« Non », protesta l'homme, presque brutal. « Non », répéta-t-il, plus doucement. « C'est bon. C'est mon boulot. »

Nigel s'étonna qu'un quinquagénaire soit ainsi obligé de charrier des colis dans des escaliers pour gagner sa vie, mais il garda ses réflexions pour lui. Après tout, les temps étaient durs. L'homme était arrivé devant sa porte.

« Ne vous embêtez pas, déposez-le dans l'entrée », lança Nigel avec un sourire, tout en cherchant dans ses poches de pantalon de la monnaie pour un pourboire. Il ne le faisait habituellement pas, mais là, la prestation était très au-dessus de la moyenne. À Londres, les occupants des appartements étaient plutôt accoutumés à ce que les livreurs tournent les talons en hurlant à la vue d'un escalier. Ce gars avait risqué ses vertèbres sans se plaindre.

L'homme se plia en avant et, très lentement, déposa la boîte sur le sol avant de se redresser et de s'essuyer le front. Il avait des cheveux gris épais mais ses sourcils étaient encore très bruns et accentuaient son regard. Son teint était pâle et la peau de son visage était tendue comme celle d'un tambour. Ses yeux, quant à eux, pétillaient de vie.

« Vous voulez une signature ?

– Donnez-moi une seconde », dit le livreur. Il était vêtu d'un bleu. Nigel se demanda quel service de livraison utilisait ce genre d'uniforme. Cela ne lui disait rien. L'homme plongea la main dans une des grandes poches de sa tenue, sans doute pour en sortir un stylo, ou cette machine électronique qui faisait ressembler votre signature à un gribouillis de gamin de quatre ans hyperactif.

Au lieu de cela, il en sortit un pistolet.

Nigel passa bêtement quelques secondes à se demander ce que cela avait à voir avec la livraison. Puis, soudainement, son cœur se glaça.

« Tu devrais t'asseoir », dit l'homme, l'ombre d'un sourire aux lèvres. Ses yeux pétillaient de plaisir.

26

Helen Chester. Foster avait du mal à y croire. Comment donc cette union sordide et meurtrière avait-elle pu voir le jour ? Jackie Corrigan était beaucoup de choses, corrompu, arrogant, mais il ne l'aurait jamais imaginé en vieux cochon. Peut-être n'était-ce pas aussi glauque qu'il l'imaginait. Jackie, seul, fortuné, avec des relations, devait faire un papa gâteau convenable. Oublie ça, se dit-il. La pensée d'un homme flirtant avec une femme suffisamment jeune pour être sa fille, voire sa petite-fille, lui retournait l'estomac. C'était contre nature, inquiétant.

Il appela le bureau de Londres qui lui communiqua une adresse, à la périphérie de Morpeth. Son père lui avait dit qu'elle vivait en ville. Il s'agissait du sous-sol d'une maison victorienne qui avait été divisé en quatre appartements. Foster actionna la sonnette à plusieurs reprises, sans succès. Toutes les lumières étaient éteintes. Il allait devoir attendre.

Il s'apprêtait à rebrousser chemin quand il entendit une voiture s'immobiliser dans la rue au-dessus : un taxi. Il entendit une voix de femme et le claquement d'une portière puis, une silhouette apparut dans l'obscurité au sommet des marches de pierre. Elle s'arrêta net quand elle le vit devant la porte.

« Qui êtes-vous ? » La voix était douce, mais méfiante, avec un léger accent.

« Inspecteur principal Grant Foster », annonça-t-il.

« Bonjour, Monsieur Inspecteur ».

Foster refréna un sourire. C'était ainsi que Helen, encore petite fille, l'appelait pendant l'enquête. Elle avait six ans à l'époque.

« Vous vous souvenez de moi. »

Elle se glissa devant lui, laissant dans son sillage une odeur de parfum et de fumée de cigarette, et se posta devant la porte.

« Eh bien, c'était tout de même un moment crucial dans la vie d'une petite fille », dit-elle en introduisant sa clé dans la serrure.

Un spot s'alluma au-dessus de la porte et les enveloppa de sa lumière crue. Foster, en la voyant ainsi éclairée, se sentit soudain très vieux. Helen était toujours blonde aux yeux bleus, mais elle n'avait plus rien de commun avec le petit être joufflu au regard interrogateur qui déambulait sagement dans la maison pendant que ses parents pleuraient et criaient tandis que les policiers et les voisins échangeaient des chuchotements énigmatiques. Schofield ou Dibb n'auraient pas pu la reconnaître, même s'ils l'avaient vue à Mackington avant le meurtre. À dix ans, les garçons n'accordent pas beaucoup d'attention aux gamines qui en ont six.

Elle était fine, élégante et très belle. Instantanément, il se demanda comment une femme si jeune, avec autant d'allure, pouvait en arriver à coucher avec un vieillard comme Corrigan, quelle que soit la gratitude ou la reconnaissance qu'ils aient pu éprouver l'un envers l'autre.

« Entrez donc », l'invita-t-elle en ouvrant la porte. Ils s'engagèrent dans un couloir étroit. Elle laissa tomber son sac sur le sol et avança jusqu'à une vaste cuisine ouverte. Foster vit sa garde-robe, ses bijoux et ne put s'empêcher de se demander quelle part de sa confortable retraite Jackie lui consacrait.

« Du thé ? », lui proposa-t-elle en se saisissant d'une bouilloire. À l'intérieur, éclairée par les luminaires, elle paraissait encore plus belle.

« Non, merci. »

Elle haussa les épaules. « J'ai plus fort si vous préférez.

– Ça ira. »

Elle semblait passablement éméchée. « Comme vous voudrez. Je vais me servir un verre de vin. » Elle alla jusqu'à un réfrigérateur américain, prit une bouteille de blanc dans le compartiment de la porte, la déboucha et en versa une quantité appréciable dans un verre en forme de bulbe.

Elle caressait le pied du verre en silence. « En quoi puis-je vous être utile, inspecteur ? », finit-elle par demander. Tout en l'observant, elle porta son verre à ses lèvres.

« Avez-vous une idée de la raison de ma présence ici ?

– J'adore votre voix. Vous a-t-on déjà dit qu'elle est très... sensuelle ?

– Pas récemment, non. » La dernière fois que quelqu'un lui avait parlé de sa voix, c'était une femme sur une scène de crime qui lui avait dit qu'il donnait l'impression d'avoir avalé Orson Welles. Sensuelle lui convenait mieux. Helen était ivre. Cela ne lui était pas arrivé depuis plusieurs années, mais Foster n'était pas suffisamment hors du coup pour ne pas s'apercevoir qu'il se faisait draguer.

« Et pour répondre à votre question, oui, j'ai une idée.

– Vraiment ? Et quelle pourrait être cette raison ?

– Je suppose que vous êtes là pour m'arrêter pour meurtre ?

– Et de quel meurtre s'agirait-il ? »

Elle sourit et hocha la tête avant de défaire ses boucles d'oreilles qu'elle déposa sur le comptoir. « Je vois. Vous voulez jouer à ça ? Vous êtes allé voir Jackie ?

– Peut-être. Pourquoi avez-vous fait cela, Helen ?

– Fait quoi ?

– Bon, on va arrêter les charades à la con. Ce n'est pas un jeu. Craig Schofield. Vous l'avez empoisonné. » En l'observant, il comprit aisément comment un tocard introverti de la trempe de Schofield avait pu se faire berner. Il n'avait pas dû en revenir qu'une femme comme elle soit attirée par lui. Des sonnettes d'alarme auraient dû retentir dans son esprit, mais qui y aurait prêté attention ?

Elle fixait son verre, silencieuse. « Oh, laissez-moi réfléchir », dit-elle en levant les yeux. Son regard était devenu froid et la douceur, la tension sexuelle qu'il y lisait quelques instants plus tôt pour tenter de le désarmer s'étaient envolées. « Peut-être parce que, voyez-vous, il avait tué mon grand-père d'une manière ignoble et brutale.

– J'ai rendu visite à votre père et à votre mère. »

Elle retroussa légèrement les lèvres quand il mentionna ses parents.

« Ils m'ont dit que vous n'aviez plus grand-chose à voir avec eux », ajouta-t-il.

Elle haussa les épaules. « Les gens s'éloignent parfois de leur milieu.

– Ils m'ont raconté que vous ne supportiez plus leur compagnie à cause de leur obsession pour le meurtre de Kenny. Parce qu'ils n'arrivent pas à s'en remettre et qu'ils vivent dans le passé. »

Ses yeux s'enflammèrent. « C'est très exactement ce qu'ils sont, bordel ! ». Il remarqua que son accent, qui avait perdu ses intonations du Nord-Est, remontait à la surface quand elle se mettait en colère.

Elle marqua une pause. « Ils habitent dans cette maison, celle où vivait grand-père, comme s'il s'agissait d'un sanctuaire dédié à sa mémoire, dans le même village, où tout autour d'eux leur rappelle ce qui s'est passé. C'est pathétique.

– Et vous, vous êtes passée à autre chose ? », lui demanda Foster, incrédule.

La colère revint. « Il y a une grande différence entre vivre dans le passé, figé dans le temps, et faire ce qu'il faut pour s'en débarrasser, se dégager de son emprise et permettre aux gens et aux générations suivantes de mener leur vie. Ce meurtre rôde au-dessus de ma famille comme un nuage ; un putain de miasme qui refuse de se disperser. Aucun d'entre eux n'aurait fait quoi que ce soit.

– Et donc, vous, vous avez décidé d'agir ? »

Elle haussa les épaules une fois encore. « Comme je l'ai dit, c'était un moment charnière de ma vie. J'ai supporté ça si longtemps. J'en avais assez d'être encore la victime de ces deux petits bâtards. »

S'il n'avait pas appris récemment quelle sorte d'homme était Chester, et la véritable raison de sa mort, Foster aurait pu éprouver de la sympathie. Il n'était cependant pas complètement indifférent car elle n'avait aucune idée du coup de massue qu'il allait lui infliger. Il avait vu un nombre incalculable de familles irréprochables, détruites par le meurtre, par ses conséquences et la manière dont les ondes de choc qu'il engendrait se répandaient et touchaient les familles de ceux qui étaient impliqués.

« Et Jackie ? Où se situe-t-il dans tout cela ? »

La question sembla l'amuser. « Vous pensez que nous couchons ensemble, n'est-ce pas ? »

Foster sembla pris de court. Helen secoua la tête. « Les hommes sont tous les mêmes.

– Votre relation est purement platonique ? »

Elle fit une grimace dégoûtée. « Purement intéressée. Il pouvait m'aider. Il le souhaitait. Beurk », ajouta-t-elle en tirant la langue. « Je suis prête à faire beaucoup de choses, mais pas ça. Jackie les voulait morts, moi aussi. Appelez ça une convergence de vues, une collaboration. Il connaissait mon grand-père ; son père travaillait avec lui à la mine. » Nonchalamment, elle repoussa une mèche de cheveux de son front. « Grand-père lui avait sauvé la vie après un éboulement.

– Je sais. »

Elle sembla surprise. « Dans ce cas, vous pouvez comprendre pourquoi il désirait autant que moi que ces deux-là rôtissent en enfer.

– Vous êtes prête à faire de la prison pour ça ? »

Nouveau haussement d'épaules. « Si nécessaire. Mais Jackie me protégera. Je sais qu'il le fera.

– Je ne compterais pas trop là-dessus si j'étais vous.

– À l'évidence, vous ne savez pas qui il est vraiment.

– Oh, si. Malhonnête, corrompu, fourbe, criminel... je continue ? »

Elle plissa les yeux. « Vous vous êtes brouillés, n'est-ce pas ? Il a toujours été un chef exigeant, apparemment. Cela a dû être éprouvant de ruminer ça pendant toutes ces années. Voulez-vous que je l'appelle pour organiser des retrouvailles ? Que vous puissiez discuter de vos problèmes avec lui ? De sa stature écrasante ? »

Foster restait silencieux.

« En fait, il ne vaut mieux pas. Il pourrait croire que vous me harcelez et envoyer quelqu'un pour s'occuper de vous.

– Je prends le risque. »

Le flirt avait définitivement pris fin. Elle ramassa son portable, posé devant elle sur le plan de travail et, sans quitter Foster des yeux, commença à composer un numéro.

Tandis qu'à l'autre bout de la ligne, le téléphone sonnait et sonnait encore, son expression de défi devint moins franche. « Il doit dormir », supposa-t-elle avant de refaire le numéro. À nouveau, la sonnerie retentit, sans résultat. Elle commençait à douter. « Il a le sommeil profond », marmonna-t-elle en jetant un coup d'œil à l'heure affichée sur sa cuisinière. Il était 22 h 15.

« Très profond », ajouta-t-il.

« Je ne dirai rien de plus tant que je n'aurai pas pu m'entretenir avec Jackie ou un avocat », lança-t-elle en croisant les bras sur sa poitrine.

« Ça ne sera pas nécessaire.

– Je ne vous suis pas. Vous m'accusez bien de meurtre ?

– Pas encore, non. C'est vous qui avez abordé le sujet. Cela peut attendre. Pour le moment.

– Alors, pourquoi êtes-vous là ?

– Pour la carte mémoire, Helen. Celle que vous avez obtenue en couchant avec ce pauvre imbécile du ministère de l'Intérieur. »

Elle sourit avec suffisance. « Vous êtes au courant ! » Elle secoua la tête. « Dieu qu'il était bête. Beau mec, c'est certain, très, très vigoureux, et désireux de plaire, mais stupide.

– Qu'avez-vous fait de la carte, Helen ?

– Je l'ai donnée à Jackie, tout au moins l'information dont nous avions besoin au sujet de Dibb et Schofield. Nous ne voulions pas que l'on puisse remonter jusqu'à lui, ni impliquer l'un de ses anciens collègues ou ses amis. » Elle fit une pause avant de reprendre. « Il se soucie des gens avec qui il a travaillé. Ceux qu'il estime. »

Il ignora la pique. « Et ensuite ? Quand vous avez eu ce que vous cherchiez ?

– Je l'ai vendue.

– Vous l'avez vendue ?

– J'ai bossé dur pour la récupérer. Il y avait une demande pour cette information. J'ai fait fructifier mon capital. Cela aurait été immoral de ne pas le faire. Les gens qui se trouvaient dessus étaient tous des meurtriers. Pourquoi devraient-ils être protégés ?

– Il n'y a pas que des meurtriers parmi eux, Helen. »

Son visage resta impassible. « Que voulez-vous dire ?

– C'est simple. Ce ne sont pas tous des meurtriers. Certains sont totalement innocents. Ils ont changé d'identité pour assurer leur protection, même s'ils n'avaient rien fait de mal. »

Son visage devint livide et son assurance s'évanouit. Elle essayait de saisir l'ampleur de ce qu'elle avait fait, les yeux perdus dans le vide.

« Mais Jackie disait...

– Dites-moi à qui vous l'avez vendue, Helen.

– Il y a eu plusieurs personnes », bredouilla-t-elle. « J'ai fait ça en ligne... Il faut vraiment que je parle à Jackie.

– Dans une minute. À qui l'avez-vous vendue ?

– Je n'ai pas de noms.

– Qu'est-ce que vous avez ?

– Des pseudonymes, des avatars, ce genre de choses.

– Il me les faut. » Elle sembla hésiter. « Helen, si vous ne me communiquez pas cette information, il y a de fortes chances pour que des personnes innocentes meurent et la situation ne fera qu'empirer. »

Son regard semblait mort. « Laissez-moi une seconde. » Elle remonta le couloir jusqu'à son bureau et alluma une lumière. Foster faisait les cent pas dans la cuisine, jetant de temps à autre un coup d'œil dans le couloir pour s'assurer qu'elle n'allait pas choisir le même destin que son “papa gâteau”. Le cliquetis d'un clavier le rassura. Quelques minutes plus tard, elle revint avec une feuille de papier qu'elle jeta sur la table devant lui. Trois noms y figuraient. Des pseudonymes, mais c'était un début.

« Nous allons devoir saisir votre ordinateur. Sans cela, ces noms ne servent à rien.

– Je ferais mieux d'appeler Jackie », dit-elle d'un ton neutre en se dirigeant vers le téléphone. « Il saura quoi faire.

– Il ne répondra pas, Helen. »

Elle se retourna brusquement. « Pourquoi ? »

Foster n'avait pas assisté à la scène, mais il avait entendu. « Il s'est suicidé. »

Elle se laissa choir sur un tabouret haut, comme poussée par une main invisible, vidée de son énergie. « Pourquoi ferait-il une chose pareille ?

– Nous avons tous notre croix à porter », expliqua-t-il. « Celle de Jackie était devenue trop pesante.

– C'est à votre tour de parler par énigme ? »

Foster prit une profonde inspiration. « Il connaissait la vérité sur cette journée, Helen. Cela ne me surprend pas le moins du monde qu'il ne vous en ait rien dit. »

Il était désolé pour elle. Elle pensait faire cause commune avec Jackie. Mais il s'était servi d'elle.

« Dit quoi ?

– Connaissez-vous Cheryl Underwood ?

– Aye. Son grand-père était ami avec le mien. »

Il prit son temps. « Votre grand-père abusait d'elle sexuellement. »

Elle ne dit rien, mais il vit la colère monter en elle. Il enchaîna. « Ce jour-là, il emmenait Cheryl au Dean pour lui infliger ce qu'il lui avait déjà fait subir à plusieurs reprises. Ils ont croisé la route de Dibb et Schofield. Cheryl leur a dit ce que Kenny lui faisait. Ils l'ont provoqué, il a commencé à les frapper avec sa canne, ils ont riposté et ça a dérapé. »

Les yeux d'Helen étaient écarquillés, embués de larmes. Elle agitait la tête avec incrédulité. Il poursuivit.

« Immédiatement, Jackie leur a fichu la trouille pour protéger la réputation de Kenny. Il a littéralement terrorisé ces deux garçons ; il leur a fait croire qu'il était Dieu. Il n'y avait pas d'échappatoire. Je ne me suis rendu compte de rien à l'époque, mais aujourd'hui, tout est beaucoup plus clair. Leur procès et leurs condamnations ont été une infamie. Leurs assassinats également ; Jackie vous a trompée, Helen. Vous auriez dû pouvoir passer à autre chose il y a des années. »

Il ne dit rien sur la manière dont elle aurait pu s'en sortir parce qu'il n'en avait pas la moindre idée. En revanche, il était convaincu que si la vérité sur son grand-père avait éclaté à ce moment-là, les deux garçons auraient eu un procès en bonne et due forme et la plaie ouverte de ces vingt-deux dernières années aurait fini par guérir.

La tête penchée en avant, les épaules affaissées, Helen était dévastée. Son corps semblait brisé comme après une chute de plusieurs étages.

« Je ne vous crois pas », dit-elle d'une voix faible. « Il ne nous a jamais touchés. Jackie n'aurait jamais...

– Jackie est mort, Helen. » Il lui laissa le temps de digérer ses paroles. Les épaules d'Helen s'affaissèrent un peu plus, son front touchait presque le comptoir de la cuisine. « Il s'est suicidé, ce soir. »

Il s'assit et attendit. Les secondes s'accumulèrent, puis les minutes. Il était prêt à répondre à ses questions. Elle méritait au moins cela. Helen Chester était une victime de ce drame au même titre que les autres. Son désir de meurtre était né d'un mensonge. Trop de gens avaient été affectés par les événements de cette journée d'été. Leurs vies, leurs consciences avaient été anéanties. Si la vérité n'avait pas été dissimulée, les dégâts auraient été moindres.

Elle releva la tête. Il lut dans son regard non pas de la désolation, mais de la colère, une colère dirigée contre lui. « Je lui ai parlé tout à l'heure. » Sa lèvre supérieure se retroussa. « Vous. Vous l'avez tué. »

Il leva les mains. « Il s'est fait ça tout seul », rétorqua-t-il avec fermeté.

Elle se rua sur lui. Il aperçut un reflet métallique. Un couteau. Il eut à peine le temps de tendre les bras en avant pour contrer son assaut. Il sentit quelque chose lui entailler l'avant-bras, mais il parvint à lui saisir les poignets. Elle agitait la tête dans tous les sens, rugissant, hors d'elle. Il resserra son emprise et lui bloqua les bras. La pression la fit hurler de douleur et elle lâcha le couteau. Elle tomba à genoux et il ramassa l'arme, s'apercevant dans le même geste que sa manche était déchirée et que du sang commençait à s'en échapper.

« Merci du cadeau », ironisa-t-il. Une cicatrice de plus à ajouter à sa collection.

Helen pleurait toutes les larmes de son corps, les épaules secouées de spasmes. Foster sortit son téléphone pour demander de l'aide, ou quoi que ce soit qu'il puisse obtenir du commissariat de quartier. Il n'était pas sûr qu'elle ne l'attaque pas à nouveau.

« Mais il ne m'a jamais touchée », sanglota-t-elle. Ce furent ses dernières paroles. Il s'assit par terre, à côté d'elle, et passa son bras valide autour des épaules.

Plus tard, pendant qu'il attendait les renforts en appuyant un torchon sur son bras pour ralentir le saignement, son portable sonna. Heather. Il décrocha. Il s'apprêtait à lui expliquer qu'il était blessé, mais le ton de sa voix lui fit oublier son état. Elle avait l'air profondément bouleversée.

« Vous feriez mieux de rappliquer », dit-elle dans un hoquet.

27

L'homme se mit à fouiner dans tout l'appartement. Nigel était installé sur une chaise, les mains liées dans le dos et les pieds attachés. Sa bouche était desséchée et ses tripes nouées lui donnaient la nausée. Il s'en voulait d'avoir laissé ce type entrer dans son appartement. De toute évidence, cela avait un lien avec la présence de son nom sur cette liste. Il se sentait à la fois excité et effrayé. Essayant de voir le bon côté des choses, il se dit qu'au moins l'énigme de son passé allait sans doute être résolue.

« Qui êtes-vous ? », demanda-t-il à l'homme qui observait le sommet des toits environnants depuis la fenêtre du salon. Il avait fait plusieurs fois le tour des fenêtres de l'appartement, comme s'il s'attendait à trouver quelque chose à l'extérieur. Il avait également fermé la porte d'entrée à double tour. Il paraissait à la fois nerveux, concentré et préoccupé. Il n'avait pas prononcé un mot depuis qu'il avait ligoté Nigel sur sa chaise.

Nigel répéta sa question.

« Ferme-la », répondit l'homme sans même le regarder. « À moins que tu ne veuilles que je te bâillonne aussi ? »

Nigel tira sur ses liens pour en tester la solidité et constata qu'il lui faudrait fournir un effort hors de sa portée pour se libérer. Il secoua la tête. Comment les choses en étaient-elles arrivées là ? Il était six heures du soir ; selon ce qui était survenu pendant son service, Heather rentrerait dans une heure, ou dans cinq. Il l'imagina pénétrant dans l'appartement et frissonna. Qu'est-ce que ce cinglé allait faire ? Que voulait-il ?

Il resta silencieux pendant que son geôlier continuait sa ronde, de pièce en pièce. Après avoir constaté qu'aucun piège n'était dissimulé dans les placards ou derrière les rideaux, il s'assit sur le canapé, à côté de la boîte qu'il avait apportée dans l'appartement. Si Nigel avait pensé qu'il s'agissait d'un leurre, rempli de polystyrène, de papier ou autre, le soin avec lequel il la manipulait indiquait le contraire. Il glissa son doigt entre les rabats pour défaire les liens et ouvrit le sommet de la boîte. De là où il était assis, Nigel vit une sorte de paquet enveloppé de papier bulle. L'homme le sortit avec une précaution extrême, comme s'il craignait de prendre une décharge en cas de faux mouvement. Il sortit ensuite un coffret noir de la même longueur qu'un étui pour violon, mais plus fin. Il le posa sur ses cuisses et en ouvrit les deux fermoirs métalliques.

C'était un fusil. Pendant qu'il l'assemblait, Nigel supposa qu'il s'agissait d'un fusil de précision, avec une lunette. Avait-il fait le tour des fenêtres pour choisir un poste de tir ? Allait-il se mettre à faire des cartons sur les passants ? L'appartement était à l'arrière de l'immeuble et tournait le dos aux artères peuplées de Shepherd's Bush, là où il aurait pu faire un véritable carnage. Les fenêtres de Nigel donnaient sur des petites rues et des arrière-cours. Rien de bien intéressant.

Une fois le fusil assemblé, l'homme se leva et le déposa sur le canapé avec la même délicatesse que s'il s'était agi d'un nouveau-né. Il se tourna vers la boîte, s'agenouilla devant et en sortit d'autres morceaux d'emballage et de rembourrage. Il se pencha en avant et s'affaira. À part un fragment d'une autre boîte noire, Nigel ne parvint pas à voir ce dont il s'agissait. Peut-être une radio mobile. Il aperçut le sommet de ce qui ressemblait à une pendule. Son agresseur se releva et referma la boîte avec un luxe de précautions.

Il semblait rassuré. Après s'être essuyé la paume des mains sur le devant de son bleu, il tourna la tête vers Nigel. Les traits de son visage ne s'étaient pas détendus, mais il était moins agité. Un nœud au ventre, Nigel se demanda s'il allait enfin lui donner une explication.

« Je ne vis pas seul », laissa-t-il échapper, presque machinalement.

« Je vois ça.

– Ah bon ?

– Assurément. On décèle une touche féminine dans cet appartement, c'est très clair. Ton épouse ?

– Petite amie.

– La policière ?

– Vous la connaissez ?

– Je sais que ta petite amie est flic. Je sais qu'elle est au travail. » Sa voix était neutre, mécanique, presque totalement dénuée de couleur et d'émotion.

– Comment le savez-vous ?

– Je vous ai observés, pendant quelques jours. » Il alla jusqu'à la petite table placée derrière Nigel, là où il prenait ses repas. En tout cas, depuis que Heather vivait chez lui. Avant, ce n'était qu'une surface supplémentaire pour empiler ses dossiers et ses livres. Le téléphone était posé dessus. L'homme décrocha le combiné.

« Son numéro ?

– Je ne le connais pas. »

L'homme soupira. « Quel est son numéro, s'il te plaît ? Si tu veux rester en vie, je te conseille de faire ce que je te demande. »

Même si le fait qu'il ait débarqué avec deux armes était déjà un indice, c'était la première fois qu'il lui confirmait que sa vie était en danger. Nigel fut surpris de se sentir aussi calme, détaché, spectateur de sa propre expérience.

« Je ne le connais pas. Je ne connais aucun numéro. Ils sont dans mon carnet d'adresses ou dans le répertoire de mon portable. »

Un autre soupir, teinté d'exaspération. « Où est ton portable ?

– Bonne question. » Il réfléchit. « Le cabas à côté de la porte d'entrée. Je crois qu'il est dans la poche latérale. »

L'homme sortit de la pièce. Nigel entendit le son d'une première fermeture Éclair, un bruit de fouille, puis une autre fermeture. Il revint avec le portable.

« C'est classé à Heather. »

L'homme regarda le téléphone d'un air méfiant, apparemment peu coutumier de cette technologie. Nigel repérait facilement les handicapés de la vie moderne comme lui. Il finit par dénicher le numéro et se dirigea vers le téléphone fixe. Jusqu'à récemment, Nigel possédait un combiné à l'ancienne, avec un cadran circulaire mais, à son grand désespoir, Heather s'était plainte de son côté préhistorique et il avait été remplacé par un machin sans fil en plastique qu'il détestait.

Avant de composer le numéro, l'homme regarda Nigel. « Tu vas lui dire que tu es retenu en otage ici. Que la personne qui te détient veut voir ton père. Que cette personne est bien armée. Que si ton père ne se présente pas ici à sept heures demain matin, tu seras abattu. Que s'ils essaient de prendre l'immeuble d'assaut ou d'engager n'importe quelle action de sauvetage, il y a ici une bombe d'une puissance suffisante pour raser cet immeuble, tuer tous ses occupants, et beaucoup d'autres personnes autour. »

L'homme commença à appuyer sur les touches. L'esprit de Nigel se mit à tournoyer. Une bombe ? Putain de merde. La sonnerie retentissait déjà dans son oreille et il n'avait plus le temps de réfléchir à ce qu'il venait d'entendre.

Il entendit soudain la voix enjouée de Heather. Quelques secondes de douce ignorance, avant que leur vie ne change, peut-être définitivement.

« Oui, bébé », dit-elle.

« Euh, salut », bégaya-t-il.

Elle comprit immédiatement qu'il y avait un problème. Elle le connaissait bien. « Quelque chose ne va pas ?

– Non, rien », répondit-il. « En fait ce n'est pas tout à fait vrai.

– Ne me fais pas le coup du mystère, Nigel.

– Je suis retenu en otage. »

Il y eut un silence. « C'est une blague ?

– Non. Certainement pas. »

Il pouvait sentir l'odeur du tabac qui suintait par tous les pores de la peau de son ravisseur, penché au-dessus de lui. Seigneur, il aurait donné sa vie pour une cigarette.

« OK », répondit Heather. Sa voix, son attitude avaient changé. La petite amie avait cédé la place à l'inspectrice. « Est-ce que la personne qui te retient sait que tu m'appelles ?

– Oui. Il tient le téléphone. »

Elle enchaîna. « Où es-tu ?

– Dans mon appartement.

– Que veut-il ?

– Mon père.

– Ton père ? Ton père adoptif ?

– Non, je pense qu'il parle de mon vrai père. » Il leva les yeux vers l'homme qui tenait le téléphone. Il acquiesça en silence.

« Sais-tu qui est ton vrai père ?

– Non, je ne sais pas qui est mon vrai père », répéta-t-il à l'attention de son ravisseur. Il venait seulement de réaliser qu'il allait se retrouver piégé par un dilemme absurde.

« OK. A-t-il formulé d'autres demandes, des menaces ou des conditions ? »

La bouche de Nigel était pâteuse et le simple fait d'avaler lui demandait un effort. « Oui. Il a une arme. Deux, en fait. Il dit que si mon père n'est pas là demain matin à sept heures, il me descendra.

– OK », se contenta-t-elle de répondre.

« Il a aussi une bombe. Il dit que si vous essayez de me libérer, d'envahir l'immeuble, il fera tout sauter. »

Elle demeura silencieuse. « Tu as vu une bombe ?

– Il y a une boîte...

– C'est bon. Est-ce qu'il demande autre chose ? »

L'homme colla le téléphone à son oreille. « C'est tout ce que vous avez besoin de savoir », dit-il. « Sept heures ou il meurt. Tout le monde reste dans l'immeuble. Si je vois des gens évacués, je fais exploser la bombe. » Il mit fin à la communication. Il se rendit dans le couloir et revint pour traîner la table jusque devant la porte d'entrée. Inutile, pensa Nigel. C'était une serrure à plusieurs points. Difficile d'entrer rapidement ou avec discrétion. La table les ralentirait un peu plus.

Pendant un instant, Nigel se sentit plus désarmé et confus qu'il ne l'avait jamais été de toute sa vie. Puis, la colère prit le dessus. « Je ne sais pas qui est mon vrai père, bordel. Comment va-t-il pouvoir se pointer ici à sept heures du matin si je ne sais pas qui il est ? »

L'homme ne prêta pas attention à son changement d'humeur. « Quelqu'un sait. Ils sont de la police. Ils trouveront. Nous leur avons donné un délai suffisant. Ne t'inquiète pas trop. La nuit va être longue. Économise tes forces. »

Il se dirigea vers la fenêtre. Nigel jeta un coup d'œil à l'horloge. Il n'avait peut-être plus que douze heures à vivre. Il essaya d'imaginer ce que faisait Heather. Qui allait-elle appeler ? Foster. Comment allaient-ils retrouver son père ? Il aurait fallu qu'il la rappelle pour lui donner le nom de Henry Mann. Celui-là devait savoir quelque chose. Mais lâcherait-il l'information ? Il ne savait pas avec certitude d'où sortait ce type. Les services secrets négociaient-ils avec les ravisseurs ? Sa mort ne pesait peut-être pas bien lourd face aux conséquences possibles de la reddition de son père. Et il ne savait même pas s'il était encore en vie.

Cette série de réflexions acheva de le plonger dans un profond désespoir.

« Est-ce vrai que tu ne sais pas qui est ton père ? », lui demanda l'homme sans quitter la fenêtre des yeux.

« C'est la pure vérité », répondit Nigel. « Vous le connaissez ? »

Il rit et secoua la tête. « C'est moi qui vais poser les questions. Tu veux dire qu'il ne t'a jamais vu ou rencontré depuis que tu es enfant ? » Il tira les rideaux et se tourna vers Nigel.

« Jamais. »

À nouveau, un hochement de tête et son rire. « Typique », marmonna-t-il avant de prononcer un mot dans une autre langue que Nigel ne comprit pas, mais qui lui confirma ses racines germaniques.

« Donc, vous comprenez bien que demander à ce que mon père soit là demain matin est assez compliqué dans la mesure où je ne le connais pas.

– Il sera là. Il y a suffisamment de temps.

– Pourquoi êtes-vous si confiant ? Je ne sais même pas s'il est vivant ou mort.

– Il est vivant. J'en suis sûr. »

Un long silence s'installa. Nigel se demandait s'ils étaient en train d'organiser l'évacuation de l'immeuble et de ceux alentour. Qu'allaient-ils faire ?

« Je vais éteindre les lumières », finit par dire l'homme. « Je vais laisser celle du couloir. J'ai une lampe torche également. Nous ne serons pas complètement dans le noir. »

Il actionna l'interrupteur et une obscurité presque totale les enveloppa. Nigel se dit qu'il ne voulait sans doute pas que l'on puisse repérer sa silhouette à travers les rideaux. L'homme savait ce qu'il faisait et agissait avec calme, comme s'il s'était déjà retrouvé dans ce genre de situation.

« Qui êtes-vous ? », lui demanda à nouveau Nigel. « Comme vous menacez de me tuer, je pense que j'ai droit à une explication. »

L'ombre de son ravisseur flottait à côté de la fenêtre. Nigel retint son souffle. « OK. Tu mérites de connaître cette partie de l'histoire. Tu es assis confortablement ? », lui demanda-t-il.

« En fait, il faut que j'aille aux toilettes. »

L'homme se mit à rire. « Il va falloir que je t'accompagne et que tu gardes les mains attachées. Tu n'es pas trop pudique, j'espère. Après, nous parlerons. »

28

Il fallut trois heures et demie à Foster, en roulant rarement en dessous des cent soixante kilomètres heure, pour regagner Londres. Ses yeux étaient si fatigués qu'ils lui donnaient l'impression de bouillir à l'intérieur de son crâne. Il avait parcouru près de mille kilomètres en une journée, entendu son ancien patron se suicider et arrêté une criminelle qui avait tenté de le poignarder. Une équipe était venue sur place pour récupérer le disque dur d'Helen Chester et essayer de retrouver les identités de ceux avec qui elle avait fait affaire en ligne. Il l'interrogerait plus tard. De plus, comme elle était directement responsable de l'empoisonnement de Schofield, les East Midlands allaient certainement vouloir la cuisiner d'abord.

Une sacrée journée. Et la suivante ne s'annonçait pas meilleure. Il allait devoir faire face à l'enlèvement d'un gars qu'il appréciait et qu'il connaissait, et dont la sécurité dépendait en partie de sa responsabilité. Sa première réaction avait été de se mettre en rogne : il savait que Barnes ne prendrait pas la mesure du danger auquel il était exposé, qu'il quitterait son domicile et laisserait des étrangers pénétrer dans son appartement. Ils auraient dû le coller dans une planque en pleine campagne, sous bonne garde, vingt-quatre heures sur vingt-quatre.

Le fait que l'opération ne soit pas sous sa responsabilité ajoutait à sa frustration. Les enjeux étaient trop importants. Le commissaire divisionnaire Brian Harris assurait le commandement, en lien avec une unité anti-terroriste. Il avait toutefois bien l'intention de se rendre utile, d'une manière ou d'une autre. Barnes lui avait sauvé la vie quand il avait été enlevé[1]. Il lui était redevable.

Alors qu'il quittait la M1 et s'engageait sur le périphérique nord, son téléphone sonna. Harris. Ils avaient des difficultés à contacter les bonnes personnes au MI5 afin de leur faire passer la demande du ravisseur au sujet du père de Barnes. La ministre de l'Intérieur était en déplacement en Suisse et impossible à joindre. Six heures perdues, pensa Foster. Six de mieux à ne rien faire et Barnes serait mort. Ils n'avaient pas la moindre piste pour retrouver son père. Harris, s'il était un politicien efficace, prouvait une fois encore qu'il était un flic nul, particulièrement en situation d'urgence.

« Quand vous aurez le nom du père de Barnes, appelez-moi. Il faut que je lui parle.

– Pourquoi vous ?

– Parce que je connais son fils et que je connais de très bonnes raisons pour lesquelles il devrait lui sauver la vie. » Il y eut un silence. « Des nouvelles des gens à qui Helen Chester a vendu l'info ?

– Pas encore.

– Nous ne savons donc pas qui est le dingue qui se trouve dans son appartement ?

– Nous sommes en train d'examiner les bandes des caméras de surveillance placées à l'extérieur de l'immeuble.

---

1. Voir *Code 1879*.

Apparemment, il est entré en se faisant passer pour un livreur. Il transportait une boîte. On pense qu'elle contient la bombe. L'image n'est pas terrible, mais elle fait le tour du pays et du monde entier à l'instant où nous parlons. En revanche, nous ne savons pas quand nous parviendrons à l'identifier. Si jamais nous y parvenons. » Harris semblait presque résigné.

« Trouvez Gorton. » Foster raccrocha et poursuivit sa route jusqu'à Wood Lane avant de bifurquer en direction de Shepherd's Bush après les bâtiments de la BBC. Il se gara. Le temps était doux et calme. Une nuit idéale. La zone était bouclée. Quelques insomniaques curieux et des habitants retenus à l'extérieur faisaient le pied de grue devant le cordon de sécurité, accompagnés d'une poignée d'équipes de télévision qui s'ennuyaient ferme. Il avait écouté la radio en venant. Un incident avait été signalé à Shepherd's Bush, des gens évacués. On parlait d'un siège. La vérité n'avait pas encore émergé. Il savait que ce n'était qu'une question de temps. Il sortit son badge et traversa le Green – point de ralliement nocturne des clochards et des poivrots –, inhabituellement désert, pour rejoindre la rue menant à l'immeuble de Barnes. Des policiers armés montaient la garde. Juste à côté, prise dans la lueur ambrée d'un lampadaire, près d'une boutique vendant d'authentiques gâteaux australiens, il vit Heather. Pauvre petite, pensa-t-il.

Elle le vit arriver et, instinctivement, le prit dans ses bras. Elle avait pleuré. Ce n'était probablement pas le meilleur endroit pour elle. Dans les prochaines heures, des décisions risquaient d'être prises en faveur du plus grand nombre. Des décisions avec lesquelles elle risquait de ne pas être d'accord et qui allaient certainement l'anéantir. Il n'avait toutefois pas le courage de le lui dire.

Elle relâcha son emprise. « Désolée », dit-elle.

« Et pourquoi donc ? » Il posa une main sur son épaule. « Vous tenez le coup ?

– Pas vraiment. Nous n'allons nulle part, Grant. Nigel ne sait pas qui est son père et trouver quelqu'un qui le connaît s'avère compliqué. »

Elle remarqua son bras. La manche trempée de sang.

« Que s'est-il passé ?

– Ce n'est rien. Je survivrai. »

Harris les rejoignit et salua Foster d'un hochement de tête.

« La zone est encerclée ?

– Oui », répondit Harris. « Aussi discrètement que possible. La plupart des occupants des maisons environnantes ont été évacués, à part un couple de vieux qui ne veut pas bouger.

– Et l'immeuble de Barnes ?

– On y travaille. Le problème c'est qu'on ne sait pas ce que l'agresseur fera s'il s'aperçoit que nous l'évacuons. On empêche au moins les gens d'entrer.

– Aucune chance de le descendre à travers une fenêtre ?

– On a des tireurs postés partout. On voit ses fenêtres. Mais les rideaux sont tirés, les lumières éteintes. Trop délicat.

– On sait quel type de détonateur il utilise ? »

Harris fit non de la tête. « Nous ne sommes même pas sûrs qu'il y en ait un. Ça pourrait tout aussi bien être un gros coup de bluff. Une ruse pour obtenir ce qu'il veut. Mais, bien sûr, nous ne pouvons pas courir le risque. L'équipe de déminage est là. Ils pensent utiliser un engin à impulsion électromagnétique qui pourrait brouiller le détonateur à distance. Ça a déjà été employé avec succès en Irak et en Afghanistan, pour déjouer des attentats suicides. Mais leurs engins sont rudimentaires. On ne sait pas à quel point le sien est sophistiqué. Peut-être que ce sera sans effet.

– Vous avez parlé à Gorton ? », demanda Foster.

« Il est sur l'affaire. » Harris marqua une pause. « La bonne nouvelle, c'est que nous avons l'identité du type.

– Poursuivez.

– Les forces de sécurité allemandes l'ont identifié, sans doute possible, comme étant Thomas Dreher. »

Le nom lui sembla familier. « Allemand ? D'où sort-il ?

– C'est un ancien terroriste. Enfin, pas si ancien. Vous vous souvenez de la Ligue de la Libération ?

– Les communistes allemands des années 1970 ? »

Harris opina du chef. « Extrémistes, communistes, appelez-les comme vous voudrez. Dreher était leur chef.

– Seigneur », soupira Foster. Une chose était sûre, il savait fabriquer une bombe. Et il n'hésiterait pas à l'utiliser. « Bonne nouvelle », tu parles.

« Désolée, je suis peut-être trop jeune », intervint Heather. « Mais je n'ai jamais entendu parler d'eux. »

Foster la mit au courant. « C'était dans les années 1970. La jeunesse du terrorisme international, quand Pierre, Paul ou Jacques prenaient les armes pour lutter contre l'État. La Ligue de la Libération était intrépide, ils en jetaient. Ils s'habillaient en noir, les cheveux coupés court et il y avait des femmes dans le lot, séduisantes elles aussi. Tout cela faisait qu'ils avaient une meilleure presse que les Irlandais hargneux, avec leurs chaussures à semelles compensées et leurs grosses rouflaquettes. La LL, comme on les appelait, par ici en tout cas, a accompli quelques coups fameux dans les années 1970, en général en visant des banques. Ils racontaient qu'ils reprenaient possession des finances de la nation au profit du peuple. Voler au riche pour donner au pauvre. Rudolph des bois, si vous préférez. À ceci près qu'ils ont occulté le passage où il est question de donner aux pauvres. Ils se sont fait une sale réputation. Pour finir, ils ont tous été arrêtés. Apparemment, notre bonhomme a été libéré.

– Il y a deux semaines. Il a passé plus de trente-cinq ans au trou », confirma Harris. « Mais pourquoi est-il ici, à Londres ? Et qu'est-ce que le père de Barnes vient faire là-dedans ? »

Foster savait que la réponse à la première question était cette fichue liste sur la carte mémoire. Pour la seconde, les paris étaient ouverts.

« Quel est le plan ?

– On continue à essayer de trouver son père. Dans le même temps, on sort autant de gens que possible de l'immeuble.

– Et si on ne trouve pas le père ? »

Foster n'attendait pas de réponse. Il comprit, à l'expression de Harris, que ni Heather ni lui n'avaient envie de l'entendre.

29

L'homme s'était allumé une cigarette. Dans l'obscurité, Nigel voyait luire la braise qui semblait enfler quand il tirait dessus avec avidité.

« Il y a un cendrier dans la cuisine...

– Mon nom est Thomas Dreher », fit l'homme sans prêter attention à sa remarque.

« Vous êtes Allemand ?

– Oui. Bien que l'État allemand ne fasse pas partie de ceux que je reconnais. Je ne souscris pas aux frontières mensongères et à la propagande de l'unité nationale. Ce n'est qu'un moyen de contrôle au service des puissants qui souhaitent conserver le pouvoir. »

Grand bien vous fasse, pensa Nigel. Il n'était pas d'accord, mais s'abstint d'argumenter pour ne pas contrarier Dreher. « Comment avez-vous connu mon père ?

– Je l'ai rencontré pour la première fois en 1972, à Berlin. C'était un bon socialiste. Tout du moins, c'est ce qu'il m'a semblé.

– Il était Allemand, lui aussi ? »

Il vit la braise de la cigarette tressauter. « Non. Il était anglais. Il m'a raconté qu'il ne supportait plus ce pays. Quel mot avait-il employé ? Oui, il disait qu'il était "morne". Ce pays était vieux, fatigué, et il voulait partir. L'Allemagne de l'Ouest était en pleine effervescence. Il y avait des idées, de la passion. Nous étions à la frontière de l'Est et de l'Ouest. Nous étions au paroxysme de la guerre froide et nous avions le sentiment que les choses pouvaient partir dans une nouvelle direction. Nous voulions que ce soit celle de l'Est. Sa mère était Allemande, alors il parlait la langue. Il disait avoir l'impression d'être vraiment chez lui. »

Ma grand-mère était allemande, songea Nigel. La page blanche commençait à se remplir.

Dreher prit une autre bouffée qui illumina son visage, creusé et ridé par des années de tabagisme.

« Comment s'appelle-t-il ?

– Roland. Roland Wilkinson. »

Nigel répéta son nom dans sa tête, le fit rouler dans son esprit pour en apprécier la sensation. Il connaissait enfin le nom de son père. « Vous donnez l'impression de l'avoir bien connu.

– Nous étions comme des frères. Plus encore, puisque nous combattions côte à côte, contrairement à la plupart des frères.

– Vous combattiez ?

– Oui. Nous étions en guerre contre l'État allemand, contre ses institutions politiques et financières.

– Je ne comprends pas. » Nigel pensait connaître un peu d'histoire, mais il ne se souvenait pas avoir entendu parler de guerres civiles ou d'insurrections en Allemagne.

« Nous nous appelions la *Befreien Klasse*. La Ligue de la Libération, comme nous ont baptisés les Anglais. » Il s'arrêta pour prendre une autre bouffée. Nigel se rappela avoir vu quelques articles de journaux et des reportages sur le groupuscule en question. Mais en dehors du vague souvenir de leur nom et de leurs motivations, il ne se souvenait d'aucun détail. « En 1974, nous avons pris les armes contre l'État. Ton père était avec nous. » Il tira de nouveau sur sa cigarette. Il aspirait la fumée comme un homme en train de suffoquer avale de l'oxygène. « Ta mère était là, elle aussi.

– Ma mère ?

– Christa Andregen. Nous nous étions rencontrés alors que nous étions étudiants. Je lui ai présenté ton père. Elle était incroyablement belle. Ils étaient très amoureux. »

De la famine au festin. Nigel sentait son crâne prêt à éclater sous le flot des révélations. « Elle était dans la même bande ?

– La BK, oui. Nous étions dix. Nous avons braqué sept banques. » Sa voix, jusque-là neutre, s'éleva un peu, comme gonflée de fierté. « Nous étions les ennemis numéro un en Allemagne. Peut-être même en Europe. Et ils n'arrivaient pas à nous trouver ou à nous attraper. On les a fait tourner en bourrique pendant un an. Jusqu'à...

– Jusqu'à quoi ?

– Jusqu'au jour où ton père nous a trahis », dit Dreher, une pointe de colère dans la voix.

« Comment... ?

– Un braquage. À Magdebourg. Nous l'avions organisé comme les précédents. Rien n'était laissé au hasard. Mais ils nous attendaient. Nous étions faits comme des rats. J'ai vu ton père s'éloigner dans leur direction pendant que nous nous faisions canarder. Il a abandonné ta mère, moi, le groupe. Ta mère a été touchée et elle est morte. Sept autres sont tombés, dont ma compagne, Elsa. Ta mère a eu de la chance. Une balle dans la tête, mort instantanée. Pas Elsa. Je l'ai vue se tordre de douleur, touchée au ventre. Son sang se répandait sur le sol, la vie la quittait goutte à goutte. Elle hurlait. J'ai appris plus tard que le légiste avait déclaré qu'elle était enceinte de dix semaines. J'ai pris quatre balles, mais j'ai joué de malchance. J'ai survécu. Comme j'aimerais y être resté. Trente-sept ans de prison. Pas un jour ne s'est passé sans que je pense à la vengeance que j'assouvirais si jamais je croisais ton père.

– Où étais-je ? Pendant le braquage ?

– Avec des amis. Nous avions une sorte de communauté. Tout le monde ne participait pas aux actions. Tu avais moins d'un an.

– Vous dites que mon père s'est éloigné. »

Dreher hocha la tête. « Oui, oui. Comme ça. Il avait dit à la police où nous nous trouverions, l'heure, la quantité d'armes dont nous disposions. Une fois sur place, alors que nous étions prêts à y aller, il est parti. »

Nigel venait d'apprendre que son père était un agent double anarchiste, sa mère une extrémiste qui l'avait confié à des amis pour aller braquer une banque et qui s'était fait descendre suite à la trahison de son père.

Un de ces jours, il lui faudrait voir un psychiatre pour démêler tout cela.

« Comment m'avez-vous trouvé ?

– Comme je te l'ai dit, je savais qu'il était revenu ici. J'étais également certain qu'il aurait une nouvelle identité, et toi aussi.

– Vous avez mis la main sur la liste.

– En effet. Un ami, un ancien camarade, m'a fait savoir que l'information était en vente sur Internet. J'avais besoin d'un coup de main. Après trente-sept ans en prison, les choses ont bien changé. Je savais qu'Internet existait, mais je n'imaginais pas que cela me serait si utile. Avec son aide, je me suis renseigné. L'information que je cherchais était en Angleterre. Alors je suis venu. Cela m'a pris un moment avant de trouver qui était le bon sur la liste. Mais dès que je t'ai vu, j'ai su que c'était toi. Tu ressembles beaucoup à ton père.

– Qu'allez-vous lui faire s'il vient ici ?

– Il n'y a pas de “si”. Il viendra.

– Vous paraissez sûr de vous. Vous venez juste de me raconter qu'il avait laissé mourir sa femme.

– C'est différent. Il viendra.

– Qu'est-ce qui est différent ? De toute ma vie, il n'a jamais manifesté le moindre intérêt à mon égard. Pourquoi cela changerait-il ?

– Parce que tu es innocent. N'aie crainte, il viendra.

– Et quand il sera là ?

– Je le tuerai. »

Une foule de sentiments contradictoires se mêlaient et s'entrechoquaient dans l'esprit de Nigel. Il ne voulait pas mourir. Il ne voulait vraiment pas mourir. Mais il ne souhaitait pas non plus que son père, un homme qu'il n'avait jamais rencontré, franchisse cette porte et soit tué à cause de lui. Rien ne prouvait que Dreher n'allait pas ensuite l'abattre lui aussi. Une part de lui-même aurait préféré mourir sans avoir connu son père plutôt que d'être coupable de sa mort. S'il avait pu, il aurait appelé Heather pour lui donner l'ordre de dire à son père de se tenir à l'écart, si jamais ils l'avaient trouvé.

L'avaient-ils trouvé ? Son estomac fit un saut périlleux mais ce n'était pas la peur. Il pensait que là, dehors, se tenait peut-être la personne à laquelle il avait le plus pensé de toute sa vie. S'il venait, pourraient-ils se rencontrer ? Auraient-ils le temps de se parler ?

« Est-ce que je peux passer un coup de fil ? », demanda-t-il à Dreher.

La réponse vint immédiatement. « Non. Et, s'il te plaît, ne te monte pas la tête avec des idées farfelues de sacrifice personnel. Si ton père ne vient pas, je te tue et je fais sauter cet immeuble avec tous ses occupants. S'il vient, il sera le seul à mourir. Fais le calcul. N'oublie pas non plus que c'est lui qui est à l'origine de cette situation. Il doit répondre de ses actes.

– Si vous faites tout sauter, vous mourrez. Si vous essayez de vous échapper, vous serez capturé ou tué.

– Advienne que pourra. J'ai passé trente-sept ans à ruminer ma vengeance. Quand ce sera fait, je me fiche de vivre ou de mourir. La mort de ton père est mon dernier souhait. Après... »

Un genre de centre opérationnel avait été mis en place dans un café sur un des côtés du Green. Il était presque trois heures du matin et, habituellement, la circulation à cet endroit était incessante – Foster avait vécu dans un appartement près de Shepherd's Bush et le bourdonnement lointain du trafic se dirigeant vers la Westway faisait penser à celui d'un fleuve – mais, en raison du cordon de sécurité, les voitures étaient détournées. L'air était anormalement doux, sans un brin de vent, et quelques oiseaux londoniens déphasés commençaient déjà à chanter, quatre heures avant le lever du jour.

Nigel Barnes serait mort à ce moment-là.

Harris était parti répondre à un coup de fil. Des nouvelles du père de Barnes, avec de la chance. La ministre de l'Intérieur avait enfin été contactée et mise au courant. À présent qu'elle était sur l'affaire, ils espéraient que le reste allait suivre. Toutefois, on ne savait toujours pas si le père avait été retrouvé. Foster consulta sa montre. Il le faisait machinalement, toutes les cinq minutes. Bientôt, quand le temps se mettrait à filer, il le ferait à quelques secondes d'intervalle. Heather était assise dans un coin et sirotait un café, le regard perdu dans le vide. Il ne trouvait rien à lui dire qui n'aurait pas sonné creux ou banal.

Devant lui étaient étalés divers dossiers et des coupures de presse sur Thomas Dreher. C'était un terroriste accompli, pas un anarchiste du dimanche. Il avait organisé avec succès sept braquages de banque. Il avait tué, de sang-froid, un vigile qui avait eu la témérité de résister. Lorsqu'ils étaient découverts, ils incendiaient leur planque pour détruire les preuves, sans se préoccuper des maisons environnantes ou des éventuels blessés. Une fillette de onze ans avait été victime de brûlures sévères. Ils étaient adeptes des explosifs lors de leurs missions. Ils avaient piégé la voiture d'un politicien de droite. Elle avait explosé avant qu'il ne monte dedans mais la puissance de l'explosion avait projeté la voiture quinze mètres plus loin dans la rue. Peut-être avait-elle été mal câblée, mais c'était une sacrée bombe artisanale. En avait-il une ce soir ? Personne ne le savait. Toutefois, son dossier n'incitait pas à prendre le moindre risque.

Seul membre de la bande capturé vivant, il avait été condamné à perpétuité. Un de ses complices s'était échappé. Il n'avait jamais été retrouvé. Foster était certain que cet homme était la raison de la venue de Dreher.

Il s'appelait Kris Bargeld. On savait très peu de choses à son sujet. Certains rapports disaient qu'il s'était suicidé. Apparemment, on avait fait le minimum d'effort pour le retrouver. Une fois Dreher en prison, l'affaire fut classée et la Ligue de la Libération devint une note de bas de page de l'histoire. Foster était prêt à parier les yeux fermés que le type disparu était un agent double et qu'il s'agissait du père de Barnes. Cela expliquait pourquoi l'identité de Barnes avait été changée, au cas où des partisans encore dans la nature passent à travers les mailles du filet et se servent de lui pour atteindre son père. Comme Dreher était en train de le faire.

Dreher ne s'était pas présenté à son premier entretien de probation après sa libération. Une chasse à l'homme avait été déclenchée, mais de faible envergure. Ils avaient dû se dire qu'un ex-coco sur le retour était le dernier de leurs soucis. Jusque-là, ils n'avaient pas été capables de reconstituer les déplacements de Dreher depuis son arrivée à Londres, ni même de savoir quand il était arrivé. Ils n'avaient que les images granuleuses de son arrivée devant l'immeuble de Barnes.

Harris réapparut, les joues rouges, remonté.

« Il arrive.

– Le père de Barnes ? »

Il vit Heather se reconnecter avec le moment présent.

« Quand ? », demanda-t-elle.

« Bientôt. »

Il y eut un silence embarrassé. Harris regarda Foster puis, du coin de l'œil, il fixa Heather. Foster comprit le message.

« Heather, il faut que nous discutions en privé », expliqua-t-il.

« Bien sûr », répondit-elle doucement en se levant. « J'ai besoin de prendre l'air de toute façon.

– Je vous tiendrai au courant. » Ils la regardèrent partir. « Elle a le droit d'être tenue informée », affirma Foster.

« Elle ne doit pas être impliquée dans la prise de décision. Et, étant donné ce que nous préparons, il est préférable qu'elle ignore tout. Définitivement.

– OK », répondit Foster, méfiant à l'idée de devoir mentir ou raconter des salades à Heather. « Alors, que se passe-t-il ?

– La directrice du MI5 est en route avec le père. Elle connaît le plan. Elle vous l'expliquera. Je l'ai approuvé. Mais d'abord, nous avons un appel à passer. »

30

La sonnerie du téléphone brisa le silence et réveilla Nigel qui somnolait sur sa chaise, la tête inclinée sur le côté. Quand s'était-il assoupi ? Vers 2 h 30, Dreher était devenu silencieux. Il se levait de temps à autre pour glisser un œil derrière un pan de rideau ou allait jusqu'à la porte d'entrée pour regarder par le judas et écouter, avant de se réinstaller sur le canapé avec ses deux armes.

« Oui ?», l'entendit-il répondre dans le récepteur. Sous la télévision, l'horloge du lecteur de DVD affichait 3 h 30. Nigel agita la tête pour achever de se réveiller et reprit conscience de sa situation délicate. Qui appelait ? Les battements de son cœur s'accélérèrent.

Dreher demeura silencieux pendant quelques secondes qui lui parurent durer une éternité. Enfin, il parla. « Il vient seul, à sept heures pile », dit-il avec un calme parfait, comme s'il annonçait un horaire de bus. « Si je vois, ou si j'ai la vague impression qu'il est accompagné, je déclenche la bombe. Il se présente désarmé devant la porte de l'immeuble. Il sonne à l'interphone et je le laisse entrer. Il monte les escaliers, mains en l'air. Si ses mains descendent sous sa taille, je déclenche la bombe. »

À nouveau le silence.

« Non, je libère monsieur Barnes quand son père est dans l'appartement, pas une seconde avant. Au revoir. » Il reposa le récepteur. Les yeux de Nigel s'étaient accoutumés à l'obscurité et il distinguait les traits du visage de Dreher. Il souriait.

« On dirait que tu vas faire la connaissance de papa. »

L'aube vint lentement vers 6 h 35, presque imperceptible au début mais, vers 6 h 45, la lumière était suffisante pour que Nigel puisse discerner l'intérieur de l'appartement. Satisfait, Dreher alluma les lumières. Nigel et lui se mirent à cligner des yeux comme des hiboux face au soleil. Les dernières heures étaient passées au ralenti. L'un comme l'autre, ils n'avaient échangé que quelques mots. La poitrine de Nigel se serrait un peu plus à chaque minute qui passait et son souffle devenait de plus en plus court. Sa bouche était si sèche qu'il n'était pas sûr de réussir à parler. Il parvint à demander de l'eau, d'une voix faible et rauque. Dreher porta une tasse à ses lèvres pendant quelques secondes – un des mugs de Heather, décoré avec des pois – avant de boire à son tour. Il semblait partager un peu de l'anxiété de Nigel. Après tout, même s'il s'en sortait, et quoi qu'il arrive, Dreher venait sans doute de voir son dernier lever de soleil.

« Vous allez me détacher ? », lui demanda Nigel. Il avait réfléchi à cela pendant des heures. S'il était libre de ses mouvements, il pourrait prêter main-forte à son père. Mon père. C'était une pensée nouvelle et étrange. S'imaginer dans la même pièce. À plusieurs reprises, il s'était figuré leurs retrouvailles, lors d'une conversation gênée autour d'une pinte ou d'un café, ou pendant une promenade dans le parc, autour d'un lac. Pas devant un assassin, cernés d'explosifs puissants.

Comme il s'y attendait, Dreher avait planifié ce moment avec minutie. À 6 h 55, il sortit le pistolet de sa poche. Pour la énième fois, il en vérifia le canon et s'assura qu'il était chargé et armé. Il exhuma un canif de son autre poche. Tout en braquant Nigel de la main gauche, il se glissa sur sa droite, s'accroupit et trancha les liens qui lui retenaient les pieds. Nigel les agita immédiatement et une douleur aiguë lui remonta depuis la cheville dans toute la jambe droite.

« Pas d'initiative malheureuse, s'il te plaît. Ce pistolet est équipé d'un silencieux. Je peux te tuer sans que personne ne s'en rende compte. Et ensuite je tuerai ton père. Tu ne me crois sans doute pas, mais je n'ai pas l'intention de te faire du mal. Quand tu étais bébé, je t'ai fait sauter sur mes genoux. Je t'ai donné le biberon. J'ai été amoureux de ta mère, avant de la considérer comme une sœur. Cela me ferait réellement plaisir de te voir sortir d'ici indemne. »

6 h 56

Le désespoir gagnait progressivement Nigel. « Il n'y a vraiment pas d'autre moyen de régler cette histoire, Thomas ? », demanda-t-il d'une voix plaintive.

Dreher secoua la tête avec tristesse. « Non. Je suis désolé. Il faut qu'il en soit ainsi. Ton père a jugé bon de nous trahir et de détruire nos vies. Notre route s'achève ici. »

6 h 57

« Mais...

– Économise ton souffle, Christoph. J'espère que tu en auras besoin encore longtemps. »

Christoph. Pas Nigel. C'était la première fois que Dreher utilisait son prénom.

6 h 58

Sans lâcher son arme, Dreher ramassa de l'autre main un petit boîtier gris qu'il avait gardé près de lui pendant toute la nuit. Il avait dû voir Nigel regarder l'objet avec curiosité. « Le détonateur », expliqua-t-il. « Même s'ils me descendent, l'impact de mon corps contre le sol le déclenchera. »

6 h 59

Tout au long de la nuit, le temps s'était étiré, ralenti. Pendant cette dernière poignée de secondes, il semblait suspendu. Quand l'interphone sonna, faisant bondir Nigel, le cadran affichait toujours 6 h 59. Pendant toutes ces heures, il s'était demandé comment il se sentirait le moment venu. Il fut surpris de son calme. Après tout, les événements qui allaient s'enchaîner échappaient totalement à son contrôle.

7 h 00

Tout en pointant son arme sur Nigel, Dreher s'avança vers la porte d'entrée sans le quitter des yeux. Nigel songea à foncer sur lui, comme un bélier. Il aurait tenté le coup s'il n'avait eu que l'arme mais le détonateur l'incita à rester assis. Les appartements avaient peut-être été évacués. Peut-être pas. Il ne pouvait pas condamner des innocents. Dreher décrocha le combiné de l'interphone. Sans prononcer un mot, il appuya sur le bouton, le regard rivé sur Nigel. Il agita le détonateur, comme un rappel. Si sa gorge n'avait pas été aussi serrée, Nigel lui aurait dit qu'il ne risquait pas d'oublier. La bombe était à moins de trois mètres de lui.

Après avoir ouvert la porte de l'immeuble, Dreher déverrouilla celle de l'appartement, lentement et méthodiquement. Il contrôlait parfaitement ses gestes et ses émotions, sans l'ombre d'un tremblement. La tension des dernières heures s'était évanouie. Il l'entrebâilla avec précaution. Nigel sentit un courant d'air frais en provenance du couloir, chargé d'une odeur familière d'humidité. Il entendit des pas dans l'escalier.

« Les mains au-dessus de la tête », aboya Dreher. « J'ai le détonateur à la main, et je suis armé. »

Dreher était concentré sur les escaliers. Nigel se dit qu'il avait une chance. Mais de faire quoi ? De réduire l'immeuble en cendres ? Il resta assis, attendant de voir apparaître son père.

Dreher recula dans l'entrée d'où il pouvait encore voir le palier de l'entresol. « Les mains en l'air », répéta-t-il. Les pas se rapprochaient lentement. Il doit être sur l'avant-dernier palier, pensa Nigel.

« Debout », lui souffla Dreher du coin de la bouche. « Maintenant ! »

Nigel se leva. Ses articulations craquèrent, engourdies par des heures d'immobilité. Debout, il pouvait voir l'escalier.

Une silhouette s'y tenait. Les mains levées. Son père.

Il était grand, une chevelure grise et épaisse, une barbe poivre et sel fournie mais bien taillée. Il avançait, visage impassible, les yeux braqués sur Dreher. Nigel essaya de sourire mais son visage était paralysé. Ils avaient les mêmes yeux clairs. Le visage marqué mais encore jeune. Il portait un pull en laine, un pantalon de velours brun et une veste en tweed. Il jeta un rapide coup d'œil en direction de Nigel. Avait-il rêvé, ou son père semblait l'avoir reconnu ? Nigel était subjugué, incapable de détacher ses yeux. Il ne pensait plus à la bombe à ses pieds, au terroriste armé dans son appartement. Son père était enfin là.

« Avance », lui ordonna Dreher.

Il arriva sur le palier de l'appartement.

« Laisse-le partir, Thomas », dit son père. Sa voix était chaude et profonde.

« Avance ! »

Il était devant l'entrée. Dreher recula de quelques pas dans la pièce, en direction de la porte de la cuisine.

« Maintenant, Christoph, tu peux partir. »

Nigel était pétrifié, debout, bouche bée devant son père. « Bonjour », dit-il d'un air piteux.

« Bonjour. Il faut que tu y ailles. »

Nigel hocha la tête. Il commença à marcher, les jambes tremblantes. Il passa devant son père qui dégageait une légère odeur d'après-rasage. Il sentit soudain des larmes couler sur sa joue. Les yeux bleus de son père semblaient humides eux aussi.

« Continue à avancer, Christoph », insista Dreher. Nigel fit quelques pas de plus.

« J'ai attendu ce moment pendant trente-sept ans », dit Dreher.

« Laisse partir le gamin d'abord », rétorqua son père.

Nigel avança encore. Il était en haut des escaliers.

« Je suis là, Thomas. Tu peux poser le détonateur. On va discuter.

– Je ne t'ai pas fait venir jusqu'ici pour discuter », siffla-t-il. « Mais comme tu es le seul que je veuille descendre, et que je n'ai pas besoin de tuer d'autres personnes, je vais le poser. » Il y eut un silence.

Le brouillard qui avait envahi le crâne de Nigel sembla soudain se volatiliser et, mû par un instinct dont il n'avait jamais soupçonné l'existence, il tourna les talons et se rua dans l'appartement. Il franchit la porte, le hall d'entrée et fonça droit sur Dreher.

Dreher, rouge de colère, avait les yeux rivés sur son père. Il vit Nigel arriver sur lui et appuya sur la détente de son arme toujours braquée sur le père de Nigel. Du coin de l'œil, Nigel vit son père sortir une arme de sa veste. Il y eut une violente déflagration et ses oreilles se mirent à siffler en même temps qu'il heurtait le corps de Dreher et que sa tête s'enfonçait dans son ventre, le projetant à terre. Une odeur de poudre et de fumée envahit la pièce. Il entendit Dreher grogner et se dit qu'il devait être blessé. Dreher se redressa. Il se tordait de douleur, le souffle coupé, les yeux exorbités. Nigel se retourna. Son père était étendu sur le dos.

Mort.

Nigel se jeta au sol pour tenter d'attraper l'arme de son père. Dreher, désarmé par le choc, essayait de reprendre sa respiration tout en rampant vers le canapé sur lequel se trouvait le détonateur.

Nigel, les mains encore attachées, se saisit du pistolet et, tant bien que mal, parvint à le braquer dans la bonne direction. Dreher s'était mis à genoux, la main tendue vers la petite boîte grise qui n'était plus qu'à quelques centimètres.

Nigel entendit des pas dans l'escalier. Une véritable cavalcade.

Sans viser, déséquilibré, à genoux, il appuya sur la gâchette au moment où Dreher posait la main sur le détonateur. Le recul le fit tourner sur lui-même et il tomba face contre terre, juste à côté du corps de son père. Il se recroquevilla, attendant l'explosion, la fin. Rien ne se passa. Il roula sur le côté et vit une dizaine de policiers armés surgir par la porte d'entrée. Ils allèrent droit sur Dreher, affalé sur le canapé, à demi agenouillé.

La balle lui avait emporté la moitié du crâne. Les murs étaient constellés de taches de sang et de bouts de cervelle.

« Papa ! », cria-t-il.

Quelques policiers s'agenouillèrent près du cadavre de son père tandis que d'autres encerclaient la bombe. L'ordre fut donné d'évacuer les lieux.

« Nigel ! », dit une voix. C'était Foster. Il était à côté de lui. « Ça va ?

– Je crois.

– Venez, sortons d'ici. Ça peut sauter à n'importe quel moment. »

Il lui passa un bras sous les aisselles et l'aida à se mettre debout. Ils avançaient vers la porte quand ils virent les restes du crâne de Dreher sur le mur.

« La facture du nettoyage va être salée », plaisanta Foster.

« Mon père », marmonna Nigel. Il se sentait faible, au bord de la nausée.

« Ils vont faire leur maximum », le rassura Foster tandis qu'ils arrivaient en haut des escaliers.

C'est à cet instant que Nigel s'évanouit.

31

Foster, abrité sous un grand parapluie de golf – bien qu'il n'ait jamais mis de sa vie les pieds sur un green – apparut à côté de Heather et Nigel et leur adressa un sourire crispé. Il y aura au moins une personne qui sera venue, pensa Nigel.

Ils étaient devant une tombe du cimetière de Kensal Green, un endroit où Nigel avait passé beaucoup de son temps ces dernières années, mais jamais dans d'aussi lugubres circonstances. En général, les tombes qu'il examinait étaient celles des ancêtres de ceux qui l'embauchaient. La pluie s'était abstenue de tomber et un vent agréable faisait danser avec grâce la cime des arbres. La sépulture vide au bord de laquelle il se tenait était située dans une partie mieux entretenue du cimetière que celle où il traînait d'habitude. Il entendait dans le lointain la musique de Londres – les sirènes hurlantes, le bourdonnement de la circulation – cette cité insensible aux tragédies qui se jouaient quotidiennement entre ses murs. Heather serra sa main gantée un peu plus fort et il se remit à pleurer. Il ne se rappelait avoir pleuré qu'à deux occasions dans sa vie. La première, à quatre ans, quand une abeille l'avait piqué. La seconde, à la mort de sa mère adoptive. Mais durant la semaine qui venait de s'écouler, il n'avait cessé de fondre en larmes. Heather disait qu'il pleurait son père mais aussi la vie qu'ils n'avaient jamais eue ensemble. Et, comme d'habitude, elle avait raison.

Cette fin solitaire, avec seulement Foster, Heather et lui autour de cette tombe, n'arrangeait pas le tableau. Peut-être était-ce ainsi que s'était déroulée sa vie. Les espions, les agents doubles, quoi qu'il ait été, avaient peu d'amis. Mais aucun ?

Enfin, il y avait la culpabilité. Il ne pouvait s'empêcher de se sentir responsable. S'il n'avait pas laissé Dreher entrer dans son appartement, rien de ceci ne serait arrivé. Et que ce serait-il passé s'il avait continué à descendre les marches au lieu de remonter pour l'aider ? Son père était venu armé. Il espérait avoir le temps de tirer avant d'être tué, lui avait expliqué Foster. Le retour en trombe de Nigel avait obligé Dreher à faire feu à la hâte, tuant son père avant qu'il n'ait la chance de sortir son arme. Selon Foster, il n'avait rien à se reprocher. Son père était venu dans son appartement en sachant qu'il pouvait y mourir. Et les chances qu'il puisse tirer en premier en ayant les mains en l'air alors que Dreher avait le doigt sur la gâchette, étaient minces. Au moins, Nigel avait empêché que la bombe n'explose, volontairement ou par accident, ce qui faisait de lui un héros. Il avait tué Dreher et l'histoire s'arrêtait là.

Nigel appréciait son soutien, mais il savait que jamais il ne cesserait de revenir sur ces événements, de les rejouer dans son esprit, d'imaginer les alternatives possibles, chaque jour, jusqu'à son dernier souffle. Le peu de réconfort qu'il tirait de tout cela venait du fait qu'il avait pu regarder son père dans les yeux et qu'il l'avait connu pendant quelques précieuses secondes. C'était mieux que rien.

L'air hébété, il suivit des yeux le cercueil qui s'enfonçait dans le sol. Le prêtre avait fini ses prières. Heather le serra dans ses bras. Ils restèrent ainsi quelques secondes au bord de la tombe.

Puis, il se tourna vers Foster.

« Est-ce que vous pouvez passer me voir demain ? Nous avons besoin de votre aide.

– Pour quoi faire ? », demanda Nigel.

« La liste sur la carte mémoire. Il y a encore pas mal de gens là-dessus. Je veux retrouver le plus de familles possible pour les prévenir. Ensuite, quand nous saurons quel crime ou événement les a conduits à se retrouver sur la liste, nous aimerions retrouver les victimes ou leurs proches pour garder un œil sur eux. Cette histoire va avoir des conséquences pendant un moment, des années peut-être. »

Nigel hocha la tête. Cela lui ferait du bien de se consacrer à un tel projet, même si cela devait provoquer chez lui un certain trouble. Il voulait épargner à d'autres ce qu'il venait de vivre. « Bien sûr.

– C'est parfait. J'apprécie vraiment », dit Foster en lui serrant la main. Heather le salua et, main dans la main, Nigel et elle empruntèrent l'allée qui menait hors du sanctuaire humide et boisé du vieux cimetière, vers l'agitation de Ladbroke Grove.

Foster les observa pendant qu'ils s'éloignaient. Deux amoureux soudés par le chagrin. Il regarda la tombe et le cercueil qui reposait au fond et secoua lentement la tête.

« Qu'est-ce qui vous chagrine, inspecteur principal Foster ? », dit une voix derrière son épaule.

Foster se retourna. C'était Henry Mann, le directeur adjoint du MI5, l'espion courtois et bien mis qui était entré en scène dans les dernières heures du siège ayant abouti à la mort du père de Barnes.

« Je n'aime pas duper les gens, sir. » Il n'avait aucune idée des rapports hiérarchiques entre la police et les services secrets, mais Mann inspirait le respect. « Ça ne me semble pas juste.

– C'est pour le mieux, croyez-moi », répondit Mann. « Et comme je vous l'ai déjà demandé, vous pouvez m'appeler Henry.

– Oui, eh bien, je vous crois sur parole, Henry. Simplement, je pense que s'il découvre un jour qu'il a pleuré sur un cercueil vide et que ce n'est pas son père qu'il a vu se faire descendre, ça le détruira.

– Eh bien, il ne le découvrira pas, n'est-ce pas ? À moins que vous ne lui disiez. Sa charmante petite amie n'est au courant de rien ?

– Elle sait très exactement la même chose que lui.

– Il va pouvoir tourner la page, comme on dit maintenant. C'est terrible à dire, mais, au moins, il connaît la vérité sur son père. Qui il était, ce qu'il a fait, comment lui-même est venu au monde, et tout un tas de pistes de recherches à suivre pour se perdre dans le passé. C'est bien plus que ce qu'il avait.

– En réalité, je pense qu'il tenait surtout à vivre une relation avec son père.

– Oui, eh bien... on veillera sur lui. Son père s'était fait des ennemis. Il vaut mieux pour lui que cette relation n'ait pas vu le jour. Comment se porte l'homme que nous avons envoyé au feu ? », demanda-t-il, changeant soudain de sujet.

L'officier de police qui était entré dans l'immeuble en se faisant passer pour le père de Nigel portait un gilet pare-balles. En dehors du fait qu'il ressemblait un peu à Roland Wilkinson, il avait été choisi pour ses talents de tireur mais surtout parce que c'était un expert en déminage. Si la bombe avait été activée d'une manière ou d'une autre, il aurait été en mesure d'intervenir. La balle l'avait frappé en pleine poitrine.

Le gilet avait absorbé l'impact mais il souffrait de sérieux hématomes étant donné la distance de tir.

« Il est sorti de l'hôpital. Il reprendra bientôt le travail à ce qu'on m'a dit », répondit Foster. « Cela me fait penser que je devrais y être moi aussi. Si vous voulez bien m'excuser.

– Bien sûr », dit Henry. « Allez-y. Merci pour votre aide. Je pense que tout s'est déroulé aussi bien que possible. Dreher est mort et personne d'autre.

– J'imagine. » Là-dessus, Foster laissa derrière lui le cimetière et le grand homme à la chevelure grise et au parapluie noir.

Henry Mann le regarda s'éloigner à grandes enjambées, son parapluie immense semblait petit et ridicule dans ses mains de géant. Puis, l'air pensif, il observa la tombe encore ouverte.

Il tourna à nouveau le regard en direction de l'inspecteur principal Foster. Au-delà de sa silhouette massive, à l'entrée, de l'autre côté du cimetière, il vit deux personnes franchir la vieille arche victorienne. Heather Jenkins et Nigel Barnes. Il sourit.

Mon fils, pensa-t-il. C'est un type bien.

Son sourire s'évanouit. « J'espère qu'il porte ses péchés plus dignement que moi. »

Dans la collection Rouergue noir

Juan Bas
Vade retro Dimitri, 2013

Peter Guttridge
Promenade du crime, 2012
Le Dernier Roi de Brighton, 2013

Peter May
Scène de crime virtuelle, 2013
TRILOGIE ÉCOSSAISE
L'Île des chasseurs d'oiseaux, 2010 (Prix Cézam des lecteurs 2011)
L'Homme de Lewis, 2011 (Prix des lecteurs du Télégramme 2012)
Le Braconnier du lac perdu, 2012
(Prix Polar International du festival de Cognac 2012)
SÉRIE CHINOISE
Meurtres à Pékin, 2005
Le Quatrième sacrifice, 2006
Les Disparues de Shanghaï, 2006
Cadavres chinois à Houston, 2007
Jeux mortels à Pékin, 2007
L'Éventreur de Pékin, 2008

Colin Niel
Les Hamacs de carton, 2012
Ce qui reste en forêt, 2013 (Prix des lecteurs de L'Armitière 2014)

David Patsouris
Cognac blues, 2013

Pascal Vatinel
L'Affaire du cuisinier chinois, 2007
Les Larmes du phénix, 2010
Parce que le sang n'oublie pas, 2011
Environnement mortel, 2012

Attilio Veraldi
Nez de chien, 2008
L'Amie de nos amis, 2010

Élisa Vix
La Nuit de l'accident, 2012 (Prix Anguille sous roche, 2012)
Rosa mortalis, 2013
L'Hexamètre de Quintilien, 2014

Dan Waddell
Code 1879, 2011 (Prix Cézam des lecteurs 2012)
Depuis le temps de vos pères, 2012
La Moisson des innocents, 2014

ÉLISA VIX
L'HEXAMÈTRE
DE QUINTILIEN
ROUERGUE
noir

L'Hexamètre de quintilien

Qui a tué Yanis, le bébé de Leila, la mère célibataire du deuxième ? Où le crime peut-il bien avoir eu lieu, alors que dans ce petit immeuble où tout le monde se connaît personne n'a rien entendu ? Que penser de l'insistance que met la commissaire Beethoven, en charge de l'enquête, à prendre le thé chez Lucie, la journaliste en mal de piges ? Comment se fait-il que les vêtements de Kevin, l'ado perturbé du rez-de-chaussée, soient tachés de sang et que Pierre, son père, médecin urgentiste, dissimule des indices à la police ? Pourquoi Marco, le bellâtre du premier, manager d'une boutique numérique, s'intéresse-t-il soudain à Lucie ?

Qui, où, quoi, quand, comment, pourquoi : c'est l'hexamètre de Quintilien, ce sont toutes les énigmes apparemment insolubles sur lesquelles bute Lucie. Pour éviter l'erreur par omission, elle virevolte d'un étage à l'autre, chroniquant les maux d'une poignée de locataires.

Entre drame social et enquête criminelle, Élisa Vix croque avec adresse un chassé-croisé de personnages en crise... jusqu'au coup de théâtre final.

COLIN NIEL
CE QUI RESTE
EN FORÊT
ROUERGUE
noir

Ce qui reste en forêt

Un homme a disparu. Aux abords de la station scientifique de Japigny, en pleine forêt amazonienne, les équipes de la gendarmerie sont à sa recherche. Le temps presse. Dans ce milieu hostile, la survie d'un homme seul est une question d'heures. Guidés par des coups réguliers portés sur un arbre, technique de survie enseignée à tout nouvel arrivant, les gendarmes ont la stupeur de découvrir un cadavre. Un cadavre en pleine forêt, dont le légiste ne va pas tarder à découvrir qu'il a les poumons remplis d'eau. Qui a noyé Serge Feuerstein ? Pourquoi avoir traîné son corps jusqu'à ce gouffre dissimulé dans les arbres ? Et qui a guidé les gendarmes jusque-là ? Les orpailleurs dont le chantier clandestin est installé non loin se sont-ils attaqués au chercheur ? La découverte énigmatique en Guyane d'une dépouille d'albatros, oiseau des terres australes, a-t-elle un lien avec la mort du naturaliste ? Le capitaine Anato et le lieutenant Vacaresse sont confrontés à un faisceau d'éléments contradictoires et une nouvelle tragédie ne va pas tarder à compliquer davantage leurs investigations. Sous le choc de la révélation de l'existence d'un frère inconnu, Anato est plus que jamais déchiré entre les conflits d'ordre personnel et les turbulences d'une enquête qui répand le chaos.

Colin Niel signe un roman prenant, tendu de fausses pistes, dans lequel l'intrigue policière croise le récit d'aventure sur l'un des derniers territoires vierges de la planète.

Prix des lecteurs de L'Armitière 2014

Ouvrage réalisé par Jean-René Dastugue

Reproduit et achevé d'imprimer en février 2014

par l'imprimerie France Quercy (Mercuès)

Dépôt légal : mars 2014 – Numéro d'impression : 31906/

ISBN : 978-2-8126-0622-9

Imprimé en France